林宋瑜（珍茵） 著

IN THE WORLD

与世间万物共温柔

南方出版传媒 花城出版社
中国·广州

图书在版编目（CIP）数据

与世间万物共温柔 / 林宋瑜著. -- 广州：花城出版社，2018.1（2018.4重印）
ISBN 978-7-5360-8556-5

Ⅰ. ①与… Ⅱ. ①林… Ⅲ. ①散文集－中国－当代 Ⅳ. ①I267

中国版本图书馆CIP数据核字(2017)第329911号

出 版 人：	詹秀敏
责任编辑：	林　菁　揭莉琳　刘玮婷
技术编辑：	薛伟民　凌春梅
封面设计：	WONDERLAND Book design 仙德 QQ:344581934
封面供图：	三　青

书　　名		与世间万物共温柔
		YU SHIJIAN WANWU GONG WENROU
出版发行		花城出版社
		（广州市环市东路水荫路11号）
经　　销		全国新华书店
印　　刷		佛山市浩文彩色印刷有限公司
		（广东省佛山市南海区狮山科技工业园A区）
开　　本		880毫米×1230毫米　32开
印　　张		11　5插页
字　　数		220,000字
版　　次		2018年1月第1版　2018年4月第2次印刷
定　　价		38.00元

如发现印装质量问题，请直接与印刷厂联系调换。
购书热线：020－37604658　37602954
花城出版社网站：http://www.fcph.com.cn

目录

缘起

辑一 Chapter 01

我们内心的禅　002

心不疲惫，灵魂才会坚韧　005

在浮光掠影的世界如何一往情深　009

如果生命仅仅是时光　012

在纷纷扰扰的世界侧身而过　017

看破红尘是怎样的境界　021

另一种生活的可能　025

你不再追寻的时候，你已得到　029

阳光千里迢迢来到这个星球　032

变心，是生命的常态　037

春天里的生与死　041

不透支的生活　045

此乃痛苦，当知痛苦　048

一步接一步，你所未知的加持　052

在轻时代如何徐徐而行　055

辑二 Chapter 02

爱情并不可靠，但很重要　060
世家行已远　064
浮尘世里的生存哲学　068
站在群边看人生　072
寻找流散的日常精致　076
一颗惜物之心如何断舍离　079
当生命以渐没冰川的方式与世界告别　083
去发现，去尝试，去遇见更美好的自己　087
善良比聪明更重要　091
即便遍地流氓，你依然要知书识礼　095
人生不相见，动如参与商　099
福气的幻影　102
饮一杯隔世的茶　106
置身于苦难与阳光之间　110

辑三 Chapter 03

脂粉英雄　116

获诺奖的中国女人与物质时代的眼界　120

气韵生动的面孔　124

孔医生的业余生活　128

为改变而生活　132

世上再无颜雅清　137

女神的人生无法复制，但她飞翔的背影是磁力　142

在强取豪夺的时代说"弱德之美"　147

一个理想主义者的行动路线　151

每个人都以为与众不同，每个人都自怜自爱　155

女人的道场　160

女人为什么需要包袋　164

如果安娜不死　168

凡是过去，皆为序曲　173

女神的真实形象是怎样的　178

辑四

Chapter 04

只行一座山　184

食物背后，万千缠结　187

慢慢来　191

女书已远，姿娘亦老　195

棉城在哪里　199

樟林是一种生活方式　204

伊人是姿娘　208

滴茶之味，溪谷间　212

五月，想象一个王朝的投影　215

如何叫醒昏睡的心　220

多尼熟了，桃金娘在秋天里　224

活泼泼的生命千古流传　228

在历史的旮旯处　233

辑五 Chapter 05

《浮生六记》与中国心情　238

晚年的激情　241

必要的丧失　244

云门之舞　247

走得足够慢真的需要足够努力　251

黑泽明的水车村　255

有一种温柔的力量来自于你　258

欢心喜乐每一天　261

植物是如何拥有记忆的　265

幸福的面具与真相　270

回望远去的青春摇滚　274

人生长恨水长东　277

你的内心是否也有一个彼岸世界　281

窝在柜角听一片树叶的声音　285

辑六 Chapter 06

远方不一定有诗,却有打开世界的新方式　290

在路上　294

菩提树下思无常　297

士不遇及弃妇心态　301

谁怜一片影,相失万重云　305

和顺,原乡的记忆　310

爱丁堡,恋上这座文学城　314

何为法?心纯是法　319

为了更好的抵达　323

与世间万物共温柔　327

摩洛哥的表情　331

回春草的秘语　336

撒哈拉沙漠奇遇记　340

轻触欧洲的地气　345

缘　　起

互联网改变生活，也改变写作的方式、表达的方式。从博客到微信公众号，越来越多的人通过互联网讲述故事、关注他人、评论时政、表达自己的心声和趣味。自媒体成为媒介的一分子，传播力量日渐增强，它已经成为这个时代不可或缺的传播途径之一。我在科技方面是保守主义者，也一直习惯纸质阅读、纸质书写。没想过开博客，微博、微信个人号也开得迟，更没想到开公众号。却因为几位年轻朋友的推动和帮助，有了这个"琴心会"公众号。本书的内容，就是从近百篇以"珍茵"之名撰写的琴心会专栏文章中选辑而成。衷心感谢朋友们和同事们。

开设"琴心会"的初衷，是把它当作一个分享生命成长与喜悦的平台，是女性私语的后花园。它致力于整合生命体验，在东西方文化传统与现代文明中体悟生命的意义与价值，共享心灵成长，提升个人生活品质。它在于表达，更在于分享，也是一种愿景。

琴为雅器，或自娱，或为知音者抚弦。以琴为喻，是内观自心，调伏自心，与心结为盟友。用心觉察一花一木、一沙一尘的瞬息万变,用心感受世间万事万物的无常,用心体会生命的品格与境界。琴心乃自在洒脱之心,不矫情,不肆意渲泄,中和含蓄,意在弦外,唯知音者能品。

琴心与剑胆相应。剑胆琴心乃刚柔相济、至理至情,任侠优雅,是人世间完美而难以企及的境界,却是我们借完善自己而要抵达的方向和观照。

何谓美好的生活?这个问题几乎穷尽每个人生命的全部。我们在这个快生活的时代漂浮,物质消费不能解除生命的焦虑,精神思维也无法克服孤寂。人类因为拥有敏感的心和复杂的精神世界,有别于其他生灵,却也因此充满欲望与竞争,难以安宁。如何发掘自己的内心,让我们心生智慧,让光明和慈悲升起?这便需要自心不断地修炼、体验与感悟。

我正走在途中,遇见许多感动与美好,遇见智慧的人。有这样的加持力,渐修渐悟,何其幸哉?自己走过的弯路,经历的困惑、困扰、困难,其实其他人也少不了。许多人,一生行走在迷障之中,不确定光的方向,不确定道路,到生命的最后一刻,依然带着追寻不得的疑虑与遗憾。也有极少数的觉者,在生命旅程步步莲花,明心见性,获得自在、喜乐。

美好的生活是有趣的,生气蓬勃、丰盈和谐的,让人良善、友爱、心生欢喜。我们行走在尘世间,尽人之为人的职责,却可以学会从纷扰的生活中游离,学会旁观,这样的心是清净的、解脱的。做喜欢的事,或风雅或调皮,爱自己爱家人爱世人。生活的美好,就是光与爱。

世界很大,心亦无限,值得我们一生探索。亲爱的,让我们从此出发。

| 辑 一 |

chapter 01

我们内心的禅

网络上，宫崎骏动画经典台词的专辑隔三岔五就有人转。每一次看到，我也会停留页面，嚼味一番。宫崎骏的动画，像《天空之城》《龙猫》《千与千寻》《风之谷》《哈尔的移动城堡》等，情节我都模糊了，人物也张冠李戴，只存下那种观看时很迷恋的记忆，所以每次读到这些动画片台词，都是一次感觉的唤醒。

"人生就是一列开往坟墓的列车，路途上会有很多站，很难有人可以自始至终陪着走完。当陪你的人要下车时，即使不舍也该心存感激，然后挥手道别。"这是《千与千寻》里的一句台词，成为被传播得最多的一句人生格言。我总记得千寻与白龙对话很萌的声音，还有不断行走的形影，至于这句话是在什么时候说的，其实我也想不起。"一个人只有在旅行时，才听得到自己的声音，它会告诉你，这世界比想象中的宽阔。"这是《魔女宅急便》里的一句，这一部我至今没真正看过，但不影响我对它的共鸣。像我这样体会的，我相信大有人在。

宫崎骏的动画已经不只是孩子们的动画,也不是虚无缥缈的童话,它触动的是每一颗有伤的心。而在这个世界上,每一次的成长,谁没有丧失与伤痛伴随?就像千寻,丢失了名字,迷失于幻境,但所有的丢失都可以找回,只要希望仍在,自身的生命力还在。充满灵气和清新的画面,憨萌纯真的对话,就这样带给人丝丝暖意,带给人生活下去的激励。

深刻的人会说,太浅薄了吧,太鸡汤了吧。

心是很柔软的,同时也是脆弱的。只不过有的人给它穿上盔甲,有的人给它罩上面具。这是对抗世界的一种方式,也是保卫自己的一种方式,但也是一种逃避真实的鸵鸟姿态。

宫崎峻的世界,其实是充满禅机的世界。生活中的一切,贪嗔痴恶,都可以在他的动画世界里一一对号入座;生活中的冲突,在他的人物身上,总是源于自我的内心冲突,这是一个自我寻找自我拯救的艰难历程。宫崎峻没有很尖锐地表达那些人性的暗黑,他的画面和言语是那么唯美、诗意、忧伤。他通过动画人物说出的每句话,暗藏机锋,触醒我们内心的禅。在《猫的报恩》里有这么一句:"你应该要学着做你自己,面对真实的自我,只要做到这一点,你就不会害怕任何事情了。"

所以,历经沧桑的双眼,读着宫崎峻动画里的经典台词,热泪盈眶。一遍遍地诵读,不必说,不必洞悉全意。花开蒂落,自得观照,自得禅悟,自得智慧。世界是一样的世界,虚景已退,实相显现,你依然爱着这世界,深怀慈悲。这才是最重要的。

今年夏天去日本。同行者有一位动漫公司的老总,她是一个自己养育孩子长大的单身女性,把曾经在商海中赚来的钱全部投入到动漫制作中去。因为在她最困难的时期,陪着孩子看宫崎骏的动画片,听着人物的对话,就像得到某种开示,心灵也得到疗愈。所以,她一直在说要到吉卜力工作室(宫崎骏工作室)去参访,就像朝圣一样。只是参观吉卜力工作室需要提前在网上预约,也不是每天都开放的。离开日本时,这位女老总带着遗憾说,我要再来,专程为宫崎骏而来。

我们的内心都有佛性,我们深藏着禅的种子。禅是明心见性之法,它是思维修,是静虑,是体悟,是冷暖自知。在日本,禅文化已经融入到生活的每一处细枝末节里,并成就大和民族的精神气质和审美风格。所以,宫崎骏创作的原点正是建立在日本文化大背景之上,我们看到美丽与幻灭、永恒与无常、神秘与单纯……

但宫崎骏不是出世的,也不是消极的。天马行空的想象与黑色幽默中,充满冬日般的温情,一语道破的人生哲理,字字有禅意,弥漫的是悠悠禅绪。这,大概也是人们愿意不断转发那些经典台词的原因吧?毕竟,在一个充满困境与危机的现实世界,宫崎骏的小人儿们提供了拥抱世界拥抱生活的方式。

在百听不厌的《天空之城》的音乐声中,我听到千寻说:"在万物重生的早晨,来到静寂无声的窗前,一切归零之后渐渐充实,不再去追寻海的彼岸,耀眼的宝物一直就在这里,在我身上就可以发现。"

心不疲惫，灵魂才会坚韧

摩西奶奶的画作及故事，每隔一段时间就会被刷屏，最近不知为什么，又老是看到这位可爱奶奶的面容及她灿烂的画。类似摩西奶奶这样大器晚成的故事，或者如尼克·胡哲那样身残志坚、人生不设限的事迹，人们都是觉得相当励志的。但如果没有获得现实中的成功，这个人做了什么事，说了什么话，过得怎么样，基本没有人去理会。势利是人性中难以克服的弱点，以成败论英雄的社会习气让每个人一路成长就自觉不自觉地以外部标尺规定自己、衡量别人。每个人的奋斗看起来似乎是自我实现的过程，实际上很有可能这个过程正是在丢失自己。人们常常感到心累，那是因为，自己的心正在远离。我不知道喜欢摩西奶奶的人，是否记住她说的这句话："心不疲惫，灵魂才会坚韧。"

我也喜欢摩西奶奶的画。她的画有明亮的色彩，有活泼的人物和动物，有美好的田园花园家园，有丰盛的食物、温暖的灯光，让人直观感受到日常生活的美妙，还有人间烟火中的诗意。如果摩西奶奶没有绘画，或者她的画无人知晓，那我大概就不可能知道她。所以还是要感谢她绘画成功了。但摩西奶奶让我敬爱的其实不是她的画,而是她那颗宁静而随顺的心。如果她晚年不成为著名画家,她一辈子的标签就是一个女佣、一个家庭主妇。到了晚年,儿孙绕膝,一直住在农场里,过着平凡而幸福的生活。而她每一天的日子,我想象就如她展现的画面,同样是明朗而生机蓬勃。"爱你的现在",这是一种大智若愚的人生态度。但这世界有太多的人对现在不满,所以不断地倒腾,不断地疲累。摩西奶奶在七十多岁拿起画笔时,是她的心想绘画,她的"现在"想绘画,她迷恋画板上她创造的那个世界,而并没有设定成为画家的目标,成为成功的画家是意外收获。人生的意外收获都是惊喜,摩西奶奶当然也喜出望外。摩西奶奶认为她不绘画,就会去养鸡,如果她特别想养鸡的话就会去养。我认为养鸡的摩西奶奶同样会有许多生命智慧可与人分享。

没有谁能够明了今天的生活对明天意味着什么。所以,一切的发生,都是最好的。接纳它,不去深究。这样想,人生便简单很多。

曾经有一个男人向一个女人表达情意,同时也提出些要求。女人觉得这些要求是难以接受的,就一别两宽了。若干年以后,他们再次相逢。此时男人是世人眼里更加成功的人,女人依然是平凡的女人。他们像久别的老友,一起好吃好喝说了许多话,都很开心。男人就说,假如当年如何如何……言下之意你现在就可以与我过美满的生活。女人平静地看着他,心里说,并没有假如。现在至少没有不堪的回忆,现在至少可以相见甚欢。当年女人接受不了的要求，今天同样无法迁就，与男人的成功大小、与否无关。但是，这世上有太多的人，为了实现设想的目标，委曲求全，甚至不择手段，耗尽心力，却忘记认识自己的欲望，聆听自己的内心。这样达到目的，心依然是失落的。男人对女人说，我也许会防许多女人，但我无须防你。听了这话，女人的心竟升起一丝悲悯。

俗话说人心叵测。那是因为人心装了太多的计算、比较、猜疑、假设、虚伪……而这些其实都是与心之本性相悖离的。把自己弄得沉甸甸的，还以为这是爱自己。活了一百多岁的摩西奶奶经验之谈是："在我人生的最后几十年中，我认为最为重要的是，要有遵从自己内心和直觉的魄力和勇气，因为内心真正的声音，才是你灵魂的呼喊。"一颗疲惫的心往往是麻木的，甚至昏睡了，它如何能听到自己灵魂的呼喊？

人生何其短暂。摩西奶奶是长寿之人，活过整整一个世纪，她也深切体会到生命的有限与无常。而这短短的人生中，我们每个人都要面对许多变故，经历喜怒哀乐，这种经历以及心灵体验应该是独一无二的。但大多数的人，更愿意以主流标准来生活、经历，尽可能趋同。这样似乎获得更牢靠的安全感、更体面的成就感，并不理会这种生活是否真的是自己想要的。

几年前，有位在技术移民大潮中移居海外，然后好像发达，又在海归潮流中回国安享的老同学，想起要与同学们聚聚了。碰巧那次聚会我在外出差，就缺席了。她留下个电话号码，让我跟她通电话。当年同学时，说话都是直来直去，电话里她依然直来直去，就是劈头盖脑把我痛批一场。大概同学会时，她打听每个人的情况，而对于我，她认为居然原地踏步，毫无长进，毫无变化。

这让她"怒其不争"，于是连连质问："你怎么这么没出息？你怎么这么笨这么蠢？"可能我自我感觉良好，并没有觉得自己的处境像她说的那么糟，还没心没肺地笑，顺她的意思自黑一把。但也直来直去回一句，算了，我们还是不要见面为好，否则电话被你骂，还要当面被你骂，实在不划算。从此，我们就真的再没见面，尽管相距并不远。

这样的遭遇，我想不少人也会有过，大多数人会在差评师面前沮丧、受挫，觉得自尊心受伤。我们的心如何做到足以对他人的眼光不在乎？如何心不疲惫？

摩西奶奶的意义并不在于她七十几岁动笔绘画成功了。她的意义在于她一辈子没有走出她的农场，日复一日过着平凡农妇的生活，重复同样的工作，她也会尽力开心、满足地度过。而当她在晚年拿起画笔时，并没有因为年迈而畏缩。她的梦想一直没有丢失，因缘具足，就想着实现它。听从内心的声音，做自己真正热爱的事。在生命流逝的过程，依然保有希望和热情地去生活。无论你成功与否，没有谁可以规定你，没有谁可以去评判你。如果我们拥有这样的勇气，心智如此成熟，灵魂就足够坚韧。

在浮光掠影的世界如何一往情深

前几天,看到同行转发一则新书预告,是关于一段完全不为人知、没有任何史册记录的传奇,一群太行山上的盲人(当地称之为没眼人)游唱团的故事。

这群没眼人以流浪卖唱为生,行迹飘忽,居无定所。单看简介,故事本身就引人注目,而让人更加动心的却是作者十来年追踪、跟随、记录这群没眼人的过程。作者亚妮,曾经是浙江电视台当家花旦,2002年第一次遇见这群没眼人在村庄游唱,是中国西部民歌左权民歌最原生态、最齐全的曲牌曲目。从此一头"栽"进去,从那时候起,押房子、找贷款,倾其所有,耗费几百万,录下500多小时影像素材,拍下纪录电影《太行天歌》,保留下一个特殊群体完整的生态图像和声音,以及他们悲欢离合生生死死的人生传奇。因为这样的缘分,十多年来,这位杭州女人的年夜饭都是与这班没眼人一起吃的。从最初带着百来号人的摄制组,到电影拍到最后,孤身走来,她差不多已经倾家荡产。

这十多年,中国的大城市愈加繁华,杭州更是在诗情画意的风景中增添一层纸醉金迷。却有一个容易被世人视为花瓶的电视台金牌女主持,在这些年里与这群太行山中的没眼人同吃同住同行,只为了跟踪拍摄、完整再现他们的前世今生。

最近还遇到一位音乐人,讲述一位著名藏族歌手已耗时五年,专心筹备一组藏语组歌,以求还原本来面目和真实的意境,至今工作仍未完成。我不了解藏族歌手为此付出的心血,但五年的时间,可能要放弃许多商演等争名夺利的机会,单纯为一件事反复推敲、打磨,想必这是让他觉得有使命感的事。

与此同时,我还跟着几位媒体人去采访一位画家,记录画家的工作状态。画室简陋、凌乱,四周堆满画板和颜料,推门即闻到一股浓烈的油彩味道。画家的朋友给他带来咖啡和茶,屋子里飘荡的依然是油墨气息。据说画家是红二代出身,在红二代们纷纷下海经商的时代,画家几乎与世隔绝,甚至有过天天吃方便面的日子。尽管作品早就在全国美展等展览中获奖,却没有进入任何艺术圈子,是真正的散兵游勇。每天至少绘三四十幅,或者打小稿,或者素描,尝试新的表现手法……画家认为如果所用的技法或表现方式前人已经用过,无非就是重复"历史",所以心无旁骛寻找他认为全新的艺术表达方式,也包括材质。他不断强调"并非热爱绘画",而是既然做了这件事,就要尽全力去做好它。

这些在这个时代显得特立独行的人,你可以质疑他们同样在追逐成功与更大的名望,或者说在追求伟大的不朽,企图进入某一种历史。但为一事专致、一心专注、一门深入,只想做到最好。这样唤起敬意与尊严的形象似乎已经离我们越来越远，而光芒仍在感召我们。工业与科技的发展，使人类生活节奏像陀螺一样越转越快。快速所形成的光怪陆离、浮光掠影以及杂乱的喧嚣，就是我们日常的生活景象。人们一边厌倦、烦躁，却依然坐立不安，步履仓皇。而一种从容、单纯、循序渐进的生活方式和工作态度，却随着宁静的丧失，也正在消失。

我不去质询这些人做事的动机，因为在时间的过程，他们对事物的一往情深，已经使旁观者的心灵也深受感染，获得安宁和清净。似乎有一条必走的内在之路在他们心中延伸，事物因此焕发悲壮的理想主义色彩，也赋予生命更强韧的力量和意义。

这个时候，我返回自己，询问什么是内在的道路。

内在的道路一定是在我们的心里。如果心底没有被召唤，没有觉醒的喜悦，人们只能往外追寻，那便是喧哗与躁动的开始。当这个时代网红、明星红毯、隐私视频、排行榜等热闹的场景扑面而来，许多人是根基不稳，站不住脚的，一定得跟着风移动、再移动。对许多人而言，没有什么内在的道路。纵使有，也一定荒草萋萋，是巨大的空虚，散乱而缺乏生气。如果没有什么人什么事可以发自心底真正热爱，一切都随着欲望的陀螺旋转，这才是让人悲哀之处。

所以，那些能够在浮光掠影的世界一往情深的人有福了，因为他们发现自己必走的道路。初心不丢，便能从小我的困扰中破茧而出，真正自由快乐地掘开生命的土壤，这才是生机勃发的耕作。

如果生命仅仅是时光

刚刚过去的一周,我的内心经历了困难和虚无,被一种极真实的人生如寄命如蜉蝣的恍惚感笼罩着,不得不去思考生死的问题。

一条短信告诉我,某位患病的大学同学已在弥留之际,几个小时后,知道她已经走了。虽然在意料之中,虽然明白每一个生命都是向死而生,早晚而已;虽然我相信灵魂不灭,死亡只是一种伪装,是狡猾的转身,但作为今生的告别,却已经是永远。我的脑海涌现的是她十几岁时女孩儿们共处一室读书嬉闹的音容笑貌,这个美好的形象被定格了,这是大脑自觉的选择,她其实是我青春记忆的一部分。我耳畔似乎也有她不停的追问:"为什么是我?为什么是我?"这是她患病期间我去探望她时,她表达的迷茫和不甘。她有积极的生活态度,是一位追求完美的人,她的性格似乎是完美的,人生也似乎是完美的。以俗世的标准,如果不患病,她真的可以说没有什么遗憾。所以,她的离去,许多人会悲痛欲绝。作为有宗教信仰的人,我知道应该从业力的运作去理解生命,但坦率说，业的规律深刻而玄妙，真不是我这种智力悟性泛泛之辈所能领会贯通的。我也知道如何以特殊的宗教方式为她送别，但我依然不敢肯定这种助念究竟能起多大的作用。相比于人们将死亡视为生命终结，是不可避免的大限——作为一种丧失，人们会陷入无边的虚无、恐惧与绝望之中，我也有这样的感受，所以内心才有困难与虚无。但此外，我更倾向于追问生命作为此在与彼在的意义，因为相信身后有世界，来世有居所。西藏有句谚语："每个人都会死，但没有人真的死。"那么，死后的生命去了哪里？

从何而来？往何而去？这成为一个巨大的哲学问题。人是一种存在方式，在死亡现象中，不可能不看到终结与毁灭。于是人类有史以来，在亘古的生死流转中追问和假定，并没有绝对的答案。我聆听佛陀的开示，因为佛陀的开示最让我感到有方向有依靠，是光明的指引。佛法说，五蕴非我……人的生命现象是由五蕴构成，离开五蕴，根本没有一个"我"的实体存在。五蕴为何？五蕴即是色、受、想、行、识，是人的生理、心理及精神的全部。佛法还说，肉身的构成，乃由四大而来。所谓四大，即：地、水、火、风。地是矿物质，水乃液体，火为身上的热能、体能，风就是那口气，是无时无刻不在的呼吸，它们相互影响互相作用，而为生命。因此生命在不断行进和变化中，它本身是一连串的过渡。昨日之日不可追，今日之日须臾期。哪里有"我"？"我"是空的，是不必执着的。

明白了这样的理念，为何还是忧愁哀恸？

在那位大学同学离世的前一天,恰巧分别有两位好友给我发来私信倾吐心声。一位深夜里说:"每当夜深人静的时候,妈妈渴望回家的眼神就呈现在我眼前,她在我们的白色谎言中,期待养好身体早日出院和家人欢聚。可残酷的事实告诉我们她已经无法离开医院,她的生命已经开始倒计时……想到这些,心都快碎了……"另一位从美国匆匆返国,正在为母亲病急乱投医,告诉我:"我妈快不行了。我在最后一搏。……我了解母亲是怎样痛苦地自己把自己一步步走到现在。但现在她突然倒下,又痛苦。我奢望她告别前能平和,与命运和解。她一生自我痛苦,我希望她走得不太痛苦……"这是两位深爱母亲的女儿。也许她们在与母亲几十年的相处中,有爱有欢乐,也有不快、厌倦、矛盾,但大限来临,告别的时候即将到来。此时此刻,她们的内心必定涌起"深爱我的那个人要去了"的彻骨之痛。母女之间的缘分,是世间最深的缘分,所以我说不出"不要执念啊"这样的话,唯有共情和悲悯。

衰老与死亡,据说是生命最后的一课。生与死,是生命的两端,是开始与终结。但真的如此吗?它是否可能只是生命极小的一段路?

这几天正好看到一篇题为《有个人死了》的短文,大意是死者与上帝对话,上帝提着一个行李箱,里面空无一物,明白告诉他,除了"你的时光,你生活的每一刻是你的",死者一无所有,是彻底的无产者,因为生命仅仅是时光。这篇短文是中英文对照,大概是来自西方的生死观。既然生命仅仅是时光（life is just a moment），所以，"经历它，热爱它，享受它（live it，love it，enjoy it）"。这样的生死观表达：死亡提醒人们，生命是有限度的，它只是片刻时间，所以，活在当下才是有意义的。但如何活在当下？每个人有每个人不同的解读，以致常常有人把"活在当下"当成一句心灵鸡汤口号。

要在不确定的人生过程中活出意义，离苦得乐，就得有坦然面对因缘及无常的智慧。"无常"是一个佛教用语。《地藏经》云："无常大鬼，不期而到。冥冥游神，未知罪福。"正是提醒芸芸众生，世间一切人和事物无法久住，时时刻刻处于生灭变异中，因此才要更加珍惜和善用今生的生命。如果生命是时光，生命就是一个长度。这个长度从来的地方延伸，又向去的地方延续，那么它就有过去、现在与未来，这一生的死亡只是下一生的开始。从何而来，往何而去？乃由你起心动念、言语造作，一切的身心活动决定。这样看，当下的起心动念、言语造作便事关重大，它决定了生命要去的地方。一切唯心造，所造便是业。这是一种积极的启示，也是佛法中所说的正念。既然出生之前有源头，生命就有根；既然死后有未来，生命便有归宿。从时间出发设想死亡，在有限之中看到无限。正念就是对当下发生的一切的觉察，是训练一颗警觉的心。

所以，怎么敢挥霍今生？我非我，却是我。所谓安身立命，指的就是每个生命需要对自己的现在负责的意思。其实基督教也有类似的教导，《新约·马太福音》上就说："你们要进窄门。因为引到灭亡,那门是宽的,路是大的,进去的人也多;引到永生,那门是窄的,路是小的,找着的人也少。"能够自觉提升生命境界的毕竟不是多数,但他们才是真正有福的。

芸芸众生基本上恋生恶死,却也有人活得生不如死,选择了自我结束生命,这同样让人忧愁哀恸。如果生命仅仅是时光,那么,重要的时刻只有一个——现在。现在,就是时刻照顾好自己的心,保持正念与善意,这便是活在当下的意义,也是对生命未来的真正关切。

在纷纷扰扰的世界侧身而过

最近夜睡梦多,而且混乱,大概白天接触到的信息太杂乱,妄想太多。每个梦里都会出现一些故人、旧人,没有特别的故事,就是老面孔闪过而已。难道是在怀旧?或者是对当下并不满意?有人说,你在追溯走过的路;有人说,你在寻找未来的出口。我自己的结论是,心不静,心神便不定。所以要好好检讨的,是自己。需要清理的,是垃圾信息、负面信息。于是盘腿而坐,于是抄写经文,无非是想让心神收拢,清净下来。

世界纷纷扰扰,战事不停,你争我斗不断。但我们还是在祈祷世界和平,祝愿岁月静好。这样似乎显得矫情。差不多一百年前,就是1918年的冬天,中国正处于新旧时代转型期。那时候辛亥革命已经爆发,满清朝廷逊位,共和建立。被称为中国"最后的儒家"的梁漱溟,当时还是二十五岁的青年,正在北京大学当哲学讲师。其父梁济,官职不大,却辞职返家,并在神明、祖先牌位前发誓殉清。梁济计划殉清至真正自杀,经历了七年对新时代民国社会的观察,最后失望了。他质问:"今世风比二十年前相去天渊,人人攘利争名,骄谄百出,不知良心为何事,盖由自幼不闻礼义之故。子弟对于父兄,又多有持打破家族主义之说者。家庭不敢以督责施于子女,而云恃社会互相监督,人格自然能好,有是理乎?"梁济留给儿子梁漱溟最后的话是不需要答案的问题:"这个世界会好吗?"然后一去不返。从此,这个问题像一个重担撂到儿子身上,影响梁漱溟一生,让他思考了一辈子。

相隔近一个世纪的今天,有更多的人在问:"这个世界会好吗?"发问的人也包括我。世界不仅残酷,而且粗暴。也许是互联网的便捷迅速,让这种残酷粗暴像瘟疫一样传染、扩散,很难见到它的好。某天,有位师兄在朋友圈转发一篇网文作为例证加以批判,他说忍无可忍了。这样的事情其实几乎每天都会在朋友圈见到,可见有不少人胸怀改造世界的激情。我自己对那些充满暴力与偏见的网文基本不看不说不批,我怕捅了马蜂窝,毕竟我是胆小鬼。但内心感觉却是恐惧和悲伤。总有一些伟大的口号和神圣旗帜,纠集一批乌合之众,他们在这世界上随意攻讦谩骂,操刀拔剑,滥杀无辜。暴戾总是有理由有借口的,可以无视鲜活的生命和文明的规则。世界就像一个巨大的伤口,不断被撕裂,被虐打,有些疯狂。

世界究竟会不会好?梁漱溟历经一生的观察与思考,也留下这样的话:"人是理性的动物,但在两人互殴时,只见所谓动物,不见所谓理性。人类今日完全陷于民族斗争、阶级斗争两大互殴活剧中,竟无反省,抑何可哀。"让人慰藉的是,我读他的晚年口述录,我从智慧给他带来的淡定和力量中也获得启示。他时刻自警:"一切法毕竟空。心净如虚空。永离一切有。照见五蕴皆空,何从有我。"这不正是佛陀的教导吗?世界的好与坏,毕竟是空幻。荒诞之处见荒诞,生生灭灭。每个人每件事,自有其业力在转。世间万物不足以动其心,这是梁漱溟的高明本领,也是他超越父亲之处。人在俗世,却能从世俗的生命中得到解脱,就是对自己有办法,梁漱溟认为这样才能避免和超出不智与下等。

不管世界会不会变好,地球照样在转,直到它真正毁灭的一天。梁漱溟的父亲为最后的封建王朝殉情了,一百年来,他的名字偶尔会被提起,因为他是梁漱溟的父亲。而更久远的时代,为抗清、抗元、抗什么殉节的历史人物也不少,他们进入历史,然后尘封。前几天,台湾资深媒体人宫铃因为忧郁症,走了。让我心痛的是看到她说了这样的话:"在中国一定要沉默,但关键时候一定要强烈,要抢先表态。这沉默与表态之间的智慧,很抱歉,我没有。"这是处于政治夹缝中的困局,她不幸被困住了。很快地,她的名字也只会偶尔被提起。身在这个纷纷扰扰的世界,你得前行,却要力避伤害。怎么办?只能侧身而过吧?说得容易,侧身而过,是需要对自己有办法的。

也有人鄙视,侧身而过?怯懦的行为。在这一个连沉默都不可原谅的时代,你就得站队,必须表态。你要争做时代英雄。当然,是纸上的、笔墨上的、口水的,绝大多数的时代英雄不过如此。

所以,有意义吗?世界是一定会变的,没有好,没有坏。

所有的意义都是贪嗔痴捏造出来的。我的白天，被混乱的信息团团包围，一团乱麻，然后在夜晚的梦里整理。看来，我还在意义中，还没有自己的办法。

　　据说打太极的最高境界就是进入化境，无处不柔无处不刚，处处能化，处处能发。这样的高人，积柔成刚。行走世上，别说侧身而过，简直是方圆自如。凡夫不是太极高手，却还是可以看到太极中的空性。无我即是化境。感悟到这一点，也许就可以掌握到一点点对自己对世界的办法。然而，要达到无我的境界需要历经艰辛复杂的心灵训练。

　　认识自己，管理自己。在纷纷扰扰的世界侧身而过。那么，先静坐下来，放空。

看破红尘是怎样的境界

有故事有人物命运的文艺创作总有追求结局的习惯。读者有期待,作者需要给一个交代。懂得制造悬念的作家会像制造套盒似的,层层设置布局。大团圆比较符合大众读者的心理预期,也算是阅读或观看之后的安慰奖。比如有情人终成眷属,比如寒门弟子金榜题名。热衷思考的读者追求更深刻的结局,比如大悲剧。它能体现更内在的生命运动,更体现人类的理想精神。当然还有追求个性的结局,与众不同的结局。但人世间是否真的有终极大结局呢?就算是盖棺定论,是否也真的到此为止?

鲁迅先生写过一篇文章《娜拉走后怎样?》,是1923年他在北师大的一个演讲稿。所说的娜拉,是挪威剧作家易卜生的经典社会剧《玩偶之家》的女主人公。娜拉经历一场家庭变故之后,看清自己在家中"玩偶"地位及丈夫的真面目,发出个人宣言:"我是一个人,跟你一样的一个人,至少我要学做一个人。"然后摔门而出,离家出走。剧终了。因此《玩偶之家》被称为妇女解放运动的宣言书,但娜拉走后会怎样呢？易卜生没有给出答案。目光犀利的鲁迅以当时的社会背景做出推断：娜拉出走之后只有两条路可走，一是堕落；二是回家。鲁迅的结论其实不一定正确，社会环境确实对单身妇女而言十分恶劣，但凡事有例外，娜拉的个性也许让她不至于折翅而返，第三条道路也是有可能的：就是娜拉能够自食其力，独立于世。

不管是怎样的路，娜拉出走，不是结局，而是更多问题的开始。不管是怎样的路，娜拉的路都仍将困难重重、烦恼多多，这才是真相。尘世间无数男女，兜兜转转，也都是解决一个问题，然后引出三个问题，是更多更乱的缠绕，总是走不出红尘混沌、世间恩怨。所以人生的境界，最终是对灵魂的追问和整理。丰子恺先生在弘一法师圆寂时，写过一篇纪念文章，其中有一段谈到人生境界："我以为人的生活可分三层，一是物质生活，二是精神生活，三是灵魂生活。物质生活就是衣食，精神生活就是学术文艺，灵魂生活就是宗教。人生就是这样的一个三层楼。"丰子恺先生关于"人生三层楼"的妙喻，说明灵魂在高处。能够达到第三层楼的算是突破凡夫藩篱，也就是一般所谓的看破红尘，比如弘一法师，出家前是文艺大才子李叔同。

"看破红尘"是一个成语。成语本有其隐于表面的意义，但说多了，容易成为一缕轻烟，失去原来的分量，甚至被戏谑。看破红尘究竟是怎样的境界？龙泉寺贤书法师写《半路出家》一书，是实学实修，寻找人生觉悟之旅的一份记录。因为某种机缘，我遇上这本书，被触动，方才意识到看破红尘只是真正修行的开始。佛法千言万语，归于一句：看破，放下。看破是智慧，放下才是真功夫，是芸芸众生最难逾越的困难。看破红尘者，要修的就是放下的功夫。

读过小说《红楼梦》的人应该都记得大结局：一百二十回时，贾政扶贾母灵柩到金陵，归途路上，天降大雪。忽遇已出家当和尚的宝玉与他拜别，然后随一僧一道飘然离去。贾政追赶，已倏然不见宝玉踪影。历经繁荣昌盛、造缘历幻，一切皆空，是《红楼梦》的大故事、大悲剧、大寓言。也应了小说开头，贾宝玉梦游太虚幻境时警幻仙女为他演唱的《红楼梦》十二支曲，终曲《收尾·飞鸟各投林》最后一句："好一似食尽鸟投林，落了片白茫茫大地真干净！"贾宝玉也算是看破红尘，半路出家。但他出家之后会怎样？好像没有人真正去追问。遁入空门往往被认为是一种对现实世界的逃避，是消极行为，无所作为。贾宝玉也是这样被定义的。但果真如此吗？

再看半路出家的贤书法师，俗世之名为刘书宏，曾经的网络红人、作家、丈夫和父亲，却在人生转角处，辞亲割爱，剃度出家。俗世的人以世俗的眼光猜度，离不开笨狗围着一根火腿肠打转的心胸局限。从佛理看，人生之苦无法躲避，业力如影随形。看破红尘，就是勘破人生这一个大梦，就是直面人生所有真相，接受，并从自己的内心化解，包括人际关系。贤书法师写到他所接受的宗教训练中，被要求一定要与自己不愿意相处的人好好相处。在寺院里，僧人之间注重彼此的和合，必须无条件从自己内心找到问题，然后与不喜欢的人和解，最终喜欢他，再最终平等而公正地看待、对待所有的人。这真是非常困难的心路历程。他说，他做不到。有谁做得到？但做不到就算不上真正的放下，就是功夫未到家，就是未达到超然物外的精神境界。所以，修行就是对心灵的训练。吃饭也是修行，也是一门功课，训练专注力。扫厕所也是修行，消除傲慢心……

贤书法师说，很多问题，都是死在这个"我"上。从"我"修到"无我"，再到服务众生，这是修行者的证悟之路，也是真正看破红尘抵达之境。我们能够感受到那些有大修为的高僧大德身上的慈悲、柔和、喜悦，正是他们已经拥有强大的气场和特殊的心灵力量。看破红尘，最终却成为红尘中的指路慧灯，度众生离苦得乐。让众生虽不能至，心向往之。

张爱玲说过一句话："不要认为我是个高傲的人，我从来不是的——至少，在弘一法师寺院围墙的外面，我是如此的谦卑。"张爱玲下笔苍凉，缺乏温暖。但这句话，让人感受到她对慈悲、正觉的向往。

另一种生活的可能

刷微信朋友圈，刷到一篇文章《僧侣与哲学家的对白》，标题似曾相识，便点开看。扫过几行就会心一笑，这是我很喜欢的一本书《和尚与哲学家》的缩写版。心头一热，起身翻箱倒柜把书找出来重读了。连续几天，再次沉浸在阅读的愉悦与感动中。读到最后一页，竟然发现当年自己写下的两个铅笔字："好书。"

时间是最好的试金石，它可以证明或显示那些被隐蔽的意义，呈现人类珍视的价值。一场特殊的对话，在一位德高望重的哲学家和拥有生物学博士学位的僧侣之间进行，他们还是一对父子。这便是这本书的内容。这本书中文简体版我购于十几年前，据说有繁体版，是赖声川翻译的。就冲着赖声川的《暗恋桃花源》，赖声川译本我得买回来。

父亲让－弗朗索瓦·勒维尔是法国当代思想大师、法兰西学院院士，儿子马蒂厄·里卡尔二十多岁时，师从诺贝尔生物医学奖得主弗朗索瓦·雅科布，以优异成绩拿下生物学博士学位，成为他可能有革命性突破的生物学家生涯的起点。

但是，这位有显赫家世的年轻人（父亲是哲学家，母亲是艺术家，舅舅是世界著名探险家）却做出了人生转向：他放下所有，披上袈裟，削发为僧。他遇到什么挫折或人生打击了吗？哲学家父亲对此也是困惑的，因为他对东方佛教非常陌生。全法国媒体更是持续关注这个特别的家庭。二十年后，父亲已是耄耋之年，儿子也在遥远的东方——中国西藏、印度、尼泊尔——过了二十多年佛教僧侣生活，闭关，修行，向佛教大师们学习。这个时候，在离尼泊尔首都加德满都不远的一座僻静的山上，一场西方思想与佛教的对话在父子之间展开。温和的、容忍的、相互聆听的方式，搭起沟通的桥梁。

对话与辩论不同，它是人类最原始最有效的交流方式。自由的对话更是一种精神传递，心灵能量的互换，它让参与者萌生新的见解与共识，改变个体，乃至改变人与宇宙的关系。如果这种对话发生在一对以探究真理与知识为使命的父子之间呢？他们都是极具思想魅力的哲人和修行者，那种情感与精神的全方位交融产生的感染力和影响，意义非凡。

他们说了什么？成为僧侣的儿子马蒂厄说："佛教提出了一种精神科学。它讨论的是幸福与痛苦最基本的机能。"而哲学家父亲让-弗朗索瓦则说："从这些谈话中我吸取了什么教训？它们启发我产生对于作为智慧的佛教越来越多的钦佩，以及对于作为形而上学的佛教越来越多的怀疑。它们也使我隐隐约约看到对这种学说目前在西方具有吸引力的一些解释……"对话中没有"标准答案"，它只给我们思考的空间、建设的空间。这种开放度和启示性，正是这本书最吸引人之处。我看到我在十几年前的阅读中，书上已经留下密密麻麻的铅笔画线、三角符号、折页等。显然，它当时就影响了我。

可是，马蒂厄为什么要放弃科学家生涯而出家呢？就像人们常常对拥有许多高知、科研专家、神童的北京龙泉寺充满好奇和不解一样，这些天之骄子为何出家？包括也会有人问高学历的佛教徒，为何信仰佛教？言下之意，这是迷信吧？

生活有各种可能，过去既定，未来却不确定，充满变数。所以预言往往是概率，而不是绝对的结论。根据马蒂厄的家世背景及成长道路，他的未来本应是一名卓有成就的生物学家，但是，在很年轻的时候，他已经接触到各种精神传统的著作，也意识到成为科学家并不足以给予他的生命一种意义。他有机会接触到许多极有才华、富有魅力的人士，但他觉得"他们的才能、他们的知识和技艺的能力并不因此就使他们成为好的人类存在者。一个伟大的诗人可能是一个骗子；一个伟大的学者，就他自身而言，可能是个不幸的人；一个艺术家，则骄傲自大。所有的或好或坏的结合，都是可能的"。而找到精神之路，则有助于自己清除那些贪嗔痴的心念及行为，成为一个不对他人造成伤害的人，成为一个拥有内心和平的人，并懂得辨别什么导致不幸和什么将我们从痛苦中解放而建设未来。人生是"一"，人生之道却是"多"。在众多迷途与歧路间，有一条通往明心见性之路，它，是对芸芸众生至善圆满的教育。所以，佛即道路，但前进的步伐全靠你自己，是不是道路就看你走不走。

寻求另一种生活的可能，其实是寻找认识并改造我们精神的方法，也是你要经验的道路。只有当内心改造完成了，一个个体才能有效地为社会改造做贡献。马蒂厄说："如果一个囚徒想要解放他的难友，他必须首先打碎他自己的锁链。"但问题是，并非每个人都能意识到自己被囚的处境。正是这样，一种个人智慧和一种精神实践才可能是有用的。另一种可能的生活也才是有意义的。

你不再追寻的时候,你已得到

  此刻正是 2017 年元旦。一元初始,万象更新,尽管作为中国人的新年春节尚未到来,辞旧迎新,祝福的气氛已经很浓郁。

  我们祈祷和平,但战争依然发生;我们祈祷健康长寿,但每天都有生老病死;我们祝福快乐,还是有许多人悲伤难过……

  去年的今天,我正在印度朝圣,沿着佛陀曾经走过的道路,去寻访觉悟的启示。我们没有谁预知第二天,有一场巨大的车祸在眼前发生。直接冲撞我们车子的一辆印度中巴,全车覆没,12 条鲜活的生命瞬间消失。那种惨烈的场面,触目惊心,至今记忆仍无法模糊。无常如影随形,生死相续。佛陀揭示"生命的如幻本质",这一真谛在那一刻直击人心。

  所以智者说,每个人都应该有"过去种种譬如昨日死,未来种种譬如今日生"的观念。唯有如此,才能在充满变数的人生保有一颗警觉之心。

  过去的 2016 年,世界依然悲欢交织,喜乐参半。人们对正在走来的2017年，也一如既往充满期望，诚心祈祷明天会更好。明天是否更好，真的不是你我可以确定的事。可以确定的是，世界依然有欢乐有伤悲，有和平也有战争，有笑也有哭，生活依然有各种不确定。

真正的祈祷其实只有一种，就是直面存在的所有，透过所见的真实看到虚妄幻象，你能够在觉察之中感受来临的万事万物，珍惜、爱与创造。唯有如此，时光的流逝才有了意义，如幻的生命才能自在。

在2016年的最后一天，我在朋友圈读到不少让我感动的语言，看到许多意味深长的画面。

诗人嘉励说："不要用眼睛去看花，看世界；要让花，让世界跑到你的眼睛里来……"作家林白说："去了好，来了也很好。"我觉得她们的眼睛如平静的湖水般清澈，心已经盛开了花。这是一种透彻的欢欣、明白的人生态度。我也看到有人引用一行禅师的话："如果你能把自己照顾好，你就能帮助所有的人。你不再是世界的苦难之源，你将成为喜悦和清新的水库。"

生活有苦必有乐，人生有变数也必有奇迹。所以，尽管我对村上春树的作品谈不上特别地心仪，但对于他所演绎的"小确幸"一词还是感觉温馨。小确幸源自村上春树的随笔集《兰格汉斯岛的午后》，其中一篇叫"小确幸"，意思是说生活中"微小而确切的幸福"，是稍纵即逝的美好。村上春树说，他选购内裤，把洗涤过的洁净内裤卷摺好然后整齐地放在抽屉中，就是一种微小而真确的幸福。

这样的感觉，如此细微、暖意，唯有热爱生活的心，不认为"生活在别处"，才能感受到吧。为什么眼前一定是苟且，诗一定要在远方？

2016年的最后一天，我还接到一个来自上海的电话，是年过八旬的退休老编辑厉燕书大姐打来的。她是我二十多年前当文学编辑参加第一个会议时认识的，从此结下忘年交。燕书大姐在电话里的第一句话是："你把我忘了吗？可是我想念你了。我想听到你的声音，听到你的笑声，所以我给你打电话……"

我既惭愧又感动。我因忙碌而疏忽问候，又因被挂念而涌起蜜一般甜柔、丰溢的幸福感。这样的细节，其实都在我们的生命过程中出现，它就是让我们的心变得清明而柔软的点点滴滴，让你心生欢喜。

所有的美好，就是一种心情，是转念之间，而不是奋力追寻。

所以，在2017年的第一天，我要与你分享巴勒斯坦诗人内奥米·谢哈布·奈的诗句："当世界在你周围坠落，你可以一件件拾起/有东西握在你的手中，像票根或零钱/而快乐却漂浮着/它不需要你握住不放/它什么都不需要/快乐落在旁边房子的屋顶，唱歌着/当它想离去的时候就消失/但无论如何，你都快乐。"

阳光千里迢迢来到这个星球

我是名副其实的宅女，周末一般不外出，沏一道好茶，读几页好书，是最舒服的享受。如果再听一碟好音乐，更惬意。客厅朝南，冬天有阳光直泻进来，怕冷的我，这个时刻绝对有幸福感。

幸福生活形成规律，也就习以为常。对于这么多好的陪伴，似乎漠视了。不过这一天，书页间一个句子跳出来，还是让我的心怦的一跳："阳光千里迢迢地来到这个星球，用那力量的一端为我烘暖眼睑，想到这里我被不可思议的感动所打动。"这么细腻的句子，是村上春树的，难怪那么多人喜欢他。

望着眼前满地阳光，还有透过花叶落下的奇幻投影，我也不可思议地感动起来。因为方才想起，同在宇宙间的太阳，与我们这星球距离多么遥远！

科普一下，现代天文学告诉我们，太阳与地球之间的距离约等于1.5亿公里。乘时速1000千米的飞机要花17年才能到达太阳，发射每秒11.23千米的宇宙飞船也要经过150

多天到达，太阳光照射到地球则需要8分多钟。所以，阳光来到地球上，岂止千里迢迢，是亿里迢迢！

人们理所当然地享受阳光，却甚少去想到人在宇宙运行规律间得到的恩泽。也许对此话有人会反驳，但如果你真的有心去想这个问题，世间许多事情便可以忽略不计，便可以释然。

春节期间，我回潮汕老家过年。兄弟姐妹只有我一人在外工作、生活，所以我每次回家探亲，老父亲必定放下手头所有事务，在家泡茶等候我。我已习惯推门进家，见他笑眯眯地坐在沙发上，茶炉上水开了，工夫茶正热气腾腾。不过这次驱车数百公里，也算风尘仆仆，进家门却没找到父亲身影。一问，家人说一定是去仙港了。

仙港是一个乡村的名称，父亲的老家。父亲在二十世纪五十年代初就离开仙港，那里没有至亲。因为爷爷早逝祖母改嫁，伯父和姑妈漂洋过海去谋生，父亲像孤儿一样在仙港独自度过他艰难的未成年时代。到了我们这一代，仙港基本成了一个地名，除了每年回去祭拜祖先，只是知道还有半边下山虎老厝，被近房亲戚借去居住。小时候，我去看过这老厝，没什么情感。

这一天，父亲真的去了仙港，而且就是为了这半边老厝。傍晚他回到家里，兴高采烈对我们说，今天总算气顺了，把房子要回来了，还讨回一点钱，还把他们教训一顿，让他们无话可说……对此，母亲在旁白眼，我们也不以为然，这让父亲颇扫兴。尤其对他讨钱一事，他赶忙表白，讨来的几百块钱只是租金的零头,也没拿出仙港,交到祠堂老人组去做善事。

事情的起因是这半边老厝一直给亲戚居住,历经三四代,不同的人住进来,搬出去,一直到近年他们都各盖房子,就把我们这老厝租出去了。而之前那些体现潮汕民宅建筑艺术的雕饰栋梁门窗也已拆得精光。所有的事情都没有来告知父亲,对于平时并无多少走动的亲戚来讲,这房子算是我父亲自动放弃,成为他家财产了。虽知父亲老来闲着无事,想到老厝看看,一看房子被租出去,就找亲戚说理去。亲戚已是晚辈当家,早已把这屋当成他家的,就说父亲老糊涂了……一番曲折,房子终于讨回来,换了锁,但父亲对这句"老糊涂"耿耿于怀,所以非要他们道歉,还要把租金讨回来。这件事,家里人一致意见是"得理饶人",房子拿回来就算了,所以对于这一天父亲的胜利,大家并无祝贺。

亲戚一家的行为,应了成语"鸠占鹊巢"的说法,也表现人性的贪婪无明。但眼珠里只有绿豆大的利益,岂晓得失去的更多?

后来与父亲外出散步,我像个政治辅导员般开导父亲。父亲还与我絮絮叨叨这家人的居心不良,他说:"三代了,他们三代人都对我家不好,我小时候像孤儿一样,他们没帮我。我后来的日子好了,他们嫉妒我……"我问父亲三代了,快一百年了,他们过得比你好吗?父亲说没有。我说古人云"君子乐得做君子,小人冤枉做小人"这话你比我懂吧?你为这样的人这样的事生气,实在不划算。

父亲与我坐在大榕树下的石凳小憩，他沉默许久，然后反驳，孩子，你现在的思想受佛教影响太深。心存善念宽恕他人没错，但什么事情都算了，都无所谓，你会被人欺负的。社会没有竞争，如何进步？一个人没有竞争，如何生存？

人如草芥，不努力生长，确实很难活得好。但"竞争"二字，就看你如何理解。

那一天，也是一个阳光灿烂的日子，我抬头看天空，只是反问父亲："你觉得我现在快乐还是过去快乐？你现在看到谁在欺负我？"父亲说你现在比过去快乐。你都不跟人斗，谁来欺负你？我说所以你自相矛盾了吧？父女相视而笑。

当我被"阳光千里迢迢来到这个星球"这句话打动时，我的内心有更深切的感受。上天的美意无处不在，就如同这灿烂阳光，分分秒秒、无分别心、无求回报地照耀我们地球万物，带来温暖和光明。每一个人都受到它的恩泽，我们该为此快乐才是，却往往无视它，而为鸡毛蒜皮自寻烦恼。对这穿越亿万公里而来的阳光，我们享受着、忽略着、挑剔着、批判着，甚至糟蹋着。

把一个人放在遥遥无限的宇宙，实在卑微得不足道，脆弱得不堪一击。这样想，还有什么解不开的结？还有什么大不了的事？把人的一生放在这不知始终的漫长时间中，只是弹指一挥间，哪有什么永恒与不朽？那些人们在乎的色身、亲人、爱人、名闻利养都是抓不住的，没有谁有能力掌控，转角可能无常。

生命无时无刻不在变化中，今天的我，也不是昨天的我。

念念不忘竞争，不如念念不忘随缘珍惜，让生命在更广阔高远的天空下有越来越美好的生命价值。

今年元宵节、西方情人节挨得近，谈情说爱的主题便成焦点，但基本还是在为情所困、为情所苦的境界打转。有什么情比得上阳光之爱呢？

我知道什么能比得上阳光之爱，那是我生命觉悟之源。所以，深深感念阳光的恩泽。并祝愿我爱的人、爱我的人，你们同样能够感念到阳光的恩泽，欢喜自内心深处升起。

变心，是生命的常态

春天来了，万物生发。角角落落的草木也都冒出新绿，无尘无垢，说开花就开花了。走出小区，是车流不息的黄埔大道，最亮眼的是大道中心绿化带的粉宫紫荆，一树树摇曳的粉紫，盖过了塞车的喧嚣。世界就是这样，烦心的和悦目的，纠缠一起，苦乐参半。你的情绪就这样应境而生吗？

"年年岁岁花相似，岁岁年年人不同。"易感的心会这样慨叹岁月易逝世事无常。但是今年花也不是去年花，今天的你更不是昨天的你。时序更替，万事万物都处于循环而有节奏的变化过程，人也如此。变，意味着生命的存在；变，意味着生机勃发。

但是，许多人还是要追求永恒，还是要求一颗不变的心。

这就是缘木求鱼、骑驴找马。所以说，心如何不苦？

恋人之间，最渴望的是心心相印，长相守，不分离。那首汉乐府《上邪》被传诵数千年，就因为这种绝对的痴情与执念："我欲与君相知，长命无绝衰。山无陵，江水为竭，冬雷震震，夏雨雪，天地合，乃敢与君绝！"我当年对这首诗也是喜爱得不得了，恭恭敬敬抄录于日记本上。现在我读到这首诗里令人畏惧的偏执。

情绪、感受、思想都是属于心识，念念生灭，不要指望有常一性。能够心心相印，不是因为对方的心不变，而是双方的心朝着共同的方向在变，生命在共同成长，相互滋养。三观不一致、成长不同步、心念变化不同的情侣是不可能善始善终的，同床异梦南辕北辙是早晚的事。

这是事物的本来面目，也是生命的实相。变心，是生命的常态。与世事无常一样，"我"的心识也是不断变化的，它本身不好也不坏。没有谁能够真正掌握事物，但正因为心是可以变的，生命有了无限的可能。这才是关键。

周末，几个相识超过二十年的老友小聚，因为有一处清幽的居所，因为有淡淡的酒、醇香的茶，便海阔天空神聊到深更半夜，自由地，私语地，也聊一些共同知道的人与事。可以说，是一次比较深入地谈心。

要相对正确地认识一个人，更真实地相互了解，大概需要这样坦诚而深入的交谈。

二十年前，生活节奏慢些，人们的时间似乎多一些，私语谈心的机会也常有，那时已经形成一个印象，她是个什么样的人，他又是个什么样的人。在漫长的岁月里，朋友间即便没有中断联系，但见面可能是因为某个饭局、某场会议、某次活动，所以更多时候止于点头微笑、匆匆寒暄问候、开些不关痛痒的玩笑、唠几句家常，然后挥手再见，各自走自己的路。

变,就在这年年岁岁、岁岁年年之间。

促膝谈心之间,一个朋友发现新大陆似的,对我惊呼,你变了,你变化太大了。我当然能够清晰觉察到自己在表达的时候,语汇及看问题的角度,与过去完全不同。我们之间的语境,是全新的,也是让对方陌生的。

但是,"你变了"。"你"是指我吗?"我"又是谁?

生从何来,死往何去?我是谁?

这是终极的哲学问题,也是各种宗教探索的核心。如果你是一个真正关心生命问题的人,你一定会为此而困惑,并努力去寻找解答这个奥秘的途径。

佛说,一花一世界。佛又说,万法皆空。色即是空,空即是色。量子力学的最新发现,印证了构成这个世界的不是物质而是能量。但能量又从何而来?如何运作?有时妄念生,有时正念起,那么,心念究竟是如何升起的?

记起星云法师说过:"若能认识这无常变化的世间,才能真正懂得常住真心的价值;无常也并非不好,无常的变化,正可以让悟道的人无限地运用。"

生命非断非常,前后相似相续,它依循巨大的惯力习性轮回流转。生生不息,流转不断,变化不止。世间分分秒秒在无常变化,心识也在时时刻刻生灭中,所以我非我,没有一个不变的"我",却可能有一个轮回的"我"。事物无我,却随缘显象,这其中发挥重要作用的就是因果规律。如《楞严经》上讲"循业发现"。

明白这一点,心的训练就有了契机。以变心为起点,从惯性中出离，给生命创造新的因缘，改变轮回的道路，改变原来的因果。所以，懂得把握变心的机会，意味着你有从轮回中解脱的可能。

看见春天里草木的初绿了吧？一尘不染。初心也如此，一尘不染是初心的本来面目，是真心。只是轮回的那股惯力、那种习性，拽着你朝着与初心相悖的方向走，让生命一而再再而三地蒙尘积垢，陷入窘境。

如实觉察心的变化。来了就来了，去了就去了，变了就变了。你要训练的，是掌握变的方向。心念决定未来，你要先"时时勤拂拭"，方能真心常住，达到"本来无一物，何处惹尘埃"的境界。那时候，心才可能真正清净安乐。

春天里的生与死

春天的季节，万物在躁动中，也在蜕变中，处处有生机，人心就特别敏感细腻起来，特别容易抒情感慨。所以，写诗的、拍照的、绘画的，都有一种蜂蝶飞舞、草长莺飞、虫鸟和鸣的春情荡漾。

中国人对生的重要性是特别强调的，以儒、道的传统，生乃天地之大德。古人早已选定三月第一个巳日为生命之神的复活节，即三月三，作为祭祀大地之神、婚姻之神的日子。乞婚配、求生育，男女相恋，在这春天里求欢求子，无所禁忌。儒家礼制经典《周礼·媒氏》云："仲春之月，令会男女，于是时也，奔者不禁。"《礼记·月令》亦云："是月也，生气方盛，阳气发泄，句者毕出，萌者尽达。"什么意思呢？东汉经学大师郑玄注解："句，屈生者；芒而直曰萌。"就是说，三月里生命之气旺盛，曲的直的草木都从地面纷纷冒出，蓬勃生长。

人类虽然没有叫春之说，欢爱、生育不受季节限制，但这春阳萌动、万物花开的日子，生命不欢腾不撒野似乎是有悖人性了。所以从古至今，从汉族到少数民族，三月的空气到处有情欲撩人的气味，青年男女唱歌跳舞，互赠香草，自由择偶，这才是中国真正意义上的情人节。文人雅士则饮酒吟诗，泼墨挥毫，踏青出游，生之快意就在这寻欢作乐的享受之中。

现代人是因为生活节奏太快、压力太大？还是因为被异化？太理性？总之，越发达文明的地方谈情说爱越成为困难，生育率也越下降。还有这样的说辞："不要轻易在春天谈恋爱，那只是荷尔蒙在作怪。"原始野性、率性而为变成苟且偷欢或利益交易，少了纯粹的美与快乐。因此，春天的生机勃发与繁衍生殖之神圣更加被想象和赞叹。

这个三月里，甚至与三月三这生之节日相依相连的，还有一个同样古老的节日，却与死有关，就是清明节。古书《岁时百问》说："万物生长此时，皆清洁而明净。故谓之清明。"清明节刚刚过去，这是生者对死者的思念，晚辈对先人敬拜的节日。"清明时节雨纷纷，路上行人欲断魂。"这春天的雨，既为生，也为死。既有滋润万物的能量，也成为悲伤别离的衬景。清明节，总有一种哀思的氛围。所以，伤春有时也是一种凭吊，或慨叹光阴流逝、人生苦短。

世人基本是恋生恶死的，中国人更是忌讳谈死。尽管每个人都在向死而生，生命也在一天天地缩短、衰老，人们还是不愿意正面讨论死亡问题。扫墓和祭祖，是对家族之根的追溯，是家庭集体记忆的唤醒，是一代代人的生命相续，依然意味着生之依恋。

某天，在网络上看到79岁台湾作家琼瑶写给孩子的公开信，表达她的生死观：在生命的最后时刻，拒绝没有价值的急救，拒绝没有生命质量的苟活。"'生是偶然'，不止一个偶然，是太多太多的偶然造成的。死亡却是当你出生时，就已经注定的事！那么，为何我们要为'诞生'而欢喜，却为'死亡'而悲伤呢？我们能不能用正能量的方式，来面对死亡呢？"

是啊，正视死亡，才是对生命的尊重。在死亡面前，荣华富贵、健康美丽、家庭美满等皆如烟云，死亡是对人生在世最大的否定，也是无人能够逃脱的结局。看见死，才能珍视生。忌讳死，是假装不死。如果不死，人们便可以大把挥霍生命，虚度光阴，不必珍惜。向死而生，生命历程才可能呈现其独特价值和珍贵意义。

哈佛医学教授阿图·葛文图医生为此写下《最好的告别——关于衰老与死亡，你必须知道的常识》一书，他认为"人们无法回避一个问题：应该如何优雅地跨越生命的终点？对此，大多数人缺少清晰的观念，而只是把命运交由医学、技术和陌生人来掌控"。他以一个医生的严谨和人道主义者的悲悯情怀，提醒人们什么才是真正的生命品质，是什么使生活值得过下去。

以佛教的观念看，生也不是偶然，缘起缘灭，生并非凭空而来，死也不是凭空而去。所以，不要只贪着生、记得生，却忘了死、忽视死。对生命的尊重就是敬畏生，也敬畏死。

佛法中有念死法门。这是一个既积极又有智慧的法门，即从日常生活入手,念念不离对生命无常的观想和理解,正视死的必然。今世生命确实是唯一的,而且单程,生死呼吸间。所以要把每一天都当成生命里的最后一天,珍惜当下,做想做的事,去完成真实的心愿。

另一方面,今世生命的终结,却也是通往来世之途的起点。万般带不走,唯有业随身。这才真正令人心生敬畏,才显现今生的虚妄,轮回与流变。你能否确定自己坦然踏上光明之路?

在春天的生之狂欢中,也静静思考死。这样,你就明白该做什么不做什么,你更可以放下许多执念。在有限可能到来之前,唯精进修持,方不辜负今生,才可能从容前行。

不透支的生活

"人生苦短,及时行乐"这句话,可以说是中国人现实主义价值观的体现。生的重要性,在道家思想中是有充分阐释的。一代代人的演绎,身体力行,其精髓也植入民族的基因。所以,对个体生命的普遍关注,对现世生活过程之享受的推崇,是融入血脉的理念。

活得好,成为衡量生命质量的一个标准;追求快乐,是人生的重要目标。

问题是,如何才是活得好?如何才算得上快乐?

上周与几位师兄姐聚会,有位一二十年未曾见面的师兄,我差点认不出。岁月催人老,这是肯定的。但气质的大变化,一定与心灵经历有关。

师兄不仅没有微信号,连手机号都没有。就是说,手机也不用的。不知道人们是如何联系到他的。他居住广州中心地段高档住宅区内,已有十年不上班,自诩游手好闲。以读书为职业,却读而不述不著。席间时不时有妙语飞出,我想这也算博学而深藏之人了。

当年师兄从学术机构下海经商,志得意满。二十世纪九十年代经商致富的青年学者,品位当然与洗脚上田的土豪不可同日而语,气场要多几分儒雅,又比穷书生少了寒酸。

现在的师兄,至少瘦了两个号,也不西装革履,衬衣随意。原先锐利张扬的眼神变得内敛而淡定。没有手机的他,当年是握砖头般大哥大的。他说以前觉得追求世人认为的成功,是快乐的;即便下海,也给自己制定享受厅级以上干部待遇的生活标准。所以,买房是中心地段140平方米以上的高档标配……商海运筹帷幄之余吃喝玩乐,也是快乐的,是才能与本领的显现……直至各种富贵慢性病袭来,方醒悟,以前的生活,已经是生命的透支。

人生贵得适意尔,安能羁宦千里以要名爵?

不为名利所困,舒适自由即快乐。这是师兄现在的人生观。故一日二餐,简且素。日上三竿才起床,夜深乱翻书。如阴生植物,不见天日,不近尘嚣。大概已经财务自由,不再为稻粱谋,一心只读圣贤书兼闲书。

这样的生活,是退隐的生活,洗尽铅华,逍遥自在。

但做世间的神仙,是否是另一场值得追求的人生盛宴?是否是现世安身立命的方向?

以马内利修女在九十多岁高龄出版了《贫穷的富裕》和《活着,为了什么》的著述,以她将近一个世纪的人生追寻旅程,为焦虑而繁忙的现代人提出真诚告诫:物质消费无法解除生命焦虑,精神思维也无法克服孤寂。在关切、付出与分享中,爱的行动才能让生命完整,才能绽放人类灵性的光芒。

以马内利修女以自己的人生回答何为生命的意义这个大问题。作为虔诚的天主教徒和令世人敬仰的宗教领袖,她认为利他的爱与拯救才可能让生命在真正的喜乐之中。所以她一生以服务贫弱、与不公平世界对抗为己任,被尊称为"穷人的守护天使"。

利他的思想,源自一颗善心。我赞叹以马内利修女的善心善行,她的生命不仅不透支,而且是丰裕的、光芒四射的。她有理由获得众人的敬重和爱戴。

佛陀说,众生平等。乞丐的苦与开奔驰的富豪之苦,有时还真难说谁的苦更大些。每一个生命都在受苦,不仅是人类,动物更加无助、更加弱势。要看清事物的本来面目,打破幻觉,理解人生的痛苦并得到解脱,仅有善心善行是不够的。

所以,能够升起菩提心,平等、慈悲地对待每一个生命(不仅仅是人类),才是生命的觉悟。这个觉悟的境界,并非一朝一夕可以实现,有时穷今世的生命可能还无法抵达。与生俱来的愚痴、无明和执着,需要漫长的驱除和清洗。

如果你走在这条通往可能觉悟的道路,你的生命已经发生变化,它不可能是透支的,而是全新的。

此乃痛苦，当知痛苦

　　这段时间，广州的天气特别无常，要么酷热难耐，要么暴风骤雨，让人猝不及防，有些无所适从。

　　这是小事，更加无常的是世事。

　　这几天被两件灾难性新闻刷屏了。一件是四川茂县的山体滑坡，一个美丽村落瞬间被夷为平地，迄今只有一家三口生还，还有一百多村民被深深掩埋，无痕无迹；另一件是杭州豪宅保姆纵火案，保姆逃生，主人家四口人被浓烟活活呛死，只有男主人出差在外幸免于难，一个美满富足的家庭顷刻家破人亡。

　　一是天灾，一是人祸，都是灭顶之灾。

　　看到这样突而其来的大灾难，每个人都很震惊，内心特别沉重，特别不安，充满恐惧、同情、悲伤，还有愤怒。

　　因为，这是让人深感无能为力、无法把控的极端事件，如此惨烈，让人在昏沉中惊觉生命的脆弱与渺小。

　　你很难说广州天气变化多端的小事与这些极端事件毫无关联，因缘的相依相合所造成的结果，这个链条非常复杂。

如果以凡夫之眼只看表象，就只有心随境转，情绪深受感染，却依然无法改变对事物的态度，改变对世界对人生的价值观。

从道理上讲，许多人知道，无论富豪还是贫民，没有谁只有幸福快乐的一生，而没有痛苦与烦恼，更没有谁可以逃离死亡。但死，究竟意味着什么？这些才是要追寻的真相。

两千多年前，有个太子叫悉达多，他锦衣玉食，荣华富贵，却发现王宫金碧辉煌，但没有一块地方可以逃避死亡。王室的财富，并不能为他延续生命一分一秒。所以，悉达多太子从恒常的幻象醒悟，走上寻求生命真相的道路，他成为慈悲伟大的佛陀，后来的追随者尊称他为导师、大觉者。

相信觉悟以后的佛陀，面对这些人间悲剧，也会心碎，也会落泪。但佛陀更加心碎的，可能是我们面对人间悲剧表现出来的无知无明，因为我们内心深处在否认人间悲剧的必然发生，我们在拒绝无常的事实，我们也不愿意受苦。我们所追问的为什么，都还是在果的这个环节上纠缠，却忽略了对事物内在因缘和合的不断觉察。

无知无明才是人间一切痛苦的根源。

如果有人告诉你，你的生命只剩下最后几天了，或者世界末日即将来临，你会真的接受这样的预告吗？并因此改变你对这物质世界的执着吗？

我认识的一位长者，曾经有成功的事业，有得意的爱情。但医生最近宣布身患重症的她，只有几个月的寿命了，也就是让她准备好后事。但执念极强的她，除了还在与同居老伴的儿子做最后的斗争，也还在为她的财产做尽可能的保全。

这未免让人唏嘘,她居然对万般带不走的外物如此贪恋,费尽心机,却对生命之后的去向毫无疑问与思考。

佛经上记载,证得大觉悟的佛陀,在印度鹿野苑初转法轮时,向众比丘宣讲的第一则开示,便是关于苦的真理:"此乃痛苦,当知痛苦。"就是说,无论贫富强弱,生老病死的苦是与生命相依相随的。所有你我正拥有的,以及正经历的一切,都伴生着不安全与无助感。世上万物,没有一件能够恒久不变,没有谁真正拥有什么。这个真理佛陀在两千多年前就已宣示,但芸芸众生能够真正接受它的微乎其微,每个人还都是在梦里拥抱名闻利养。

孔尚任的《桃花扇》里有一段唱词:"秦淮水榭花开早,谁知道容易冰消!眼看他起朱楼,眼看他宴宾客,眼看他楼塌了!……残山梦最真,旧境丢难掉。"

看破红尘,实在是一种极其困难的修炼。

改变所能改变的,为不能改变的尽量做好准备,这也是一种日常解脱之道。比如我不能改变广州变化多端的天气,但我出门会关好门窗,带上帽子或雨伞。我只有接受事实,面对它,为它而做好准备。

那么,那些大悲剧呢?那些天灾人祸呢?除了在这些灾难面前我们有共情,升起菩提心,我们还要从认识无常法则、认识痛苦真相开始,以一颗出离之心加以思维、感悟,才能从根本上带给自己和周遭以安详和自在。

我们要培养的,就是能了解并接受真相的能力。能够觉察不确定性,明了空性,你便能够面对最坏的也接纳最好的,你的心便不惊慌,因此高贵而庄严。

出离心,不是放弃一切,逃到深山老林,消极无为。而是以出世之心做入世之事,在浮华尘世中醒觉,守护自心,才能通达解脱痛苦、妄念、迷惑之路。

一步接一步，你所未知的加持

我认识的或不认识的人最近都在说《冈仁波齐》，那是一部正在上映的国产电影。我已经很久不看国产影视了，虽然从电影名知道与西藏有关，与圣地有关，因为冈仁波齐是著名的佛教神山。

不过当我听说这是一部真实的朝圣电影，是一群平凡的藏人从芒康到冈仁波齐，一路朝圣两千四百多公里，历时一年的历程记录，我终于按捺不住去影院了。

朝圣，也是我近几年个人生活一件重要的事情，虽然借助现代交通工具，下榻设施完备的现代宾馆，但以朝圣之心的旅行，在圣地获得的感召和感应，尽在不言中。当代藏传佛教导师之一宗萨蒋扬钦哲仁波切曾说过："我们要记住并感恩，一条能够超脱轮回、去除所有污染的道路，确实存在。"

朝圣路上，种种遭遇，在尘土飞扬中虔诚礼拜、在菩提树下禅坐、点亮酥油灯、在圣地绕佛塔诵经……都升起特殊的气氛与能量，无明愚痴的心，因一遍遍忆念佛陀教导而被触动，而升起正念与正信。这是无声的加持。

观看《冈仁波齐》的过程,禁不住涕流满面,因为有太多共鸣与感触。朴素的心,追随佛陀的心,更让人有灵魂被洗涤的清净感。

我们为什么去朝圣?

对于有宗教信仰的人来讲,一场庄严的心灵朝圣之旅,就是修持与证悟的一个重要部分,是心灵的转变、生命的转化。

圣地意味着什么?

圣地是一种信心的加持,当然前提是,你要有信。

如何在生命困局中突围?如何抵达更美好自在的生命境地?

对于人类灵魂的深度探寻,也许是所有宗教的起点。信仰,是心得到祥和安乐的依怙。

在一个长期以唯物主义为思考方式的国度,建立信仰是一个漫长曲折的过程。对于个人而言,需要珍贵的机缘。

当人们在说《冈仁波齐》时,许多人是被电影画面感动,因为这种仪式感太震撼。我读到了许多文艺性的解读,浪漫、充满诗意。但这种仪式后面的意义,你如果没有正信的修持,是没法真正理解的。

一部电影,一群平凡的人,历经春夏秋冬,风餐露宿。爬过山,蹚过河。迎接生,也送走死。象征了人的一生,充满生命的悲欢喜乐。编导的构思真用了心,对生命已有领悟。相信他们的内心,已经在追随朝圣的路上得到加持。

记得我初去西藏,是1994年的夏天。那个时候,是典型的文艺青年,对佛法几乎一无所知。去了半个多月,有西藏军区的吉普专车和军人向导,前藏、后藏的著名寺庙、神山神湖大多都去了。路上不断遇到朝圣做大礼拜、摇转经筒念咒的藏人，一边打夯一边跳锅庄的快乐年轻人，还有在画唐卡壁画的喇嘛、诵经的喇嘛……《冈仁波齐》里的场面，差不多就是情景再现。那一切，非常有心灵冲击力，却不明了其中的内涵。这是一种什么文化？什么精神？

看见神湖纳木错边大大小小的玛尼堆，甚至无知无畏，顺手拾一块玛尼石带回来，放在书柜里作为旅游纪念品展示。几年前才懂得自己的这种贪心与虚荣，已经冒犯了他人。于是写了一篇忏悔文，连同玛尼石，用红布包好，托佛学造诣颇深的费勇师兄替我送回藏地的玛尼堆上。

也因为被大昭寺门前虔诚做大礼拜、绕佛的信众震撼，好奇地从佛陀像前的供桌上，取了一把香炉里的青稞麦回来。二十多年过去，供放着，至今依然颗粒饱满，充满生机。也许，这就是最初撒在我心上的种子，是信仰开始的珍贵机缘。

回望过去的岁月，一步接一步的修持，便是点点滴滴的加持，无法不感恩。我在《冈仁波齐》中，看见了磕过去，再磕过去，一步接一步的努力。我也看见了努力的自己。

信仰不是为了快乐，不是为了求福报，而是为了调伏和修持自心，唤醒心的觉悟。唯有心的觉醒，了解因缘善变与无常，才能去除旧习气的屏障，脱去妄念，超越生死悲欢。

在《冈仁波齐》的最后画面，朝圣的队伍抵达神山之下，表情平静、淡定、祥和。这，也是内心的抵达。《冈仁波齐》，告诉你如何踏上修持之路。想起虚云老和尚说过的一句话："但尽凡心，别无圣解。"

在轻时代如何徐徐而行

有位老同学最近突发奇想要买古琴。他是忙大事的人，便把这风雅小事委托我。因为某种因缘，我也算接触过几位琴家，抚摸过几把年代久远的名琴，虽然我一点都不会弹。

古琴是雅器，不敢怠慢之。即便是入门级，也望遇良材美斫。于是开始寻访，还把几盘琴碟又搜出来听，几本琴书拿出来翻阅。

听着读着，匆忙的日子突然就有点慢下来的味道，心情也有了从容不迫的态度，真有点天高云淡神清气爽的舒畅。可是，这个时代不是这样的，这是一个连猪都想飞的时代，几乎每个人都在寻找风口，每个人都显得急慌慌。

调素琴、阅金经，看起来有无用之美，是轻逸的风雅，却也是一件隆重的事。细细品究，内里藏着的是高远与静谧。所谓高处不胜寒，这"不胜"二字，就是承受不起。

追求速度的时代承受不起深厚的事物，不能有太多的负担，不能有太多的深情厚谊。现在的人动不动就不堪重负，就压力太大，就是不想有太多羁绊阻碍自己快速飞翔。昆德拉说"生命不可承受之轻"这句话，带有某种隐喻性。

虽然世界还存在战争、贫困、政治斗争等不美妙的事情，但我们必须承认从物质的层面、技术的层面，当今世界人类创造了比以往历史更丰富多彩的事物，人的寿命也不断延长。这昭示着什么呢？

就是说，可折腾的条件越来越多，越来越便利。

日出而作、日落而息的时代早已过去，熬夜和失眠成为现代人的生活常态，差不多每个人都是亚健康地活着、闹腾着、烦恼着。即便飞起来，翅膀，是沉重的；生活，依然是沉重的。

轻与薄、极简、流动、小确幸，诸如此类，已经成为时尚的名词，几乎是我们今天对所有物质与文化的要求，这种理念还有成为正确方向的趋势。而精神的分量同样越来越轻，所以肤浅。没有人喜欢重的东西，没人喜欢啃大部头的书，没人愿意踏着沉实的步伐，一步一步地，徐徐而行。因为厚重的东西、有分量的东西需要忍耐，需要磨砺，需要漫长的时间。漫长，就是一种勇气、一种意志、一种毅力。

所以我致敬极少数的人。比如守在大山深处斫琴的人，他们专注于风干的老木头，在天地之间制作打磨一把手工古琴，至少需要两三年。他们把握一段老木头，就像把握着古老的时间。反复思量，与天地精神相往来。因为寻访一把古琴，我听到未曾谋面的斫琴师的故事。因为这样的故事，隔着虚空，我已感受到他手上琴弦的灵性。

青桐木已经难求，数百年的老杉木也日见孤独。琴音那么清雅圆融，不静不喧，如高山流水，却积淀那么多，与某些人相伴千年。在这样的时代，琴人显得形单影只，如孤鸿掠过，却是真正轻盈，真正气定神闲。他们有独特的生命方式，可以安置精神安妥心灵。

所以应该如何理解轻与重？

我们这个时代，有许多命名。不管怎么说，最近这些年，都离不开因互联网带来生活巨变这个主题。一切都是那么便捷的，据说智能机器人都快取替人类了。人身的生存变得容易许多，心灵却是抑郁日增。

于是法国有位哲学家吉勒·利波维茨基提醒人们，我们刚刚来到一个处于萌芽阶段的轻文明时代，我们却需要警惕并反省对"轻"的崇拜。因为当生命中的一切失去重量和意义时，就会产生"轻之沉重"。

快感与快乐，有本质的区别。飞，一定是有快感的。尖叫吧。

但转瞬即逝的时间，轻得近乎无的时间，我们不要急着去追赶。步履与一呼一吸达成和谐，是一种智慧。从脚下出发，踏入灵性的维度，那样的修炼是漫长、严格、自律的，却为内心真实保全了轻盈自在的状态。大禅师铃木俊隆就谆谆教导："应如同一头乳牛，而不是一匹马。我们像一头乳牛或大象般缓步而行，而不是奔跑飞驰。如果你能缓慢地行走，没有任何要获得什么的念头，便已经是一名优秀的禅门弟子。"

朽木化为神奇，成就美妙的琴音，是因为时间的意义。

时间,在这里就是永恒,静止,它是有分量有底蕴的。

在轻的时代,抬起脚,在大地上踏行。生命的美善之意,就在你经过的路径。

|辑 二|

chapter 02

爱情并不可靠，但很重要

小伙伴们说，姐姐，你来谈谈爱情吧。对于这个话题，我颇为踌躇。其实谈爱情，就是谈爱情关系，三言两语是说不清的。世上有两种人，男人和女人。当然，还有跨性别的人，这个属于少数族裔，我缺乏了解。由男人和女人构成的关系，是最复杂多变的关系。其中爱情关系，是对人的一生影响至关重要的人际关系。一个人的生活品质、生命质地、内心的幸福度，基本上可以从他/她的爱情关系中看出来。

爱情与婚姻没有必然的联系。许多人没有经历爱情而直接进入婚姻，古有媒婆今有婚恋机构，还有一些电视台的相亲节目，热心的婚姻介绍人，做的都是配对的活，与爱情无多大关系。著名光棍康德、叔本华，关于人类的性爱关系却有深入本质的理解。婚姻配对是看清了爱情的不可靠性，从人的生活现实出发，尽可能合理地进行生物学、经济学意义上人的合作。所以婚姻更是一种互惠互利的关系。经营得好是双赢，经营不好就得亏本或破产。婚姻可以因为爱情而升华，爱情却不一定依赖婚姻而存在。

中国的诗人发问："问世间情为何物,直教生死相许。"叔本华在他的《论爱情与性爱》一书中认为:"性在人类生活中扮演着极重要的角色。它是人类一切行为的中心点,戴着各色各样的面罩到处出现。爱情是战争的起因,也是和平的目的;是严肃正经事的基础,也是戏谑玩笑的目标;是智慧无尽的泉源,也是解答一切暗示的锁钥——男女间的互递暗号、秋波传情、窥视慕情等。"

爱情在人类生活中有如此重要的意义,它也成为永恒的艺术创作主题。能够穿越岁月愈老弥坚的爱情关系总是令人唏嘘、赞叹。譬如那部实录相爱76年,用一生诠释美好爱情的韩国夫妇的纪录片;还有那条重庆大山里的爱情天梯(二十世纪五十年代一对私奔的恋人,一条丈夫为妻子手工凿成的下山阶梯)。这样的爱情因为其稀有性而成为偶像。"执子之手,与子偕老"是人们关于爱情结局的愿景,却不意味着是必然的事实。同时《廊桥遗梦》《失乐园》这类关于不被允许的婚外爱情主题的文学作品也总是畅销不衰。人性之矛盾复杂、爱情关系之脆弱因此略见一斑。人们一方面对爱情充满疑虑和禁忌,一方面如灯蛾扑火,死而后已。

西方的爱神丘比特是蒙着双眼、四处飞翔、拿着利箭乱射的顽皮男孩,象征了爱情的盲目与反复无常。爱情基本上就是心的感觉,或者是荷尔蒙产生的情欲错觉。年轻的心是最多变幻不定的,从性欲欢愉出发的爱也往往稍纵即逝。所以,爱之后,苦恼、不安、恐惧、冲突,甚至欺骗、攻击、控制、抛弃等接踵而来,充满幻灭感。那一句人们苦苦追问的

"你爱我吗"或者那句直抒胸臆的"我爱你",其实都包含着从"我"出发的寻求。所以说,并没有真正的爱情关系,而是"我"与他人的关系。关系的双方,爱,或者被爱,往往关心的是自己的感受、自己的欢乐、自己的满足。

既然如此,爱情究竟有何意义?有何价值?

如果爱情就是以"我"为中心的关系,那么,在我看来,爱情就是让自己成为更好的自己。正是与另一方的互动,有另一方的观照,你返观自己的内心,并不断地扩展,将自己的心从局限中解放出来,看清自己的心,看清自己的愚痴、丑陋,也看清自己的美善与温柔。万事万物无不处于变化中,你如果承认时间在流逝,爱情也在改变,你明白爱情关系的不确定性和非永恒,你就懂得如何学习与实践爱。爱与爱情有一字之别,却有不同的内涵。学习爱,才是心的修持法门。你不期待通过另一个人来承诺爱,你就是爱本身,那么,所有的悲伤都将终结。

从这一意义讲,我们是应该感谢在生命旅程中出现的曾经牵手前行的人,哪怕只有几步。昨日种种昨日死,纠缠追问爱与不爱是毫无意义的,有意义的是这段关系带给你的成长。并不是每一个人都认同这样的观点,或者能够在爱情实践中找到更好的自己。我有位老友,他有句名言是"肮脏的爱情也是爱情"。我不驳他的话,我深知每个人关于爱情的看法决定他/她的生活实质,这是个人的宿命。旁观这位老友每段爱情关系的终结,总有些狼狈,让心高气傲的他对两性关系难免沮丧和悲观。唐璜作为花花公子的代名词,其实也是一个爱无能的流浪汉。

　　如何从爱情关系中成就更好的自己？爱情犹如生命。生命都是走向死亡的，明知人总有一死，向死而生，而且在生命旅程尽可能焕发光彩，这就是生命的意义。爱情与尘世生活一样，纷纭繁复，充满无常，重要的是你认清生活真相之后，依然热爱生活。爱情的意义正是如此。在爱情中，人们会成为诗人，会有崇高的气质、灿烂的光辉，热烈而专注。这样的美景面前，你要明白爱情也是一种力量，它超越于善恶，是创造与毁灭的力量源泉。所以我们必须学习并实践爱，才有可能接近理解爱的真谛。能够爱，才是最实际的事。

世家行已远

那个下午，元山里子在机场出现时，我首先被她系得一丝不苟的丝巾结吸引了。毕竟，穿着时髦讲究，一身名牌出现在机场的女人不少，尤其是年轻女性。但在行色匆匆的旅途中，依然把丝巾结打得这么精致用心也不算年轻的女人并不多。她的笑容和鞠躬行礼，都显得谦和节制，举手投足却处处有范。我们在机场的肯德基角落坐下来喝咖啡，等待几个小时后一起接机。她提前从日本飞抵机场，正是为了亲自接另两位也从日本来的老友，是她已故先生的旧同事。那时，我心里已说，这是有故事的女人。一周以后，我们各奔西东。我回复她的邮件时写："你就像一本精装书，内涵丰富，质地精美，有待细细阅读。"人是有气场的，我已感受到元山里子独特且意味深长的气场。

前段时间写了一篇文章《女人的道场》，提到一位美丽奶奶，引来许多朋友的好奇和赞赏。毕竟，体现在老年人身上的优雅气质，如今已经稀有。如古瓷之美，恒久而静谧的脆弱，需要小心翼翼呵护。关于美丽奶奶，我也才刚刚知道那照片里的她，其时已经90岁高龄。那张脸，显然不是美容院塑造出来的。浑身上下散发的气息，有不事张扬的贵气。果然，朋友说，她出身医药世家。家族名号已改弦易辙，至今仍家喻户晓。"文革"时红卫兵抄家，各种文玩字画珍藏被焚烧了三天三夜，火都未熄。世家到了穷途末路，也就应了另一位世家才女张充和先生所书的："十分冷淡存知己，一曲微茫度此生。"人生如戏，离合悲欢，瞬息无常，再繁华的场景也终将如轻烟一缕，随风淡远。体悟到这一点，便懂得，拿得走的是看得见的物质，留得住的，唯余音气韵，是让后人追寻、遐想的大家风范。

"世家"这个词，在潮汕话里是常用的。如果评价一个人，说他是"世家人"，意思里还有一层含义，就是他是讲究之人。没有根底没见过大世面的人，如何讲究？追根溯源，"世家"一词，最早出自《孟子·滕文公》，原指世禄之家，世代显贵之名门。潮汕人的祖先，大多是北方大姓氏大家族。南迁之后，门楣刻上"××世家"字眼，就是要把家世渊源传之子孙，昭之天下。世家也即是世世代代相沿的大姓氏大家族。世家也许破落，但无形的家法家规家教，仍然对家族起到精神规范、约束的作用。所谓"仓廪实而知礼节，衣食足而知荣辱"，指的就是教养和礼节。从春秋战国以来，中国人就是这么确立荣辱观，越是富足越是大户人家，越有条件知礼节知荣辱，这也便形成了世家有范的生活品相，是世家比暴发户更有优越感的精神支柱。即便破落，也该吃有吃样、坐有坐相。这就是讲究。三十年河东，三十年河西。草莽时代,"富贵"变成"富豪","贵"需要时间打磨雕琢,"豪"则是一掷千金的爽快。如今人们已经失去耐心,美酒不须慢品细嚼,要的是一饮而尽的干杯,痛快!在英雄莫问出处的新时代背景下,世家显然成了古旧的代言者,但这种古旧,却正是其底气,是其感染他人、不威而慑的精神力量。所以,当我读《南方人物周刊》一篇文章记述张充和:"走出张充和滴水成冰的家门,钻进孙康宜的先生张钦次驾驶的汽车,穿过积雪覆盖的宁静乡间。车上,孙康宜先生问记者:'你有没有觉得,充和的脸就像一幅仕女图?'这样的仕女图,以后不会再有了。在这白茫茫的大地上,一个远去的时代正缓缓收拢起最后一片优雅高贵的羽毛。"想象这个场面,不胜唏嘘,也隐隐掠过一丝苍凉。

并不是说,世家天生注定意味着优雅高贵。也有许多世家子弟,行径不堪且心灵丑陋。《红楼梦》算得上是一部封建世族列传,破落世家子弟柳湘莲评价贾府"只有门前一对石狮子是干净的"。柳湘莲的评价依据的正是世家应有的行为准则。粗鄙、猥琐如贾琏贾环之类的,也明白廉耻之所指。所以,行为举止的得体、生活品相的得宜比钱财更为重要更显体面,它们所代表的是身份与文化的等级。说根基深厚,指的就是一代代累积的历史资产,它需要时间磨砺和书香熏陶。礼仪传代,是物化的精神,也是精神的物化。深藏其中,就是一种有范的生活态度。繁华静处,我们可以感受到沉下去的品味之美、周到的教养,而非看见浮上表面的奢华。

我说的元山里子,她是中日混血儿,出身书香世家。祖父于晚清时期留学日本；父亲于二十世纪三四十年代也留学日本，并娶了日本太太回中国；她的父亲成为厦门大学的数学教授，也成为数学家陈景润的老师；元山里子在二十世纪八十年代作为第三代又去了日本……她正在写一部家史《三代东瀛物语》，一个中国书香世家，其背景贯穿现代中国的转型史、中日关系史。从有血有肉的人物看历史，我们更能看到真实的历史细节，一定有一种精神血脉相传。这是我想要读的书。

世家行已远，雅趣与谁言？

在一个失去精致雅趣、教养奇缺的时代，我愿意追寻一份古旧，我们的文化里曾有的生命品性。

浮尘世里的生存哲学

读元山里子寄给我的家史初稿，欲罢不能，被许多细节深深触动。我惊叹的还有：她的父亲1950年携日本裔母亲归国，居然能够基本有惊无险度过惊涛骇浪的多场政治运动。百度百科上有关于她父亲、数学家李文清教授的介绍，第一句便是"李文清不为名，不争利，胸怀豁达。热衷于学术研究，并积极投身于教育"。如何不为名不争利？如何热衷于学术投身教育？这是非常空洞的概括，你只有走进人物的细节里，走进他的个人史，你才能明了这种概括的意义。一个远离政治的书生，恰逢政治运动频发的时代，命如蝼蚁，他如何逃生？

李文清小时候是个神童，由外祖父亲授的10年私塾学力，诸子百家经典倒背如流，我认为这是这位数学家极重要的人文资产，也是他的智慧源泉。现在的理工科生，有几个拥有如此丰盈的人文资源？恐怕文科生也没有了。

1950年响应新政府号召，他放弃在东京的高薪工作，并非出于政治热情，只是为了回家尽孝，栽培失学的弟弟，更想做回数学专业工作。这是李文清人生中一个重要选择,也是必然的选择。四书五经的教育深入骨髓,百善孝为先,与政治无关。而作为新政府欢迎的专业人才,李文清首先受到当时两个著名大学的欢迎:清华大学、厦门大学。李文清选择了厦门大学,从此再没有离开过。他的理由是:"我从小熟读中国历史,我搞明白了历史上一个重要的教训,就是像我这样搞学问的人,最好离政治远一点,越远越好,北京这个地方政治气味太重。"到了厦大,32岁的李文清就以副教授的职位,得以分配住校园内设施良好的国光楼,但他却申请到鼓浪屿条件差的教工宿舍,宁可自己每周坐船返学校上课。元山里子记述:"这时爸爸已经隐隐感到中国的阶级斗争火药味,他感到对自己的妻子,对未来的孩子们,有义不容辞的保护责任,在他力所能及的范围内,为妈妈,还有我们营造一堵防火墙,避开政治斗争的烈火。"如此年轻,却有一眼看穿铜墙铁壁的洞察力啊!老子说:"居善地,心善渊,与善人,言善信,政善治,事善能,动善时。夫唯不争,故无尤。"这是与兼济天下所不同的独善其身和顺势而为,也是动荡时世里书生保有片刻宁静的生存态度。老庄哲学影响形成了中国文化里与"儒"不同的另一种文化,就是隐逸之道。

我读元山里子的家史,为李文清老人的人生智慧折服。能够在那样的年代与政治保持距离,不革命,也不反革命,尽最大可能,一门心思深入自己的专业研究(李文清的数学科研成果在苏联、美国、日本以及欧洲均有影响,通五国语言。数学家陈景润早年得益于他的教导,第一篇论文也由李文清推荐给华罗庚教授，才得以调到中国科学院数学所工作，为后来摘取"数学皇冠上的明珠"准备更好的机遇）；尽最大可能，保护家人的日常生活和安全。这是真正的智者，也是最根本的人道主义者。

想起小时候读《青春之歌》。在充满革命激情的杨沫笔下，才华横溢的余永泽因为不革命，成为一个碌碌无为而且懦弱的负面形象。但我其实也不喜欢江华、卢嘉川那样的革命者。看近代中国百年史，基本是由革命、反革命、战争、斗争构成的，革命激情和所谓大情怀成为主流。李文清的父亲干革命去了，于是抛妻弃子。这样的人，可以说，千千万万。而在强权、斗争、动荡的政治时代里，要不受影响和改变，徐行而安，以人为本，除非你把握到"大道"，才能够懂得如何避世，如何淡看时世、人物变迁，达到心灵的真正自由。

前段时间，有两句诗在网上被刷屏了："我有一壶酒，足以慰风尘。"引来无数的续作，认真与调侃兼而有之，雅句与粗词并存。这是一个繁杂的尘世，熙熙攘攘，你该有怎样的定力，才可以保有一颗澄明之心？才能够读懂原诗的内涵？这两句诗，源自唐代诗人韦应物。原诗为"可怜白雪曲，未遇知音人。恓惶戎旅下，蹉跎淮海滨。涧树含朝雨，山鸟哢馀春。我有一瓢酒，可以慰风尘"。韦应物诗风冲淡闲远，有隐逸旷达之味，是山水田园诗派代表人物。这诗里便有一种以冷静淡泊面对失落境遇的心境。知音未遇，但有一瓢酒，足矣！这便是一种人生态度。我更喜他那两句"春潮带雨晚来急,野渡无人舟自横",步陶渊明后尘,幽居山林,享受清流茂树,心安自得。在中国的文化里,隐逸是从老庄哲学发展而来的一种生存智慧,也是企图独善其身的书生面对强权或乱世所能做的选择。老子又说了:"孰能浊以清?静之徐清。孰能安以久?动之徐生。"是啊,浊水如何澄清?"静"能澄清;谁能久安?"徐"动而安,生生不息。

年轻气盛时,多激情昂扬,但世界并非如你所愿,世界也并非只有抽象的情怀。清静而不争,并非无欲无求,却是更为积极地超越红尘苦难,更为深切地悲天悯人。

李文清老人已经98岁高龄,与他的日本裔太太依然在鼓浪屿颐养天年。这样的智者,抱朴守拙,知雄守雌,心若浮尘。故,"天将救之,以慈卫之"。

站在群边看人生

虽然说,微信微博之类的互联网社交平台把时间撕成碎片,但现在的人要离开这样的平台似乎不太可能。尤其微信,几乎取代了大部分的通信工具。因为工作、因为生活、因为玩乐,人们聚集于互联网平台,看似虚拟,却是现实世界的延伸。物以类聚,人以群分,微信便有了各种各样的微信群。

我是加入微信比较晚的人。正是这种不得已的推动,进了微信,最初只单线联系,连朋友圈也不进去的。几年下来,不仅朋友圈要进,各类大大小小微信群居然也达数十个,所以,除了工作群,所有微信群设置免打扰功能,大部分微信群不进去。

但也有好奇心发作的时候,有时候也会斜卧沙发,做葛优躺,呷着工夫茶,一一点进各种微信群,刷一下看看那些达数百上千条信息的群究竟在干吗。

这里真是人生百态,是极其生动形象的社会各阶层面貌。一点都不虚无。

我有不同阶段的同学群,最活跃的群显示是一个中学同学群。春节过后,中学同学群便成了红包群,节日的娱乐氛围在这里久久没有离去。我刷到手麻,惊讶于几乎所有信息都是各种红包和不断重复的表情,就像日复一日的广场舞和红歌合唱团。冒出好多我不认识的人,过去还在群里偶尔讨论些话题的几位同学,与我一样,消失得无影无踪。我悄然退出,长长舒了口气。无论什么环境,都是物竞天择,适者生存。就是这个道理。

有一个近百人的群,微信量不算大,主要是群名高大上:全球精英商业领袖……大概是有人按键失误,把我混进去的。因为我不敢称精英,更不是商业领袖。群公告有句话:有胆有才你就来!我自认无胆无才,所以一直做潜水党。但是,这个群的信息却是与群名称很相衬的。转发的链接不是长江商业评论、FT中文网、华尔街日报的长文专论,就是央行观察、国资智库,等等。有人会发表《如何从女生裙子长短、男生内裤销量,判断经济好坏?》之类的雄文,处处可看到商机。这里有各种商业计划书、招聘启事,有转让股权、医院、农庄、宾馆,投融资,卖楼卖飞机卖商厦……作为一个资深文青和数字盲,我看这样的信息如刘姥姥进大观园,也算是见识一个精彩新世界,看多了激发智商。这是一个务实而充满活力的平台,也有不确定的冒险、风险与竞争,商业精英领袖们精明能干、勤勉,讲究效益且目标明确。

我也曾误打误撞进了一个健身群。全是些对身体狂热爱恋的分子,细微观察胳膊腿脸蛋一丝一毫的尺寸变化,从马甲线、腹肌块、胸部腰部臀部到跑马、登山、游泳……我是懒人，混在里面道听途说一点日常健身经验后，就不再思进取。轻轻地来，悄悄地撤，无人知晓，也不带走一片云彩。

我存在于更多不同类型的文艺群、生活群中。这样的群，虚度光阴的人更多，不过也更有趣有味。有生活达人，做个面包也是匠心独具的，让人不敢小觑，更想跃跃欲试。也有奔波于名利场的人，不断扯着嗓门吆喝自己的作品，蛮辛苦的。所以说，没有什么人生是轻松简单的。如果真的轻松简单了，可能是无聊的。

无论存在于哪个群，我都算是不活跃的一位。就像拍大合照，我喜欢站边；参加会议，如果不对号入座，我就坐边。旁观人生的态度是照镜子的态度，最终照耀的是自己，也可以看他人更清晰。穿越不同的群，好比是穿越多维空间。同一时间段，有人在做数十亿数百亿计的商业计划书，在讨论项目、达成交易与合作，有人在发几毛几分钱红包，也有人在吟诗作对，或思考人类的终极关怀。各自快乐，各自身心自在。

对于我加入的几个佛学讨论群、生态环保群，我对它们保有由衷的敬意和情感依赖。那里，时间，是用来修炼心灵的；时间，是用来保护生灵的。总有一些人，今世生命是来为众生服务。这样的人生观，并付诸实践，你无法不说是有使命感，是正能量。可是这个时代，使命感正能量常常被用来调侃。

我们的生活，总与他人关联。一个群，就是一个能量场，你身处这样的能量场，总有一种氛围影响你的生活，影响你的成长。有些能量，是对生命的滋养；有些能量，是对生命的搅扰。做如何的断舍离，做如何的倾注深情，全在于自己，也最终成就你的生命质地。

寻找流散的日常精致

买了《和王世襄先生在一起的日子》一书很久了，一直搁在茶几边，摆出一副马上要读的架势，却总是迟迟未读。等到最近随手翻阅，微尘沾着手指，却是令我着迷，不肯释卷。此书作者田家青先生是王世襄先生唯一的入室弟子，从游王老三十多年。买这书，我是冲着王世襄这个名字来的。他是文物大家，人称"京城第一大玩家"。爱玩成家，是多么有趣味有意思的人生。王先生晚年自嘲："我自幼及壮，从小学到大学，始终是玩物丧志，业荒于嬉。秋斗蟋蟀，冬怀鸣虫……挈狗捉獾，皆乐之不疲。而养鸽飞放，更是不受节令限制的常年癖好。"以王老的出身及经历来看，确实看不出有什么济世救苍生的凌云大志或雄韬伟略。一生以玩为乐，却是诸般玩技靡不精通。即便是清苦的日子、动荡的政治年代，他的玩心和玩劲依然让人动容。田家青先生认为"王先生最大的贡献是他的一生中致力于展示、宣传中国文化最核心、最精华和最本质的精神：格调、品位、和谐"。

似乎一谈格调、品位，人们就容易联想到有钱人的生活，好像得有钱才配格调和品位。比如名车豪宅、奢侈品……现在的绝大多数中国人,在玩的方面,已经丧失想象力和能力。而这种能力,曾经是中国文化中的诗意和情趣,它让生命充盈,让生活成为艺术。

田先生这书,看似闲书,特别适合闲读。读着读着,你就被其中的境界感染了。一种看似寻常的日常精致由远而近,照出当下的方便面生活和伪装的高雅人生。真正的高人不摆谱儿。王世襄作为世家贵公子出身,他的讲究却是在日常中返璞归真,回归人的本性;他的玩,是以一颗惜物爱物之心。一段木头的刨花,一只鸽子的羽毛,都可以自成美的世界。

王世襄也以烹饪大师著称于世。世界各地总有好友千里迢迢求他做的炸酱,品尝他的焖葱。有人在报上登文,说吃过王先生做的菜终生难忘,没吃过王先生的焖葱,死不瞑目。在田先生的笔下,王世襄烹饪的讲究,无非就是"认真"二字。要吃当地,吃当季;要在各种调料的加减中寻找平衡。比如每年豌豆上市季节,他要做一大碗炒豌豆,炒法简单,少量的油,少量的盐和糖,少许的料酒。豌豆保持清香的季节很短,过了那几天,他也就不吃了。与之相反的例子是,田家青先生曾参加一位成功人士的乔迁之喜。一进豪宅大门,便见管家在大厅里支了口大铁锅,炖了满满一大锅鱼翅,来客一人一大海碗炖鱼翅就馒头。骄奢到粗鄙至极,也是真正的暴殄天物。

一个国家人民生活的乐趣与风格,体现这个国家的精神面貌。正如现在我们一说优雅,标准就是指向巴黎、意大利,法国女人、英国绅士……巴黎肯定是时尚之都,法国女人也多优雅。但这样标准,让中国人复制过来,并不搭调。哪怕细节做到家,也只看得到形,却感受不到魂魄。中国人的风雅,中国人的情趣,中国人的美感,因为丧失,如今却成虚无。网上热传过一组照片,主题是当代中国城乡的审美。那种丑陋和俗艳,是可以直接杀灭自信心的。

所以读田先生的书,读到兴头上,我就摆梯登高,从高高的书柜取下超大 16 开本四卷一套的精装本《传家:中国人的生活智慧》。这是我时不时要翻阅的书。每翻一次,麻木的感官又变得敏感一些。这套书,也相当于我的生活感觉磨刀石。图书的编著者是台湾的任祥女士,她也是国际著名建筑师姚仁喜的夫人。不得不承认,在传承文化血脉和保留生活习俗方面,台湾做得比大陆好多了。这套书分春夏秋冬四卷,却都有"气氛生活、岁时节庆、以食为天、匠心手艺、齐家心语、生活札记"六个单元。我特别爱看匠心手艺这个单元,那是指尖上的中国。台湾地区的大红花布、江南的蓝印花布、中国女人的饰品、多宝格、花艺……当然,还有中国女人的厨房,还有养生草药……图文赏心悦目,字里行间皆是生活智慧。翻着翻着,心情就愉悦起来美好起来。这该是我们的情感记忆,也是生活中的精神。所以龙应台告诫:"慢读一下,你发现,事实上,她在写的,是生活的态度。"

这种生活的态度,是对时间之美、生命之美的守护,是拥抱好生活的态度。它与金钱关系不大,与价值观和审美能力关系很大。

一颗惜物之心如何断舍离

断舍离是这几年特别流行的一个观念,来自日本杂物管理咨询师山下英子的一本书《断舍离》,核心意思是人对物的拥有,不要成为物的附庸,而是从自我真正需求出发。

断＝不买、不收取不需要的东西。

舍＝处理掉堆放在家里没用的东西。

离＝舍弃对物质的迷恋,让自己处于宽敞舒适、自由自在的空间。

这真是一个很好的观念,在物质至上的时代,能够果断舍弃无用的东西,脱离对物品迷恋,是值得推广的现代生活理念。所以我的朋友圈里时不时就看到"断舍离"实践,某男昨天清理掉一屋子旧家具,某女今天抛了好几袋旧衣物,扔了之后的空间令人神清气爽,心情舒畅。我的心情容易受感染,即便我没看山下英子这本书,也被朋友们的成就感所鼓舞。所以到了周末,有点闲暇,就嘴上叨叨"断舍离",脚在各房间游移,手也不停折腾起来。这事,钟点工代替不了,只有亲力亲为。但冷静想一想,其实就算没有"断舍离"这个流行词，定期的家务整理也是要进行的。只是一种日常的方法被提升到价值观的层面，甚至与身心健康、人际关系等联系起来，似乎有点过于郑重其事，成为一件被摆上台面不断讨论的事情。据说，你持有的物品越少，选择就越容易。重要的东西越来越清晰浮现出来，你便会珍惜现在拥有的一切。进一步延伸，据说，丢掉不要的男人和爱情，丢掉不舍的想法和悲伤，你会遇见真正需要的伴侣，活出更真实的自己。清空环境，清空杂念，清空心情。

所以，断，舍，离。

许多人高举此旗幡行动起来。对当下没帮助的、占地儿的，统统扔掉好了。问题来了，什么是不需要的东西？无用的东西？扔掉以后，你还买吗？你还要拥有吗？

我想到另一种观念，就是人要尊生惜物。我被著名环保人物汪永晨拉进好几个环保群。那里面有不少环境保护主义者，他们特别擅长废物利用。酵素党就不用说了，所有厨余、菜帮子全是可利用的宝，还有旧衣旧瓶子旧家具旧屋，都可变废为宝。每一件可能被断舍离的物品，在他们眼里都可以被需要，循环再利用，可以有华丽的转身，可赋予新的生命。没有一样东西是真正无用的、不需要的。物品的再利用，可以减少地球的负担，为未来的人类留下更多资源，这是环境保护主义者的理念。同理，在佛陀眼里，众生平等，人身难得，没有人可以被否定被抛弃，每个人都有可能明心见性，成为觉悟者。"不需要、不适合、不舒服"是一种情绪，也是一种执念。这样的情绪或执念，靠丢弃的行为就能够真正改变吗？

有一门老手艺，正在日趋消亡，但能够从另一个角度给予我们启示，那就是锔缮。按照"断舍离"的说法，东西坏了，也就废了，失去利用的价值，扔掉就是。但古老的锔缮修复文化，告诉你，每一件器皿破损无法预料，却可修补，以此延续物命。所谓"补碗补盘补人心"，修补的正是人的惜物之心。将破碎的器皿，仔细粘好，在接缝处用金粉绘制，因地制宜，不仅修复了器皿，也成为一件独特的全新作品，拥有新生命、新的美感。这个修补的过程非常需要耐心、小心翼翼，匠人不敢怠慢任何细小的碎片，缺一不可。作为一个容易恋旧的人，我对这种饱含爱物惜物精神内涵的修补文化特别敬重。物有悦人之美，人有惜物之心。我想这更应该是现在我们要珍惜的情感吧。

在生活节奏快速的当下，物件坏了便换，是很便捷、干净利落的。按照"断舍离"设定的标准，就是以自己而不是物品为主角，去思考什么东西最适合当下的自己。不符合这个标准，就立即淘汰或送人。但这是否为另一种自私？东西扔了，有问它的去处吗？自我环境改善了，大环境可能垃圾成堆。如果送人，你不需要的，他人是否也需要？两千多年前孔子就说，"己所不欲，勿施于人"，这是教人设身处地为他人想一想，不要将自己的意志强加于人。所以，更需要扪心自问的是，对人对物，我们是否有一颗修补之心？我个人以为，要做到这一点，难度比"断舍离"大多了。梁文道曾写过一篇文章，就叫《惜物之心》，他说："在我印象之中，绅士和奢华根本是两个完全不同的范畴。且看十九世纪英国绅士之间的通信，关于绅士的品位，他们往往是这么说的：'×××的家居朴实无华，真是难得的好品味；他是那种老派的绅士，一件大衣穿了二十年'。他们会称赞一个人的朴实和惜物，低调而不张扬，却绝对不会把看得见的奢华当作品位，尤其不会把它视为绅士的品位。"

旧物有灵魂，人也赋予其情感。所以，当"断舍离"成为一种思维的整理术，上升到价值观、心理学层面，却也有许多可疑之处。于我而言，保有一颗尊生惜物之心，在源头上不为物欲缠绕，少即是多；不被执念捆绑，轻安则福。才是让心灵悠游于平和自在的境地，适情任性，快乐自我。当下即放下，而不是执着于放下。

当生命以渐没冰川的方式与世界告别

我与彼得只见过几面。因为工作的关系,我们通过一些邮件,正在讨论一些项目的合作,我们有一些共同的朋友,所以沟通起来很顺畅。这是一个友善的荷兰男人,正当盛年,看上去精干、得体而老练。作为荷兰赫赫有名的大报记者和作家,他刚刚担任一个重要职务:荷兰文学基金会会长。事业新的一页正在打开,似乎阳光灿烂。第一次见到彼得是在北京的荷兰大使馆举行的以文学基金会之名的招待酒会,彼得在中国以会长身份正式亮相。不久,是在德国的法兰克福,同样是以文学基金会之名的招待酒会,在离法兰克福展览馆不远的一家酒店里,彼得显得轻松幽默,正式的讲话也让笑声不时响起。谁也不会想到,命运的黑暗之手正在向这个男人包抄而来。在我们通邮件数月之后,彼得邮件的回复慢了下来,然后我收到一份来自荷兰文学基金会的官方邮件,通报了彼得患病的消息和代理会长人选。在此之前,虽然有朋友说彼得病了,可是,哪具身体没有生过病呢?

当我将官方邮件宣布的英文病名对照搜索出"肌萎缩侧

索硬化（ALS）也叫运动神经元病（MND）",中文俗称"渐冻症"时,我才震惊了。这是一个残忍的消息,尽管知道世界上有这样一种病,最著名的人物就是当代伟大的物理学家史蒂芬·霍金。但人总有想象的盲点,要把这样一种罕有的绝症与看起来前程似锦的人联结起来,真的不敢想象。

生命从何而来？到哪里去？为何而活？芸芸众生甚少去考虑这些,它们成为巨大的哲学命题。我年轻的时候就热爱哲学,但我只是把哲学当作深奥的理论,脱离人间烟火的象牙塔。我往往从字面上去解读,并且任性地、赶时髦地选择我喜欢的哲学。所谓的悲观乐观、痛苦快乐、存在虚无,其意义皆是字面上的、轻飘飘的。"少年不识愁滋味,为赋新词强说愁"的经验大致如此。

然而,每个人都一样,在生命的路途,会遇见一个个残酷的生命真相,会经历切肤之痛、困惑、迷茫、幻灭,有些人会开始思考,开始面对,开始追问生命的意义。佛说,人生有八苦：生苦、老苦、病苦、死苦、怨憎会苦、爱别离苦、求不得苦、五蕴盛苦。所以,人生是向死而生,在苦中觉悟,获求解脱。但是,人生毕竟是一个不确定的过程。佛陀教导,甚至结果也是可能改变的。这样,生命的意义才可能显现出来。有一本曾风靡一时的书：《当一切改变时,改变一切》,作者尼尔·唐纳德·沃尔什就以亲身经历告诉身处逆境的人,改变不是一件坏事情,所有的改变都是为了你更好。所以不要抱怨,改变才有机会。要改变世界,先改变自己。这书我也买了,也读了。它是可以给予人鼓舞和启发的,但有一个前提，就是人生有逆转的余地，有变好的可能。我想到彼得，以目前的医学水平，这是一种不可逆转的疾病，只有一天天坏下去，没有奇迹发生。当彼得的生命结果被预知，进入倒计时，躯体越来越身不由己，精神却是十分清醒，彼得如何活着？

朋友说，彼得已经无法说话了，所有的对谈都靠笔写，开始坐上轮椅了。彼得是个乐观的人，有一个美满的家庭，坐着轮椅的彼得与家人去海边旅行……又隔了一年，见到荷兰的朋友，我就忍不住要问彼得好吗？每一次的消息只有更糟糕。但是，彼得在写作，彼得精神很好，就是我得到的答复。最近的一次，我知道，彼得的生命完全"冻住"了，他的躯体无法动弹，已经离不开呼吸机，脑子却非常清醒。想象这情境，令人十分哀伤。这样一个曾经以观察世界为生的人，在身体渐渐落入冰川的时刻，他敏感的心灵如何与外在的世界、内在的自己对话？史蒂芬·霍金曾用三根还能活动的手指，在键盘上敲出这样的话："我即使被关在果壳之中，仍自以为是无限空间之王。我的手指还能活动，我的大脑还能思维；我有终身追求的理想，我有爱和爱我的亲人朋友；对了，我还有一颗感恩的心……"我看到患病之后的彼得，也正是这样的人。

我曾给彼得发了邮件，把我所能想到的、联系得上的中医疗法的相关人的名单都提供给他，甚至在鹿特丹的中医按摩师都找到了。彼得告诉我他有优秀的西方医疗团队，他并没有采纳我的另类建议。他一边接受系统治疗，一边在给报纸写专栏，据说还把我帮他寻医的故事写成专栏文章。我也给彼得送去佛教音乐和佛教语录英文小册子,希望能够带给他一点东方宗教的安慰。彼得说,他在与时间赛跑,在他还没有完全被"冻住"之前,他要完成想写的书。

在我写到这个段落的此刻,是下午,我正在回忆往事。我的手机响了一下,我看到荷兰朋友发来的短信:"Pieter died yesterday。"(彼得昨天去世了)一个预知的结果这样巧合地到来,依然忍不住泪流满面。我从书柜里取出彼得送我的书,里面还有一封短信,写在印有名画的荷兰明信片上。他语调简洁明亮,让人感觉到丝丝暖意,而他的身躯正在一寸寸冰冷僵硬。残酷的宿命。

史蒂芬·霍金曾说过:"无论命运有多坏,人总应有所作为,有生命就有希望。"霍金这句话,你可以将之归为心灵鸡汤。但人生是需要励志的,心灵也需要鸡汤,因为它们确实有能够给予人们启发、滋养和鼓舞的能量。尤其你认真地想一想霍金的处境,你就可能领悟到,霍金的每一句话、所做的每件事,都是上天经由这个形象对人类的开示。其实不仅是霍金,人世间许多承受着巨大苦难的人与事,都是上天关于生命的教育。这也是彼得生命最后的意义。他保有生命的尊严,他看到命运的嘲笑,在无常与死亡面前,他无助,却不是寂坐。一具落入冰川的身体与飞翔的精神,在时间之上。这是彼得最后的背影,也是人之为人,生命的价值所在,是另一种方式的修行。

愿彼得安息。

去发现，去尝试，去遇见更美好的自己

十几年前，李傻傻是我的一个作者，当时他还是大四学生，在南方报社实习，写诗，也写小说。他的第一部长篇小说稿，是我非常陌生的题材，给我强烈的视觉冲击和心灵震荡。我反复追问他，这些事情是有原型的吗？生活里真的有吗？他肯定地说，小说里已经修饰了美化了，真正的生活更加粗糙更加残酷。傻傻的小说，是我最早看到的描述中国乡村留守青少年生活的文学作品，这部小说就是《红×》。因此傻傻被美国《时代周刊》以中国新文化力量的代表专题报道，他被赋予最草根的中国年轻人种种梦想："穷困的男孩勤奋学习，成为学校中唯一一个上大学的孩子。"

傻傻留在广州工作、生活了，我开始喊他另一个名字"蒲荔子"。这两个名字都有意思，都不太真实。但十几年来我们时不时联系着，甚至有些工作上的合作，有时一起吃吃喝喝。他跟许多比我年轻的人一样，叫我小林姐。他话不多，做事踏实，是个真实靠谱的小伙子。做了十几年媒体，办了些有影响的文化活动，差不多就是资深媒体人了。去年，傻

傻突然辞职创业。于是，一个叫"朋友家"的社交民宿精选平台诞生了，我也成为"朋友家"最早的会员之一。至今，我还是围观群众，没有真正去住过朋友家里面的民宿，也没把自己的房子放到朋友家与别人分享。但我喜欢去看朋友家的页面，还常常把亲朋好友拉成朋友家会员。朋友家就像蒲荔子的另一部创作，有美好动人的故事、极有个性的人，有诗和远方，有行走和停下来。那些美宿，有时让人有梦幻感，游离现实的飘忽感。它们真的存在吗？心头难免掠过要去遇见的冲动。

前段时间，傻傻说他们在齐云山办了一个以文创革新为主题的论坛，来了不少业界大咖，叫上我去围观。两天下来，我才发现，蒲荔子玩大了，朋友家真真实实地壮大成长。这个写小说的男孩，一转身，就爆发另一种力量，我看到创造力与生命的无限可能。

在齐云山论坛上，我还见到了一个人：歌手朱哲琴。从二十世纪九十年代起，我就是朱哲琴的粉丝。第一次听她的《阿姐鼓》时，那种空灵、禅意、超然之美深深打动我，所以只要她出新碟就必买。在那个人们常常买盗版碟的年代，朱哲琴的碟我是坚持买正版的，还买来送朋友，当时我认为是一份值得珍惜的礼物。

但是在齐云山论坛上，朱哲琴是以设计师的身份登台演讲。她侃侃而谈，充满热情地阐述她对中国传统手作的热爱，她的设计理念，她和团队所探索的中国民艺复兴之路。她通过PPT展现的物件：乐器、衣饰、茶具……每一件都精致唯美得如艺术品,其实就是艺术品。我仿佛听到从它们那里传来朱哲琴的歌声,这是另一种歌唱。

作为设计师的朱哲琴,与作为歌手的朱哲琴,同样让人有美好的遐想。当生命充满梦想、创意,展现了在世俗之上的灵气、活力,感动就让人从心升起,仿佛看见初升的太阳,含露绽放的花,那么单纯、轻盈。

我还向朋友家推荐了一间美宿,它远在云南腾冲。几个月前我和师妹去腾冲时,叶师兄介绍了这间民宿主人与我们认识。这是一位八〇后女律师,她同时开着一间散发着原木香气的民宿,她命名为"醍醐"。我们去的时候,民宿刚装修好,没真正开张。坐在二楼敞开的厅堂,望着远山和田园,云卷云舒,腾冲小镇的美景如诗如幻。品着好茶,赏着花,我们摆拍了许多靓照,自恋得尽兴。

回到广州后,我就经常看到这个"木罗的世界"的微信。琴棋书画、友人雅集、诗词歌赋、美食美衣……这就是木罗的世界,有时热闹,有时沉静,却都是从容的。看见她抄录的诗经:"皎皎白驹,在彼空谷。生刍一束,其人如玉。"欣赏这样美好的意境,暗自惊叹这么年轻的女孩子,有着怎样的悟性?

人生很短,世事无常,这就是生命所面对的事实。所以,你不去让每一个今天过得更有意思些,做心爱之事,却去按世人设定的标准路径走,人生岂不太无趣?

去发现,去尝试,去遇见更美好的自己。一定可以的。

李白感叹:弃我去者,昨日之日不可留;乱我心者,今日之日多烦忧……最后他多么有觉悟：人生在世不称意，明朝散发弄扁舟。

这又是一种活法，何尝不可？

善良比聪明更重要

一个叫罗尔的中年男人，突然成了网红。几天之内，他经历了命运戏剧性的大起大落，世间如山呼海啸的大爱大愤，他的私人生活也差不多被挖了个底朝天。因此事，我有两个聚集较多媒体人的群，吵成菜市场。

最初有人在朋友圈转发由小铜人公众号推出的文章时，我是忽略的。直到公众号"淼哥故事会"发出原创文章并附链接，宣布赞赏金专门捐给罗尔患白血病的女儿时，我才细读了相关文章并参与。因为工作的关系，我关注深圳刘淼医生的"淼哥故事会"。医生要有仁术，更要有仁心。"淼哥故事会"就像妇女们特殊日子的暖宝宝，是一位好医生的贴心关怀。我相信这是一位有仁术仁心的医生。事件发生后，我与刘淼医生开玩笑说，这类事很谨慎，怕被人笑智商低。信你，还是智商低啊。其实刘淼医生的初衷让我感动，他有一颗柔软的心。

至于那个罗尔，我并不认识他，但他上班的大楼，我非常熟悉，老同学就在那里工作，多年来我时不时进出于此。

所在刊物的情况，大致清楚，也曾与它有过工作往来。这刊物曾有过辉煌，后来就衰落、消失了。世间就是这样啊，生命都要消失，一份小刊物，如何永生？想想我们谋生寄身的职业、所谓单位，我们面前的一切，其实都是极其脆弱的。

事情的逆转只是短短的一天。小文人罗尔，中年男人罗尔，从一个被同情被关怀的可怜人变成被追打、抨击、鄙夷的可恶之人，差不多被套上诈骗犯的帽子了。理清这个事件的来龙去脉，未免感叹可怜之人必有可恨之处，可恨之人也有其可怜之处。想想看，罗尔没有比更好的人好，也不见得比更坏的人坏。他不过就是无数外有功名富贵、声色货利诱惑，内有贪嗔愚痴、疑忌不平躁动的凡夫俗子之一，他的烦恼痛苦正是因此而来。一念无明，是所有苦厄的根源。每个人可以拿他照照自己，照照自己的所言所为，有则改之，无则加勉。这样，你正走在觉悟之路。

《圣经》上有这么一个故事。文士和法利抓到一个妓女，问耶稣："像这种淫妇，按照摩西律法应该用石头砸死，您说对吗？"耶稣沉默不语。这个问题，让耶稣陷于进退维谷的困境：若说砸死这妓女，马上触犯罗马政府的法律；若说不用石头砸死她，耶稣就背弃了摩西律法。众人围观过来，等着耶稣的回答。耶稣看着众人，手指那个妓女说："如果你们中间谁认为自己从来没有做过错事，谁就可以用石头砸死她。"众人面面相觑，然后一个个散去了。耶稣对妓女说："你走吧，我定不了你的罪，没有人可以定你的罪。因为没有人从未犯过错误。去吧，以后不要再犯罪。"这个故事的意义，在于提醒人性中的诚实与包容,提醒道德的自律性而非作为他人的绳索。

忆念佛陀,他之所以伟大,是他的大觉悟。他经历千辛万苦的修行,对于人心、人性、人格所有问题,有了确实的证悟。他看到了如梦幻泡影的人世真相,看到了芸芸众生因贪嗔痴诸多妄念带来的痛苦、烦恼无休止的轮转,观照到因缘的善变与无常。开悟后的佛陀,心如明镜,随缘自在,是生命的大圆满、大慈悲、大智慧。

观世音菩萨之所以是大慈大悲,在于他的循声救苦,而不是审判。在观世音菩萨那里,没有该救不该救,而是救得救不得。因为各人因果各人担,这是佛教关于业力的解释。所以,善,才是我们的初心,是我们的出发点。当你起心动念的那一刻,业力的种子已经落下,决定了你种豆得豆、种瓜得瓜。

在这件轰轰烈烈的募捐事情上,罗尔和他的朋友,耍了小聪明。随手转发与恶意揣测的人群,不也是小聪明?那些自认头脑清醒的人嘲笑着热心善良的人,难道不是小聪明?只顾耍嘴皮子穷追棒打的人不是小聪明?因为捐了而感觉上当受骗的人们,难道不是小聪明?在这件事上,谁也没有得。小聪明没有带来任何收获。

特蕾莎修女说过:"即使你是诚实的和率直的,人们可能还是会欺骗你。不管怎样,你还是要诚实和率直。""人们经常是不讲道理的、没有逻辑的和以自我为中心的,不管怎样,你要原谅他们。"我相信在特蕾莎修女一生漫长的行善生涯中，她一定被骗过、欺诈过、侮辱过、误解过。但她并不因此停止对他人的行善与救助。所谓因为他人不诚实而产生种种危机感，只是你自己内心的想法。

没有什么值得大呼小叫的，人性本来如此，才需要守护善良。善良永远比聪明更重要。这是我们的初心，也是我们的善根，我们自己的护身符。

即便遍地流氓，你依然要知书识礼

记得我读初中的时候，班上有位女同学，被男生起绰号"咸菜刀"。因为她有一项本领，谁招惹她，她便一串串骂人咒人的词句飞流直泻，无人能招架得住，就像潮汕主妇持刀剁咸菜时那股麻利劲。我现在完全记不起她真正的名字、长什么样了，但我却还记得我目瞪口呆看她骂人的感受。

老实说，起初我没什么是非观念，因为她除了麻利骂人，还有许多我在家里无法听到的土话俚语，让我羡慕她肚子里有那么丰富生动的词汇，简直是语言天才。但有一次，我学到她频繁使用的口头禅"浪险"，这在潮汕话里是一个粗俗的词，所以我一说出口，正好物理老师在我旁边，冷冷看我一眼，说"姿娘仔人，不知羞耻"。顿时满脸羞愧，恨地上无缝可钻。从此，再也不敢羡慕那位女同学口吐莲花的绝技了。

因为从小好读杂书，在不读书的年代，我也是手捧书卷的样子，便让大人觉得这是个爱读书的女孩子。于是我也得到几个绰号：书橱、老书呆。在这样的绰号暗示下，大人们便认为你必须知书识礼，斯文得体。

"知书识礼"是一个好词,也是一项高标准的要求。但事实上,我过去是很容易情绪化,有臭脾气的。即便我成年以后,也会耍大小姐脾气,一言不合,友谊的小船说翻就翻。虽然不会骂人,但也会说些让人堵心的话,尤其是与强势的母亲针尖对麦芒。这种时候,我父亲就有治我的撒手锏,只要他脸一沉,说:"孩子,你读那么多书,受那么多教育,怎么能说这样没水平的话。"我立马闭嘴。

"知书识礼"的"书",指的是"四书"——《论语》《孟子》《大学》和《中庸》,"礼"就是《礼记》。这就是中国传统文化里的四书五经,它们形成中国文化的基本原则:仁义礼智信。因为四书五经被认为是封建的腐朽的不符合时代潮流的,经过几轮文化清洗,中国传统文化已是衣衫褴褛、破碎不堪,精气神全无了。皮之不存,毛将焉附?也难怪现在那些谈国学的,贻笑大方了。

世界总是不尽如人意,从来都不是完美的,但每一个时代总有一些光芒穿越时间,照耀着今天的世界。既然有人慨叹这时代这社会,已经遍地流氓,就会有人在缅怀、想象往昔西方的贵族精神、古老东方的贵族精神。作为出生于社会主义国家的平民,我知道这个国家有权高位重的大人物,有富得流油的土豪,却没有见过贵族,读书可以让我从书本上认识何谓贵族。

所谓的贵族阶层,什么皇室、什么爵,还有什么民国范、上海滩最后贵族之类的,他们就意味着是贵族吗?翻开历史,哪一朝一国的王公贵胄、富贵人家,没有黑暗、卑鄙和残酷?

《红楼梦》里大观园之外,谁是贵族?

所以贵族终究成为一种精神,代表着一种高贵的姿态,是人类文明的高端。上升到精神层面,便成为贵族精神。贵族精神的高贵内涵是:诚信、道义、使命感。中国文化里有贵族精神,孟子说:"富贵不能淫,贫贱不能移,威武不能屈,此之谓大丈夫。"这算是贵族境界,可见古人也在追求这样的高尚品性,它是人性恒久的向往。

但人性中有高尚的品性,也有低劣的动物性,人类历史之复杂、曲折,无非是因人性复杂而来。与贵族相对应的便是流氓无赖。流氓无赖意味着野蛮无底线的行径,是人类品性的底端。流氓也是一种意识,藏于人心。流氓政府、流氓大人物、流氓小人物同样存在于世界的许多角落。

"这个世界会好吗?"以及"我与这个世界没什么好说的"这样的质询和感叹,一直存在于历史长河。这是谦谦君子对眼前粗鄙的不满,对流氓无赖的无奈,这是一种批判的态度。

批判了,质询了,然后呢?

我曾经因为读书而拥有批判精神,认为批判是很重要的。但我读更多的书以后,我放弃了批判。我不认为批判是好武器,就像我后来不认为会骂人的女同学拥有绝技一样。

冷静地看看自己,看看我、你、他、她、我们……有谁没有爱恨、善恶、痛苦与愤怒、得体与失态等矛盾的心理经历?所以哲学家帕斯卡在他的《沉思录》里思考人的品性:"人既不是天使,也不是禽兽,但不幸的是,想成为天使的人往往变成了禽兽。"

世界的样子其实也是人的灵魂本身，二元对立天衣无缝地织入人性之中。在人的灵魂深处，往往好坏、善恶纠结成繁复错综的一体，它是世界所有关系的源头。

　　世界毕竟无解，就随它去吧，但个人可以觉察，可以谦卑下来。即便遍地流氓，你依然要知书识礼。这就是个人的精神追求。如果能够做到这一点，世界当然会好，你也无须去与世界有话要说。就好比在雾霾里，总有薄弱的缝隙，一两缕光隐约透下来，让你知道这肮脏的霾层之上，有蓝天，有太阳。

　　你要融入这样的光辉，你要成为光。

人生不相见，动如参与商

杜甫的《赠卫八处士》这首五言律诗，我青少年时代就把它背诵下来，那是"少年不识愁滋味，为赋新词强说愁"的年华。背了也就背了，偶尔会触景抒情一番，就像沙滩上的泡沫，瞬间也就消失了。那时要谈人生，没有沧桑历练，分量未免轻飘飘。

"人生不相见，动如参与商。今夕复何夕，共此灯烛光。少壮能几时，鬓发各已苍。……主称会面难，一举累十觞。十觞亦不醉，感子故意长。明日隔山岳，世事两茫茫。"

一千多年前的古人，见个面，要步行、骑马，日夜兼程，翻山越岭，甚至风餐露宿，动不动，一个行程就是数月、数年，这期间可能还有战乱，还会遇上自然灾害，真是相见时难别亦难，所以杜甫才会感叹人生相逢有如参商两个星宿，在天空彼此相对，此起彼伏，不得相见。

现代科技改变了时空观念，五大洲的距离，再远也不过十几小时的飞行。所以，相见就成了一件寻常事，从理论上讲，从技术上讲，相见并不难。难的是，愿不愿意见。

猜忌可能由此而生，心理距离也会因此扩大。所以，现在的人更喜欢把纳兰性德的词挂嘴上："人生若只如初见，何事秋风悲画扇。等闲变却故人心，却道故人心易变……"这是一曲怨词、一腔控诉，是幻想的破灭，是后悔和决绝。

人心是脆弱的。年轻男女，更是因情喜、因情悲，爱恨交织，皆是自己的情绪，甚少有人去追究事实，因为自己的想法就是事实。

上大学时，有同级的两位男女同学恋爱了，都还是未满二十的年纪，心智都单纯幼稚。我还记得烟雨迷蒙的黄昏，远远看着他俩共撑一把伞在桥上漫步的情景，是非常琼瑶的画面。因为女同学的父亲当时是有权有势的人物，他并不满意男同学的家庭背景，女同学历经几年的抗争，最后屈服于父亲，与男同学散了。再过几年，男同学出国了，并与所有同学断了联系。

我讲的这段故事发生在二十世纪八十年代，时间飞快地过去了差不多三十年，知道什么叫弹指一挥间吗？这就是。这期间女同学时常出差广州，与我走动密切，我也成了她的知心妹妹，知道她心底的痛。她的生命突然来到终点，留下的遗愿是不想与父亲同一墓园，不想活着的时候被他控制，到另一个世界仍被他控制。而我满世界想找出那位男同学，祈愿女同学至少在临走时能聆听到他的声音。我的这个想法受到怀疑甚至嘲笑。现在交通多么发达，通信更是便利，不愿见的人才不见。何况，见了又如何？能改变什么？现在的人总是想得太多太现实，我的想法，却是不合时宜的。

女同学走了,独自走完自己有悔有恨的短短人生。她走后的不久,一位同学却神奇地与那位男同学联系上了,才知道他是经常回来,住在离我极近的地方,有自己成功的事业和家庭。如果没有这次的出现,他也许永远会被定义为薄情寡义之人。我还记得他与我几次交谈,令人动容。后来,他偕妻前往为女同学扫墓,并拜访她的家人。少男少女的纯真之恋,已经真正"人生不相见,动如参与商"。这三十年间的不见,只是善良的人不想打扰他人的生活,还有在异国他乡奔波动荡。既然命运已经错开,就是有了各自的轨道。古人说"一别两宽,各生欢喜",缘分已尽,相互祝福,这是人该有的厚道。

世上的人,有各种各样的缘分,生命,也有无数可能。年轻不懂事,总有执念,因此便苦。纳兰性德的词,凄美哀怨,与情绪共鸣,其实正是迷境。只有经历足够的好与坏,如意与不如意,对与错,才能明白杜甫所说"明日隔山岳,世事两茫茫"中的聚散无常、悲欢交集。

所以,人生中的每一次相见,都是上天的恩赐。唯有珍重。

生命中曾经很重要的人,也许会成为陌路人。爱,也可能会转为恨,或者淡漠。但你要敬畏生命,敬畏命运的力量。没有人无缘无故出现于你的生命中,也没有人无缘无故地消失。你要懂得领悟其中的玄机,要以最大的善意、满满的祝福,感激成就你今天生命的每一种缘。

福气的幻影

一个老人,年过八旬,到了生命的尽头。平时有一点轻度脑痴呆,记忆时好时坏,做事有时幼稚可笑,返老还童,但体格尚好,还可以骑个单车走街串巷。不小心摔一跤,住院个把月,然后就离世了。这样的生命结局看来不赖,也算是好修为吧。

这个老人,是我的大舅。

前不久与母亲通电话,唠唠家常之后,母亲随口说,大舅去世了。哦!我愣了一愣,一会儿才反应过来。大舅就是母亲的大哥,我大概有二三十年没见到他了吧,所以脑子里浮现的是大舅尚未真正进入老年的容颜,一张愁苦的中年男人的脸,说话结结巴巴的腔调。母亲说,大舅很有福气啊!

是啊,是啊。我附和母亲的话。可是真的是吗?

大舅共有子女六个,五男一女,每一个子女又各有数名子女,第三代也开始繁衍,所以大舅是四代同堂,很符合中国人的价值观:子孙丰隆,枝繁叶茂。难怪母亲会赞叹她的大哥好福气。

但我细细回顾大舅的一生，我会觉得大舅的福气是好看而虚幻的空中楼阁。生命是一个过程，这个有福气的空中楼阁就在生命终端可望而不可即的地方，也许会安慰大舅生命的最后一刻，也许不一定呢。至少在我看来，大舅这么利索地走了，是生命困境的解脱。大舅因为轻度脑痴呆，人生经历已经失忆太多，大概已经不在乎庸常中的得失、牵扯，也无所谓快乐与痛苦了。但愿大舅能够在另一个世界欢心喜乐，而不是今生今世无尽的烦忧和艰辛。

大舅的生命历程，是无数命如蝼蚁的众生大同小异的生命历程。作为一个本分的乡村农民，在战乱、饥荒、贫穷、政治动荡的大时代变迁中随波逐流。他结婚、生子的大日子，一定是合家充满希望和幸福喜乐的日子，但生存的重担随之而来。养家糊口所赖的，就是生产队的工分、微薄的口粮。即便他是生产队队长，也不可能因此比别人宽裕多少。第一任大舅妈接连生下四个男丁之后，因病撒手人寰。我还记得大舅用箩筐一头挑着一些土特产，比如番薯、柑橘之类的，一头挑着还不会走路的小表弟到我家来的情景。紧皱着眉头，耷拉着嘴角，结巴地诉说着生活的艰难。一个大男人，带着四个小男孩，太不容易了。母亲兄弟姐妹关系不错，所以接济和帮助也是心甘情愿的。大舅续弦之后，第二任大舅妈又生了一男一女。这样，大舅真正有了一个大家庭。

后妈的故事一般都不美好。这种不美好，往往来自外界的偏见和人性中的私心。这一个大舅妈也是无数普通农妇的一员，平心而论，一个在农村已经被界定为老姑娘的青年女子，突然要面对公公婆婆及九个子女（三叔六姑）繁衍组成的大家族以及丈夫前妻留下的四个未成年男孩子，我今天想象这种压力，死的心都是有的，更不要说半夜的哭泣。这个大舅妈生下两个孩子，儿子们与后妈的矛盾愈发突出，大舅的人生在二婚的希望和信心之后陷入更大的生活乱麻之中……这样的生活环境和时代背景，大舅的孩子们不可能有更好的教育，其中一个表弟更因为疾病而落下终身残疾。大舅的孩子早早出来打工，早早结婚，早早生育孩子。生了一个，再生一个，不断生，于是大舅的第三代，就有许许多多个。但是，这株越来越庞大的树，却总是风雨飘摇，愁苦焦虑多于喜悦。到大舅生命的最后时刻，他的大家庭依然矛盾重重，大舅一生不见得享有多少天伦之乐，除了苦，还是苦。

每个家庭的孩子工作、结婚、生育后代，在中国人看来，都象征着家庭的兴旺发达。每年春晚，央视最喜欢搞这种"红红火火、团团圆圆"的煽情，看春晚的人也很陶醉。甚少有人去追问我是谁、为什么活着、生命的价值这类的问题，你这么问，人们会觉得你太可笑了。人生如戏，都演得太入戏。每个人都习惯了在假设的幸福概念中、在别人认定的角色中苦苦挣扎，在得失间恐惧和烦恼。

小人物如此，大人物也不外如此。在无限的时空宇宙，个人的一生只是渺小的一刹那，生生灭灭，此起彼伏。哲学家会追问生与死的真相、爱与恨的根源。比如叔本华会说"一切生命，在其本质上皆为痛苦"。还会说"人活一世，日益操持于欲望、需求之中，终日奔走于忧虑烦恼之途，诚惶诚恐地为其生存殚精竭虑"。叔本华一生过着富裕的生活,他却是一个悲观主义者和怀疑论者。他因肺炎恶化死后,将所有财产捐献给了慈善事业。叔本华是清醒的,如果生活在古老东方,也许会成为一个大禅师,他快接近大禅师的境界了,但我终究没有在叔本华那里获得觉悟、智慧、幸福的珍宝。

如果你有一定的警觉,你就会明白苦与烦恼,乃无明和愚痴所系。

有位年轻人向我诉说遭人排挤的苦恼。我说你要理解人性的弱点,要体恤他人的不安全感,却要警醒自己不要犯同样的毛病,这样你就从烦恼中超越了。

"凡所有相,皆是虚妄。"第一次读到这句经文,如五雷轰顶。然后一点点去体悟一切事物间的因缘流传,一点点懂得放下。这种放下,不是消极的放弃。既是虚妄,就无所谓放弃。这种放下,是因自身内部和周遭众生的苦与烦恼升起的觉照和同情,是对执念的消解。这样,就一点点地走向自在。

不必定义人生的福气。当下能够自在,能够心安,便是最大的福气。所以,在当下发现,在当下觉悟,生命的价值存在于生命当下的分分秒秒,你要懂得好好把握。

饮一杯隔世的茶

大概是三八妇女节将至，最近密集看到许多关于优秀女性的文章，她们皆美貌与智慧并重，而且内心强大，百折不挠，自强不息。每一篇都看得人虽不能至，心向往之。骤然热血澎湃，无限敬仰起来。

细细观察，每一个奇女子、美女子、烈女子，或多才或多艺，或贤妻或良母，其实各有不同的生活道路、不同的生命因缘、不同的成就。她们生活于不同时代、不同国度，有不同的人生观价值观。成为让众人敬仰的女神形象，是漫长的修炼，甚至烈火重生的结果。

优秀可以是多元的，美亦多种多样。她们的核心魅力在于生命的不断成长与创造，还有爱，这是最重要的。

从历史的纵向看，再横向以国际视野对照，都没有一个固定模式证明，女性必须如何如何才是好的，却一直不缺乏好为人师者在指导、传授女性如何活得更好的秘笈。那些有思考能力、有悟觉力的女性容易在其中发现假命题，也不太理会这些秘笈。她们不浑浑噩噩、随波逐流，生命一直在成长、蜕变，在黑暗处磨砺出初始之光，这就是她们可以脱颖而出的秘笈。

"女子无才便是德"是误读，所谓男女性别战争同样充满虚妄、假想与谬误。在性别之上，是人性的问题。

记得我读小学时，那时"文革"尚未结束，识字不多的我不知从哪本书上读到中世纪意大利诗人但丁的名言"走自己的路，让别人去说吧"。也许觉得这句话很酷，竟然连续多年抄写在崭新的日记本扉页，并在潜意识里开启追求独特个性的模式。但如今我对这句话有了另外的理解，最自由的个性方式，是你懂得倾听内心的声音，真实明了自己要什么不要什么，知道自己做事的意义所在。

所以，不必去寻找参照系或对比度，也无须刻意追求标新立异的个性，按自己的方式和生命节奏前行，就是你要走的道路。

但问题来了，你真的了解自己吗？你内心的声音不会变化吗？而且，每一个人都有与生俱来的习气，你随顺自己的习气走，我行我素，你将走向哪里？在世事纷杂多变的境况中，你有何力量把握自己前行的方向？

中国现代史上，有两组著名的姐妹，即宋氏三姐妹（宋蔼龄、宋庆龄、宋美龄）和张家四姐妹（张元和、张允和、张兆和、张充和），她们同时也都有赫赫有名的夫婿。宋氏三姐妹因为与政治靠近的原因，更加灿烂耀眼，为大众所津津乐道。张家四姐妹及其夫婿，他们是文人雅士，是书香门第，是琴棋书画，岁月静好。他们独特的生活姿态，产生更为绵长坚韧的能量，吸引后人去想象一个精致的时代，一段风雅岁月。

实际上，她们经历的时代，正是古老中国向现代转变的历史进程，也是兵荒马乱、外侵内战的时代。她们走过的岁月，是政治动荡、斯文扫地、人心粗暴的岁月。支撑起她们的生活，并保有生活的尊严和艺术的，只是一杯"隔世"的茶。

一杯隔世的茶。典故来自张允和口述的《张家旧事》。编撰者叶稚珊在记录近九十岁的白发才女张允和女史口述时，每周要去张允和家几次，目睹周有光、张允和二老对饮上午红茶、下午咖啡的时光。夫妇俩，每天碰杯两次，这一碰，半个世纪没变过。

一杯属于自己的茶，与世隔绝的茶，与世人隔绝的茶，把喧嚣和烦乱隔绝，给自己留下自我审视、私密对话的时间，是一种让内心更加专注、清净而有力量的方式。即便在"三反五反"运动开始后，因为家庭成分而成为一个家庭妇女。才女张允和说："我从此安下心来做标准的家庭妇女，没再拿国家一分钱工资。真正成了一个最平凡的人，也是一个最快乐的人。"这样的家庭妇女，却成为最后的闺秀，因为诗书气韵已经生根发芽到骨子里了，融进血液里是挥之不去的教养与品位。

每一个出类拔萃的女子，她们既有自己的切肤之痛，也有发自肺腑的欢笑。每一人的故事里，有生命真实的伤悲与喜乐。她们穿越怀疑、否定、焦虑、迷茫、无助的荒原，才能抵达坚实而丰饶的地面。她们的生命可能是一个隐喻或者象征，给世人传递某种信息，犹如光，引领前行的人们。

　　饮一杯隔世的茶，认识自己的心。这是在一个信息杂乱的时代让自己能够内省的办法。唯有不昏沉，才能真正审视自己的所作所为，感受生命存在的价值与意义，并从内在不断成长，绽放爱的光芒。这样，你也是优秀而美丽的。

置身于苦难与阳光之间

7月11日,元山里子在我们的作者编辑小群里发了她悼念父亲李文清教授的文章:《父亲,请一路走好》,并告知她的父亲李文清教授已于7月1日驾鹤西去,走完他的百年生涯。

因为突然,所以震惊,却也赞叹。

没有悲伤的情绪,而是涌起更多的人生感触和领悟。

一百年,整整一个世纪。

这一个世纪,中国社会风云变幻,苦难多于平安。人如一叶渺小的扁舟,大江大海中,唯随波逐流。如何在这泥沙俱下的时代浪潮中浮沉前行?

李老先生到生命的最后一刻,依然神志清楚。临终前三天,对女儿元山里子说:"上帝来请我了。"最后一天,最后的时辰,把围绕着他的家人一个个看过后,说出没在场的大女儿名字。知道大女儿已在从美国赶回来的路途上,才安详合上双眼。留下的遗嘱是:身后事宜,一切从简。

高寿且安康,预知生死,无疾而终,安然离去。这该是多智慧的修持、多大的福报才能抵达的境界啊!

去年在读元山里子的家族史书稿《三代东瀛物语》时,我就被书中的主角李文清教授的人生智慧深深折服。尽管他是我国著名的数学家、控制论专家,也是攻下哥德巴赫猜想1+2数学难题的数学家陈景润的恩师,但也只是一介远离政治的书生。历经动荡的战争年代、政治运动不断的岁月,如何避世?何以立世,守护一份真情、一颗真心?

人生的悲剧是,好好活着的人,不去珍惜有血有肉的感情。所以,对于那些能够珍惜身边人、尽最大可能保护家人安全与生活的人,我认为他们是真正的人道主义者、真正的仁者。李文清教授是也。

世上还有另一种勇士、义人。他们对爱有更伟大的理解和使命感。置身于人类生存的苦难与阳光之间,他们以其深邃的人道主义目光注视着人的生存困境,并寻找突破或改善的出路。他们的努力必定与一些力量与秩序产生冲突,作为先驱,作为反叛者,他们注定成为悲壮的囚徒、牺牲者。他们可能因此而承受更大的苦难,过早结束了生命,最终灰飞烟灭,消失在大海深处。但是,他们不会真正死亡,所有的大海将成为纪念碑,这些人的灵魂将永远活在这冰冷而又燃烧的世界上。因为,他们实现了对人类悲剧的超越。

所有为人类尊严和自由而奋斗的英雄和牺牲者,我都深深敬仰他们。他们是大写的人。没有这些人如西西弗斯推石上山的努力,人类文明不可能进化到今天。怯懦如我者,也会从内心深处为他们点亮一支蜡烛。

记得法国哲学家加缪说过这样的话:"为了改变自然的冷漠,我置身于苦难与阳光之间。苦难阻止我把阳光下和历史中的一切都想象为美好的,而阳光使我懂得历史并非一切。改变生活,是的,但并不改变我视为神明的世界。"

人消除不了世界的荒谬,但能够尽可能地享用你现在拥有的一切。这是加缪哲学思考的一个最基本的出发点,也给我们带来启发,就是如何在不由你选择的人类命运中尽可能选择让世界与人心更美好的生活。

昨晚,另一个人的离世消息也让我深有感触。他就是台湾知名企业家、诚品书店的创办人吴清友先生。吴清友先生从小患有先天性心脏扩大症,曾做过三次大手术,昨天因心脏病发,骤然离世,享年67岁。

作为一个书业工作者,我对诚品书店深怀敬意。到台湾、香港,诚品书店都是我必到之地,犹如朝圣。

诚品书店正是吴清友先生于1989年创办的。尽管诚品书店经营的前15年都在赔本,吴清友先生依然主张创业时主卖艺术与建筑书籍的目标,并规划出有别于同业的经营模式,如首开24小时营业、结合商场模式销售等,因此成功经营出特殊的诚品书店文化。诚品书店也成为台湾的文化地标。

这是一个病人与一家书店的故事,是生命的信仰,是一种人生态度与选择,也是一种自我拯救的方式。

我为什么对诚品书店怀有敬意?

在浮华闹市区进入诚品，如沐春风。总能发现好书，总有一种让心沉静下来、让思想活跃起来的氛围感染你。书架上所有的展示，正是实践吴清友先生的理念："卖一本八封杂志和卖一本好书是不一样的。服务的终极目标是精进自己、分享他人。"他认为："人最重要的素养，是善、爱和美。"所以提出了人文、艺术、创意和生活为理念的诚品之旅，也就是爱、善、美的不断精进。

再记录两句吴清友金句：

生命在事业之上，心念在能力之上，事业、工作，都是你生命的道场。

人，生不由你，死不由你，但生死之间总得做点什么。

置身于世界的苦难与阳光之间，生命不仅意味着活在世上，也意味着存在的超越与自由。人不仅需要有感受悲剧的敏感，还要拥有超越悲剧的力量。

生死之间，成为自己，成就今生的意义。

|辑 三|

chapter 03

脂粉英雄

可以伴随一生的书，《红楼梦》当属之一。其博大精深，让人在一生不同时期读之，有愈读弥新之感。你可一本正经细嚼慢读，或随意随性翻卷拈页。年少时喜木石前盟、金玉良缘的浪漫传奇，悬疑玄幻、唯情唯美总是与青春相联。待那诗意渐退，人生世相的真实渐现，方才略懂红楼里的大喜大悲、幻境沧桑。还有，那直面人生的境界。

看脂砚斋重评石头记甲戌本第十三回，秦可卿托梦王熙凤，叹一句"婶婶，你是个脂粉队内的英雄，连那些束带顶冠的男子也不能过你"。想想周汝昌先生晚年所著《红楼脂粉英雄谱》，"脂粉英雄"一词出处应源于此。周老先生会聚红楼一百零八女子，以"脂粉英雄"冠之赞之，并认定"脂粉英雄"乃《红楼梦》全书主旨精神。可见"脂粉英雄"一词格调之高大上。

英雄总是悲情的，何况涂脂抹粉的英雄。红楼里的女子，正钗、副钗，都是太虚幻境薄命司里做上记号的，宿命如此，所有的挣扎犹如西西弗斯推石上山。大观园是富家闺阁，却并非女儿理想国。不见刀光剑影,却闻悲恨与泣怨。这个世界一直与现实相连。千金小姐与少奶奶们,所有的锦衣玉食、琴棋书画、情深意长不过是春花飞絮、云散水流,终局群芳俱尽。所谓千红一窟(哭),万艳同杯(悲),才是最深的悲悼。

英雄却又是令人礼敬的。普通人做不到的事,英雄做到了,便值得树碑立传。风尘怀闺秀,曹雪芹写女儿之心、女儿之境,低调说,是这群异样女子或小才,或微善;咏叹的是,她们行止见识皆出于须眉浊物之上,因此演绎哀艳而悲壮的脂粉英雄谱,流芳千古。实有其深意。

何谓英雄?通俗解释:聪明秀出,谓之英;胆力过人,谓之雄。周汝昌先生则解:英者,植物的精华发越;雄者,动物之才力超群。合起来,是比喻出类拔萃的非凡人物。故英雄不必舞刀弄剑,在命运遭际中显出其不同流俗的处世境界与为人胸襟,所谓才情、识见、勇毅、坚刚,乃真英雄。在我看来,还有对自我的一种担当。红楼里的女儿们,在自己的坎坷薄命路上,各显其英雄之处。曹雪芹不仅怜香惜玉,其悟觉之深、悲悯之大,笔下的她们,已寄诸人生理想。当推曹雪芹为女儿们真正的蓝颜知己。

在周汝昌先生的脂粉英雄榜上,名列第一的并非林黛玉或薛宝钗,乃史湘云。何解?

红楼梦第五回咏湘云曲文:"襁褓中,父母叹双亡;纵居那绮罗丛,谁知娇养?幸生来英豪阔大宽宏量。从未将儿女私情,略萦心上。好一似,霁月光风耀玉堂!"确实相比于林黛玉，同样也是千金小姐寄人篱下，史湘云更是一出生便成孤儿——襁褓中父母双亡。而同样是真性情，林黛玉表达的是悲惧和不安全感，史湘云有的是面向人生立于浊世的乐观与果敢。她的身上，既有名士风流，又有英豪阔大。

记得读书时，因为姓氏，也因为在同学群里的年龄次序，林妹妹曾是我的昵称。听着这昵称，潜意识里便把柔弱与多愁善感罩在身上，似乎也真的春恨秋悲起来。虽然不曾葬花，但写诗焚稿的事还真有过。但有一日，某君嘀咕，什么林妹妹，原本就是一个史湘云。意指我悲则大哭一场狂吃一顿，喜则眉飞色舞仰天哈哈，心直口快没心没肺的本性。那时对史湘云醉卧芍药圃的率性、吃鹿肉的豪迈、赋诗谈词的才情这些看得到的传神描述也是激赏的，但未必懂其立世的态度。

脂粉英雄，便是一种大女人立世的态度。唯有历情经世，方知其珍贵与不易。于是想到李莫愁与灭绝师太。这两个人的名字已被当世作为反面女角，分别扣到女硕士、女博士头上，也算是对女硕士女博士的一种污名。金庸笔下留情，李莫愁与灭绝师太皆身怀绝技，出手狠辣却有缘由，一为情伤，一是卫道。她们性格上算不上可爱，但李莫愁痴情、灭绝侠义，都显其英雄本色与性情之真，令人肃然起敬。武侠江湖，更多险恶，小女子如何纵横其中？金庸的境界及悲悯，毕竟远不及曹雪芹，故李莫愁与灭绝师太的"小才微善"如电光火石一闪而过，留给人看的是狠绝无情的身影。然后更被当世演绎为女硕士女博士的形象代言人。坦率说，我是在重男轻女很严重的文化背景下成长的，所以读了硕士，再读博士，内心其实裹挟着怯懦与惶恐，一路忐忑向前。大概夜路走多了，胆子就大起来。所以走着走着，竟然就不再害怕。假如真有李莫愁、灭绝师太的帽子砸过来，也就当秋风落叶飘过，让它随风而逝好了。

获诺奖的中国女人与物质时代的眼界

今年，85岁高龄的中国本土女科学家屠呦呦获得诺贝尔生理学或医学奖，既是中国科学界零诺贝尔奖的突破，更注定成为中国女性的传奇。这实在是一桩值得中国女性沾光自豪的事情，就是在世界范围内，女性科学家获诺贝尔奖也是寥若晨星。据统计，从诺贝尔奖创立至今115年，有592位科学家获得自然科学奖，其中女性获奖者只有17位。杰出的女科学家绝对是比大熊猫还珍贵的珍稀品种。

所以，屠呦呦奶奶获奖，即便是平时政治立场左中右各异的群体，三教九流、海内外华人，反应几乎一致是欢呼雀跃，而且越是隔行如隔山的人们越是兴高采烈，甚是热闹，打破科学界一贯的高冷形象。然后争议渐渐出来。除了是否中医药之争、团队贡献还是个人贡献之争，屠呦呦奶奶被贴上的主要标签就是"三无"科学家：无博士学位背景、无海归背景、无院士头衔。为何"三无"的原因当然要被反复提出来质疑。其实"三无"本来就有时代背景，作为这个年龄段一直生活在中国的科研人员，前面"二无"基本是命定的，最后"一无",也即无院士头衔,这与中国特色的人际环境密切相关。院士这个体现专业荣誉的头衔,屠呦呦教授其实是有申请的,而且申请了好几次,一而再地落选。她说:"卫生部长曾亲自推荐我当院士。但是,有许多因素在起作用。情况很复杂。"话说得云淡风轻,四两拨千斤。

这拨热闹尚未结束,正好娱乐圈来了另一拨大热闹:明星黄晓明大婚,奢华婚礼成为网络更加热的热点。于是又有人出来质问了:黄晓明婚礼和屠呦呦拿诺贝尔奖哪个事件更重要?

在屠呦呦教授获奖之前,我是不知道她的。我也不知道青蒿素。我想许多人也与我一样。55年埋首科研,而这大半个世纪中国的政治生态、经济生态、人文生态都经历本质性的千变万化,波澜壮阔。一个女人的55年,跨越了人生最黄金的时期,在时代的风云变幻中,只专注做一件事,这其中的定力不是一般人能够理解得了的。仅此,我唯有高山仰止。

而明星黄晓明是谁呢?我也不知道,至今仍不知道。我不知道他唱过什么歌,演过什么戏,长得如何。更不知道他的新婚妻子BABY是谁。看到他们婚礼的照片,过于标准的形象我过眼即忘。而这个时代知道黄晓明及其妻子及其婚礼的,实在太多了,所以注定他们的事件要比屠呦呦获诺奖热闹。可是,这又有什么关系呢?科学家与娱乐明星本来就是两条跑道上的。科学发明注定是"独上高楼,望尽天涯路",水银灯下当然光环笼罩。他们身处不同的世界,有不同的游戏规则不同的价值标准。倒是那些代言志愿者,吵吵嚷嚷,替屠奶奶打抱不平，替屠奶奶比试高低，更有好事者替屠奶奶撰写一个"获诺奖感言"抒发一番心中不平。种种"好心好意"，种种"仗义执言"，其实皆是一厢情愿。你所表达的无非是你自己的鼠肚鸡肠和锱铢必争，是这个时代的眼界与胸怀，实在与屠奶奶无关。

我个人显然对屠呦呦奶奶的兴趣更大些。首先她诗意的名字让人好奇，联想到她来自书香门第；她从旧时代来，是享有高等教育机会的女性少数派；她一心扑在科研事业中，明显就是个女汉子，却不是电视剧或情感导师演绎的事业女性丢失爱情婚姻的结局；她有一个恰同学少年然后成为丈夫的老李，全力支持她的工作，她承认"家里的事都归老李管，他是个很好的丈夫"。她穿越那个大义灭亲的革命时代，拥有相濡以沫的伴侣，做她温暖的后院；她不是个好脾气的人，直言直语，得罪人不少。而老李先生对她的爱，肯定不会是青蒿素。那又是什么？青蒿素发明并应用几十年，在这个金钱观念深入人心的物质时代，发明创造并没有让她成为富婆，或成为院士。

我在看各种关于屠呦呦教授的报道，也在看她对媒体的回应。发现她回应得甚少，基本是沉默，她的眼睛总是笑眯眯的。她说"我自己已经'老化'了，是否得奖已经无所谓，也不在意是不是'三无教授'"。我相信这是老人家的真心话。你的面貌与言语，是你内心世界的化现。就是这样通过面貌与言语，我看到学问与修养所塑造的一位 85 岁资深女人的气质：豁达宁静、从容淡泊。她有旧时代的传统，又有革命时代的烙印，同时与这个物质时代保持了距离。她显然不是主流标准下的中国女性，却超越了主流标准。这真是一个值得中国女性主义者们好好研究的案例，更是值得女性后辈去关注、探究的典型。

这个时代有许多的热闹，但你不必凑热闹。你的眼界，决定你要走的道路。

气韵生动的面孔

如果你说你被一张女人的面孔吸引，人们会说，你一定是见到美女。"美女"几乎成为所有女人的统称，在社交场合，它更带有安慰与鼓励的意义。而对于五官、身材符合黄金分割规律的女性，一般的赞美词就是"美丽"。"美丽"是一种感官体验，往往通过视觉得到感官享受，也是对女性最佳的评赏。但美丽过于宽泛，过于冷漠，因此意指模糊而单一，毫无温度与表情。如果你说你被一张女人的面孔吸引，用"美丽"一词形容，实在单薄。你想到的是另外的词语，比如"气韵生动"，那么这个女性的美，应该就已经突破黄金分割、肤色、体态等客观标准，直达内在的生命与精神。这样的女人，堪称神品。"气韵生动"其实是中国绘画美学的一个专门术语，指绘画的内在神气与韵味，是绘画六法中第一条也是最高标准。前不久，我遇到一个女人，我的脑子里首先跳出来的就是这个词。古人创造的"气韵生动"一词，真是妙不可言。

我遇见的这个女人，是来自美国的黑人诗人——丽塔·

达夫。虽然她在美国家喻户晓，但中国人甚少有人知道她。

广州有一项非常有趣的民间诗歌奖"诗歌与人·国际诗歌奖"，是诗人黄礼孩创办的。这是一个人的诗歌奖，黄礼孩爱颁给谁就给谁，全凭黄礼孩个人的眼界、爱好、美学观，黄礼孩就这么专制、这么私人地颁了10年，结果越颁名声越响，响到国际上去了。可见这项没有评委、没有集体举手表决的诗歌奖的标准是让人共鸣的，也可见黄礼孩目光独到、任性得令人信服。

今年的"诗歌与人·国际诗歌奖"，他颁给两个人：中国的西川，美国的丽塔·达夫。诗歌奖的颁奖典礼就是一个大派对，黄礼孩就像孩子王过家家一样带着一群人玩了10年，越来越好玩。今年他的湛江老乡、茂德公老板陈宇更是做了金主，把典礼办到雷州半岛的茂德公古城，还过了一个诗情画意的中秋节。

我是这群爱玩的人之一，于是我在雷州半岛遇见丽塔·达夫。她的身边，总是她长发飘飘的德国丈夫，几乎形影不离。丽塔·达夫有着一张典型的美国黑人面孔，不同场合穿着不同的衣裙，总会搭配点小碎花，总会掐着腰肢包着臀，走姿婀娜，环佩叮当。起初我不知道她就是获奖者，也不知道她有多大牌，但她就是气场强大，不仅吸引我，也吸引其他人的目光。她眼神透着睿智的光，笑容灿烂而诚恳。颁奖典礼来的人，除了像我这种打酱油的，其实大小名人还是不少的，但这样浑身上下散发出天然亲和力感染力的，似乎就是丽塔·达夫。晚上的颁奖典礼上，作为获奖者，丽塔·达夫上台领奖、致答谢词，还朗诵自己的诗歌，清唱歌曲。当她着银色丝绸连衣裙，坐在舞台中间红色沙发上，一束橘色的灯光打在她的身上，神圣而庄严。她的声音浑厚低沉，清澈而纯粹。一开腔，就把人震住。四周黑暗，数千观众鸦雀无声，"那一个瞬间，她就像女王一样！"诗人西川由衷赞叹。

丽塔·达夫作为黑人，却可以说是天之骄女。父亲是美国轮胎行业第一位非裔化学家。而她1970年作为全美100位最优秀高中毕业生之一荣获总统奖以来，就是一位学霸，她拥有25个荣誉博士学位，如今是弗吉尼亚大学教授。作为美国诗坛令人瞩目的诗人，她更是连任两届美国桂冠诗人，是第一个获得美国"桂冠诗人"称号的黑人。她35岁凭借诗集《托马斯和比尤拉》获得普利策诗歌奖，还是迄今为止美国唯一接受过两位总统颁奖的诗人……而且，丽塔·达夫不仅是诗人，也是很棒的音乐家，擅长蓝调和大提琴，同时是狂热的舞者。

这样一位名声显赫的人物，她的成就不可能无缘无故。她关注她黑人出身的种族背景，"诗歌与人·国际诗歌奖"授奖词是这样评价她："她平静而诚实地正视种族问题，将历史光影、岁月狂想、个人经历，还有虚构之术，有机地编织在一起，构建起一个广阔的文化远景。"而获奖无数的丽塔·达夫不远万里来到中国领一个民间的诗歌奖，在我看来，更多的是表达对诗歌的尊重，对普通中国人的友好。

心怀善意，天必佑之。

年过花甲，已经是祖母级的年龄，丽塔·达夫在中国最南端的小城穿行，偶遇放学的孩子们相互热烈拥抱，小城孩子对她没有丝毫的拘谨；有人要求签名合影，她就像是又捧到一个奖杯咧嘴而笑；她在各场活动中兴致勃勃、随心随性。我的眼前不时闪现这张黝黑而灿烂的脸，就像一颗闪闪发光的黑珍珠，令人过目不忘。她的歌声，似乎流淌着牛奶和蜜。当她歌唱时，我就打开手机录音功能。

鲜活的生命，洋溢的生命力，总是让人感动。丽塔·达夫一定是懂得沟通、懂得倾听的人。她的目光洞察一切并且容纳。我开始读丽塔·达夫的诗。我希望能更多地解读她，获得某种启迪。我也翻看她的各种照片，发现她的面孔，越长越有韵味，内在的精气神随着历练更加饱满呈现在脸上。

历经岁月沧桑却不见苍老的容颜，如此气韵生动。正如她自己的诗："世界已老，昨天的我比今天的我更老。"

孔医生的业余生活

我的朋友同学中，学医当医生的并不少。他们大概看多人世的生老病苦，往往有一颗易感而细腻的心。但要做到超脱于世事之上，在庸常生活的压力中捡拾欢喜精致、自由品味的碎片，化忍受为享受，需要性情的修持与智慧。我的研究生室友 D 学医出身，做过临床医生，现在远在美国，依然从事医学工作。她就是易感而细腻，心底的浪漫与闲趣却被日常现实层层包围，一点一滴也突围不了。所以她常常有些不开心，便利用现代通信工具漂洋过海向我倾倒情绪垃圾。我说我要跟你讲讲孔医生。

认识孔医生是因为我一颗坏掉的牙齿。我大概是晚熟的人，智牙迟迟不长出来，到了前几年，才紧挨在我的大母牙下面捣蛋，以致牙龈常常肿痛出血。起初牙医说问题不大，后来牙医说，母牙已被捣残，得拔掉了。我怕疼，也心疼我的母牙，当然也不再信任原来的牙医，便求助于专跑医疗线的媒体朋友。朋友给我推荐了孔医生。孔医生仔细检查我的牙齿，再看了之前牙医写的病历，说牙医最后的治疗方案没错，这颗母牙已经到了必须拔掉的地步。但如果我非常想保住，她就试试看，只是需要时间更长些。于是，在长达大半年的时间里，我转地铁、步行，一次次去往位于老市区、拥有悠久光荣历史的孔医生所在的医院。我见到的孔医生一直是戴着近视眼镜、蒙着白色大口罩，不露庐山真面目。她声音清澈而坚定，虽然个子小，但让作为患者的我乖乖听话。大半年时间过去了，孔医生治牙如绣花，不仅让我免除拔牙之苦，还让我的母牙重新完整坚强起来。在牙齿修复工程即将完成的一次预约治疗，已是下午，我到孔医生的诊室，她才在吃午饭。抬起头来，我看到一张古典而文艺的脸，五官精致，而且非常白净，一眼看去就让人愉悦而美好。即将告别孔医生，我想表达对她的谢意。朋友说，孔医生喜欢读书，你就送她几本书吧。对喜欢读书的人，我有天然的好感，所以兴高采烈挑几本书带去给孔医生，也跟她互加了微信，这样，我便与孔医生进入了朋友圈。

我以为女牙医理所当然是女汉子。成天拿着小锤子探针口镜镊子丁零当啷响，还拿个电动磨牙工具嗞嗞嗞转，像个铁匠木匠或焊工似的，我很难想象女牙医下班之后的生活。孔医生的微信彻底颠覆了我对女牙医的成见。对于她那些与牙医工作相关的内容，我总是一刷而过。让我看得两眼发光的，是她亲手设计的各式珠宝。

脱下白色大褂，孔医生便是一位很有创意的珠宝设计师和倒贴快递费的宝石买手。她是以一颗玩心在做这些喜欢的事，毫无金钱概念，珠宝在她手下呈现的是成色、质地、款式、光泽度这些。她替朋友们挑选、购买、制作，乐此不疲。她还结识本土一些专业珠宝设计师及宝石卖家，替他们吆喝着。所以，珠宝作为虚荣、庸俗、浮华等的世俗象征，在孔医生这里，却只是珠宝本质有别于顽石的珍贵，是手作的诗意、创造之美。这一点倒让我看到与牙医可以相通的地方。如果敬业，修牙与制作珠宝都是需要精雕细琢的。有一次，我看到孔医生发了一条："珠宝的制作过程其实和我们义齿的制作过程相似。"不免大笑，三句不离本行，你还怀疑孔医生作为珠宝设计师的专业性吗？

孔医生对于音乐的爱好应该到超级迷这个阶段。像我这种时不时也上上歌剧院音乐厅的人，看到孔医生上音乐厅的频率要比我多得多，还与儿子一起上钢琴课。尤其年初看孔医生扬扬得意晒出排长队购买的星海音乐厅广州交响乐团周日下午茶全年套票，我真有些不好意思说我很喜欢音乐了。

我惊叹小个子的孔医生兴趣之广、爱好之多、精力之旺盛。她带着儿子上各种班，几乎包揽所有家务，但她依然会在日常中创造出各种小幸福来。她的动手能力和创新精神非常强，不仅混搭各种美食，创新新菜谱，也经常DIY手工作品。曾经心血来潮发挥牙医的擅长，把一只漂亮的宝蓝色葡萄酒瓶，打磨成一只花瓶。后来，我就常常看到那只花瓶上插着各种鲜花了。关于她的鲜花，她还在朋友圈自我调侃过："下班回到家，自己网购的百合开得正好。想起周六上午，花送来的时候，我正陪儿子上奥数课。老公恶狠狠地打电话过来，问'谁给你送花？'。我居然一心虚，老老实实交代说是自己网购的。哎！应该毫不在乎地说不知道是谁送的嘛！"

这就是孔医生的俏皮。一个懂得自我调侃的人，往往有一颗善于自我平衡的心。孔医生大概不到40岁，正是作为职业女性与家庭主妇最忙碌负荷最重的阶段。能够摆脱这些沉重的现实奴役而生出各种闲情逸致来，仅仅因为她热爱生活吗？在孔医生的身上，我看到一个女人的觉性。境随心转，是需要将生活处处当道场的修炼，从日常生活场景中解脱烦恼，化为自心的游戏，成为生命的力量。

每个人的大世界与小世界，都存在不公正、不平等、不理想，有些观念鼓励对抗、批判、斗争、抵制。这个过程往往会让人忽略生命中更重要的东西，遗忘快乐与欢笑。

将心安住于此时此地。尽你的责，做你喜欢的事，拥抱美丽的事物。外境将为你而融化、改变，生命因此而光辉。

为改变而生活

如果生活只是循规蹈矩沿着既定方向走，顺应最大概率，那么，这位叫格蕾斯·利·博格斯（Grace Lee Boggs）的女人现在可能过一种什么样的生活呢？她出生于1915年，已经百岁高龄，今年10月5日刚刚去世。当天，美国总统奥巴马发表声明悼念："格蕾斯很早就明白，这个世界需要改变，她克服一切障碍也正是为了改变世界……"美国主流媒体高调评价她为"美国真正的英雄"。被称为美国当代杰出女权主义活动家、民权活动家的格蕾斯，血统基因显示，她是纯粹的中国潮汕人。所以，我在想象格蕾斯·利·博格斯更有可能的另一种生活，假如她的父母亲不漂洋过海到美国，假如她自己不在接受完整的美式教育之后，成为一名美国革命者，她会过一种什么样的生活？

格蕾斯·利·博格斯有另一个姓名：陈玉平。看到这个名字就明白，她是美籍华人，她的父母亲来自中国汕头的一个村庄。潮汕文化里有一种不断往外走的精神，潮汕人从来不缺走的勇气，他们已经走了千百年，从北方中原到南蛮之地，从省尾国角到五大洲四大洋。所以，格蕾斯（陈玉平）的父亲走到圣弗朗西斯科，开起中国餐馆，也算是顺大流、趋大势，他比留在原地的乡亲更勇敢而已。

勇敢，却是人生很重要的驱动力。

算起来，格蕾斯·利·博格斯今年100岁，假如她作为陈玉平生活在潮汕平原的村庄，以我对潮汕本土文化环境的了解，想象一下，最美好的个性是，她很可能缠着小脚，会绣花、织网、做粿、唱歌册，晚年吃斋念佛；最圆满的生活是，十几岁嫁人，生七八个男女仔，丈夫主外她主内，持家有方，晚年儿孙满堂。早早备好寿衣修好坟冢，欢喜等着到极乐世界。

但是格蕾斯·利·博格斯的生命起点从父亲这里就发生改变。她出生在美国。父亲登上加利福尼亚时，口袋里只剩下50美分，从搬运工做起，到后来成为华人餐饮之王。因此，格蕾斯从一出生就晋身美国中产阶级的行列，并一路接受系统的美式教育，直到获得哲学博士学位。在格蕾斯的眼里，父亲是一个有雄心壮志同时专制守旧的人。他梦想着如何让家乡现代化，支持孙中山的革命运动，并佩服毛泽东做了他想做的事。他也恪守儒家文化，认同孔子关于家庭的定位。而格蕾斯的母亲伊兰，比父亲小20岁，被父亲带到美国时，也只有20岁，是父亲的第二个妻子。父亲的结发之妻及其女儿，依然留在老家汕头农村。格蕾斯不知道是否明白，她母亲伊兰的身份，也可能就是偏房。这在当时的中国婚姻家庭模式，是比较普遍的，尤其有一定经济能力的男人。20岁的伊兰来到美国之后，爱上这个国家。她看到了美国人对待女性的礼貌态度在中国是无人知晓的，她渐渐注重自己的衣着、举止，让自己更像土生土长的美国人。她学唱"我知道上帝爱我"，不再唱原来熟悉的中国民歌。伊兰对于丈夫从来没有把自己当作独立的个体这件事，开始变得不开心了，并把自己无爱的婚姻和家庭生活看成是她在中国受迫害经历的一种延续。格蕾斯回忆，早在中国革命时期妇女"诉苦"运动之前，母亲伊兰就常常到市中心父亲的餐馆当着顾客和那些雇员们的面指责父亲，而父亲则会躲在厨房里不出来。在格蕾斯成为著名的女权主义者后，母亲曾要求格蕾斯公开与她一起反对父亲。但是，格蕾斯拒绝了她。

格蕾斯的父母，这一对潮汕男女，他们脱离了潮汕土地之后，个性都得到很大的张扬，生命因此而改变。格蕾斯对于父亲将生活作为一种探险、不断寻求新途径前进的精神非常肯定；尽管格蕾斯并不认可母亲受害者身份的自我定位，但她看到母亲的充满活力、吸引力和魅力，也赞叹母亲积极融入新生活的态度。格蕾斯认为自己的革命实践主义精神是结合了母亲的叛逆主义和父亲对农村和社区的责任感。

在格蕾斯的生命中，还有一个更为重要的人——她的丈夫杰米·博格斯，一位非裔汽车工人，同时也是美国黑人工人运动领袖。在遇到杰米之前，格蕾斯从未想到要结婚，更没有想到后半辈子会生活到黑人社区中。这是格蕾斯生命的又一个新起点。其实格蕾斯很清楚，他们太不一样，如果不是他们都投身到为改变美国的民权状况而进行斗争的话，他们是不可能那么长时间生活在一起的。而黑人杰米实实在在地让她的生活发生更大改变。

首先，杰米反对将黑人看成是受害者的观点，这与格蕾斯不认同母亲作为女性受害者自我定位是一样的。其次，杰米相信人类具有不断进化的能力。所以，通过社区改造、社区建设，改变自己、改变世界成为他们共同的革命出发点。如果真有灵魂伴侣这一说，他们大概属于灵魂伴侣。格蕾斯坚信："如果你不成为解决问题的一部分，那么你就是问题的一部分。"这就是格蕾斯的人性高度。曾与格蕾斯有交往的华人学者王政评价："只有能够对自己的弱点做斗争的人，才能领导并建立新的、更具有人性的社会。格蕾斯本人的人性境界清晰地表达了她一生对社会性别、阶级、种族等各种社会界限和壁垒的突破。"在格蕾斯长达70年的革命生涯中，非暴力革命、社区重建运动是其最重要的贡献。

1983年的秋天，格蕾斯在她快70岁的时候第一次来到中国。"回家"的愿望是很热切的，她终于得到一个在北京语言学院学习汉语的机会，而且在中国许多地方旅行了两个月。最后她来到广州，对于这里的食物和方言，她感到非常舒服，觉得这里的人更自然、更外向。她甚至动了念头想到父亲生活过的汕头乡村去看看。但那时候路途遥远，从广州出发，需要坐上两天的长途汽车。而且更大的困难是，她甚至不知道该找谁问到父亲的村庄。

生命有种种可能。沿着前人走出来的大道生活未尝不是好生活，但突破命运局限的生命赋予生命更丰富的意义。如果格蕾斯与更多中国普通女性相遇，也许她的信念与实践能够对更多的人产生启示，从而影响更广大的世界。

　　我曾经把存在主义哲学家萨特的一句话作为人生座右铭："存在是命定的，本质却是自由的。"格蕾斯，以及她的父母、丈夫，正是从命定中逆袭人生、解放自己并改变命运的人。这种改变更是内在的。格蕾斯并不认为控诉歧视与不平等、把自己视为弱者或受害者是个好主意，她一生的行动、种种努力、研究及发出的声音，都在说着一句话："我们必须通过改变自己来改变世界。"

世上再无颜雅清

知道她曾经来过，是中国女性中的一员，她耀眼的光芒足以让一大串所谓民国闺秀、上海滩名媛黯淡无光。感谢一个叫帕蒂·歌莉（Patti Gully）的加拿大女人，她从一张残破的旧照片出发，穿越历史的迷雾，寻找一群长了翅膀、会飞的中国女人。那还是更多的中国女人裹着小脚、大门不出二门不迈的时代。而这极少数会飞的中国女人中，有一位是今天我要说的，就是颜雅清。我惊为天人。也感谢一位叫蔡德贵的中国男人，他是季羡林先生最后的学术助手，却同时花17年的时间寻找一位神秘的梅尔夫人的身影。梅尔夫人，就是颜雅清。这两位素不相识的中外学者，都以大海捞针、顺藤摸瓜的方式，将一位"生如夏花之绚烂，死如秋叶之静美"的女性形象重现今人眼前。能够透过尘封已久的历史帷幕感受到一点点她的微光，何其荣幸。

出身名门当然为颜雅清提供了更优越的成长环境，貌美如花也是天赐的福气，以优等生成绩毕业于中外名校，活泼好交际的性格及演讲天赋使她成为上海滩及美国社交场合的主角。她既是当时上海传奇大亨犹太富商维克多·沙逊爵士的座上客,也是胡适俱乐部的核心会员,她还组织并主持了文学大师林语堂及家人赴美欢送会……气质高雅、卓尔不凡,是当时上海滩美貌与智慧并重的才女典范。仅凭这几条,颜雅清早已晋身民国名媛之列。但这样认识颜雅清,未免太降低她的格局。其实就是她的老朋友胡适,也未能达到她的精神高度。所以在她主动与陈炳章(颜雅清第一任丈夫,作家、学者,民国政府财政部要员,曾任宋子文、孔祥熙私人秘书,是胡适作为美国大使的智囊之一)离婚之后,把"容忍"看得比"自由"更重的胡适博士也不恪守他"小心求证"的原则了,不顾事实和前后矛盾,在日记里把她写成一个无知识好虚荣的女人。

回溯颜雅清的人生,她是对服务全人类抱有使命感的理想主义者。你很难相信这就是十里洋场赫赫有名的美女内心的激情。从她放弃小家庭温馨生活到报国救世,再到成为真正不受雇于任何人的世界公民,为人群服务,这条路径是随着她人生不同阶段走出来的,也因此能够解释她两次主动解约但与前夫保持一生亲密友谊的婚姻。

几年前,颜雅清年过八旬的女儿陈国凤教授从美国飞到广州参加一个医学会议,顺道来到我简陋的办公室。近距离与颜雅清的家人接近,我按捺不住对颜雅清的敬仰之情。陈国凤教授淡然一笑:"因为她很幸运生活在一个开明而开放的环境。"除了家境,颜雅清的确也是当时妇女解放运动的受益者。尽管擅长家政与厨艺,有一对儿女和前途无量的丈夫,但做贤妻良母并不是她人生的最高追求。她跻身外交界，首先是实现个人价值，再进一步代言中国女性。她曾于1935年以中国代表唯一女性身份出席国际联盟（联合国前身）大会并发言："让全世界的妇女享有半边天，世界会变得更加美好。"她比毛泽东更早地把妇女与半边天联系起来。颜雅清作为女外交家的活动，从跟随叔叔颜惠庆（时任驻苏联大使、民国政府著名外交家）出使苏联时开始，再到代表中国参加国联专门负责调查妇女儿童非法买卖问题，贴身跟随宋美龄赴美并参与起草蒋夫人著名的美国国会演讲稿，最后成为罗斯福总统夫人助手及《联合国人权宣言》起草人之一、联合国创建的最早参与者和信息官，同样完成人生理想不同境界的飞跃。

颜雅清是长了翅膀的中国女人。她真的会飞，而且飞得洒脱任性、惊天动地。虽然她锦衣玉食，身为颜福庆（中国西医泰斗，耶鲁大学第一位亚洲医学博士，创办了湘雅医院、中国第一所大学医学院，曾任国民政府卫生署署长）之女，她一出生就生活在中国的顶层，但其时中国正是战乱年代，尤其是日本侵华战争爆发。颜雅清萌发更令人惊叹的念头，就是要学习飞行，并成为一名空军飞行员报效国家。她真做到了。她与被誉为"中国第一位女飞行员"的李霞卿成为好友，两位绝代风华的东方佳人商讨了一个周密的、雄心勃勃的抗日筹款计划：各驾一架轻型飞机，做环美募捐飞行，耗时数月。她们深晓自身的魅力，不仅获得美国人赞助的命名为"新中国精神号"的小型飞机，经过的城市，权贵政要、富商明星、侨领纷纷为她们站台、解囊。她们以这种耀眼而冒险的飞行壮举唤起国际社会更多对中国的同情和援助,超预期达到目的。在这过程中,飞行技巧不算高超的颜雅清差点坠机亡命。

二战结束后,颜雅清与小她9岁的联合国同事、来自新西兰的学者约翰·梅尔相恋并结婚了。联合国规定夫妻双方不能同时在联合国工作,颜雅清为保住梅尔的职位,不得不辞去联合国的工作。但对于她,没有工作等于慢性自杀。她就去医院做心理护理义工。约翰·梅尔在新西兰买地买艇,计划退休后回新西兰过田园牧歌式生活时,颜雅清却在考虑如何达到更好"为人群服务"的目的。1956年的秋天,年过五旬的颜雅清被哥伦比亚大学破格正式录取,成为一名图书管理专业学生。毕业后开始在布鲁克林从事纽约公共图书管理工作。她在1959年与要返新西兰过神仙日子的约翰·梅尔离婚了。一直到1970年因心梗猝死,颜雅清都保持着对社会公共事务的热情。

颜雅清一生的追求者众。她丰富的情感生活及对待爱情婚姻的态度得另起炉灶讲述。

这里要说说宗教信仰对她的影响。出生于中国第一基督教家庭(祖父颜永京是基督教圣公会最早的华人牧师之一,圣约翰大学创始人之一),颜雅清诞生在圣约翰书院医学部,并有一个希伯来名字 Hilda(希尔达,战士的意思)。后来受表叔曹云祥(清华大学之父)影响,以基督教徒身份又加入巴哈伊教,并成为巴哈伊最著名的中国女性,也就是希尔达·颜·梅尔夫人。巴哈伊最高宗旨是创建一种新的世界文明，真正实现人类大同，在提升和完善自身的同时也竭尽所能促进他人及社会的福祉。这与她心灵共鸣，也是颜雅清最后走向服务全人类这个最高境界的精神支柱。

哈珀·李（Harper Lee）在《杀死一只知更鸟》里有一段话："背景就是文明意识、正义感以及谦卑自持。而意志力就是面对危险、偏见和灾难不低头、不妥协的胆识、勇气和力量。二者结合起来就足以说明一位优雅女子是如何出落得柔韧兼具的了。"这段话用在颜雅清身上再合适不过。

有影视界人士不时讨论如何把颜雅清形象搬上银幕。我想这是早晚的事。今天的社会，貌似多元而开放，但对女性的界定及女性自身的诉求是多么鸡零狗碎，越加趋同、物化、狭窄。曾经有中国女性眼界之高、胸怀与抱负之广、灵魂成长之深，如颜雅清。如今已无人企及。知道她，就像是看到光芒。

女神的人生无法复制，但她飞翔的背影是磁力

气味相投，物以类聚。介绍过颜雅清，我一直想着要介绍颜雅清的闺密，也是民国女神级人物。这样的人物在一起，是炫目的美，是光明的能量，至今依然照亮平庸的小时代。民国时期的二十世纪二三十年代，东西文化激荡，风云际会，实在是成就了不少非凡男女，是现代中国个性彰显、生命魅力大焕发的一段岁月。

今天要说的女神，就是被誉为"中国第一女飞行员"的李霞卿。

既然是女神级人物，李霞卿身上的标签便不只是"中国第一女飞行员"，所做的事也不限于环美万里飞行，为抗战募捐。她活得远比颜雅清长命，也更多跌宕曲折。从出生到去世，活了八十多年的李霞卿，每个重要的生命历程都是感叹号。然后，她变成谜语，成为传说。"聪明"，这是已经不会中文的郑柏士概括他母亲能想到的词汇。他的记忆是："虽然我对她的了解较多，但她对我依旧是一个谜。对整个家族来说，她都是一个谜。"加拿大女学者帕蒂·歌莉（Patti Gully）

找到郑柏士时，郑柏士当着帕蒂的面打开母亲留下的一个箱子，里面尘封李霞卿的书信、日记、照片、车船票……郑柏士说，你拿去吧，这里，也许你能发现真实的李霞卿。

她一落地便是金枝玉叶，锦衣玉食。出生于革命世家，父亲李应生、叔父李沛基是追随孙中山的革命党人；姑奶奶则是辛亥女侠徐宗汉，同盟会领导人黄兴之妻。徐宗汉与大姐徐慕兰、二姐徐佩瑶先后加入同盟会，被称为"徐氏三姐妹"。徐慕兰便是李霞卿的祖母。李氏家族权倾一时，先祖在皇上面前失宠后，辞官南下，最后在广东的恩平扎根，建起庄园豪宅，妻妾成群。上上下下几百号人，繁衍生息成为一个自给自足的村子。李霞卿在旧时代复杂大家庭里学生存本领，在新文明风尚中洗礼。14岁时已通晓唐诗宋词，同时熟稔英语、法语，是上海名校中西女中的高才生。此时，父亲是上海民新电影公司的创办人、大老板，沪上商界巨子。天时地利，14岁开始，李霞卿以李旦旦为艺名，两三年内就主演了民新公司十多部影片，成为二十世纪二十年代上海影坛耀眼的明星，与胡蝶、王人美、周璇、王莹、高倩萍、阮玲玉并称为"星级七姐妹"。如果沿着这条明星路线走下去，李霞卿与这些上海滩明星们的人生命运也将大同小异。

拂去历史积尘，将时间碎片和事件拼接，帕蒂为世人展现出这位富家美女的任性真情、胆大妄为、独立自由。这种个性构成她生命的爆发力，并成就这位女神的缤纷人生。

李霞卿报考日内瓦科因特林飞行学校时，考官问："据说在你们国家，女人的脚都是残疾变形的？"李霞卿回答："我来到这里,就是让全世界知道,中国女性不但能在地上走,而且能在天上飞。"她以优异的成绩毕业,也是中国航空界第一个在瑞士取得飞行执照的人;1935年,李霞卿更以全优成绩,成为美国波音航空学校毕业的第一位女学员;骄傲的教官不得不对她刮目相看,称她是"东方的蜻蜓"。1936年10月24日,"上海市民献机命名仪式"在龙华机场举行,这一天,李霞卿作为中国第一位进行飞行表演的女飞行员,永载史册;她还是上海中国飞行社唯一的女教练。在国际航空界,她也早已创下多项"第一"⋯⋯

因为婚姻,李霞卿来到日内瓦,才有机会学习飞行。因为飞行,她的婚姻走向破裂。1929年,17岁的李霞卿,由父亲的老朋友、广东老乡,民国著名的女权运动家、革命家、大律师郑毓秀介绍与她侄子郑白峰结婚,郑白峰当时是国际联盟秘书(后曾代表民国出任驻古巴大使),前途无量。李霞卿随丈夫到日内瓦居住,生儿育女。但官僚阔太太的生活不是李霞卿想要的生活。她不仅在日内瓦读了飞行课程,改变自己的生活,还煽动自己的小姑子郑汉英也去学习飞行并取得飞行执照。曾经的媒人、郑白峰的姑姑——大律师郑毓秀,却不得不在李霞卿的离婚案中,作为自己侄儿的代理人在离婚文件上签字。

李霞卿想要的人生是什么?

今天的人也许会说,她不是作吗?今天的人很难想象,她在抗战爆发时找到驻南京的航空委员会,请求编入空军中队,驾机上天,抗日救亡。因为是一个女人,她被拒绝了。

她计划实施她的航空救国计划,决定写一本名为《改革中国航空的建议》的书,并为掌握第一手资料,飞遍中国。参加空军不成,她去做志愿运输飞行,去红十字会急救站做志愿者照顾伤兵,协助组建难民营、孤儿院……直至1945年二战结束,李霞卿一直为基地设在纽约的美中救济会工作。做慈善工作,也是李霞卿的人生关键词。

今天的人会说,这个白富美,拥有倾城倾国的美貌,优雅而新潮,却把自己作践成女汉子,婚姻触礁,子女离散。飞行之余一袭旗袍,云鬓高挽,耳后夹一朵绽放的花朵,胸前别一枚飞机造型的钻石胸针,这差不多是李霞卿标配的日常装饰。她聪明伶俐,有钱有势,口才一流。尽管她的前夫郑白峰千番阻拦她与子女见面,逢人就说她死了,却诅咒不断她的爱情。一位杜先生,死心塌地,寄望与她共筑爱巢,还与她父亲李应生合伙做生意,奔波于内陆腹地,寻找矿藏;为她的环美飞行募捐寻求官方支持……她晚年的爱人是比她年轻的成功商人李颐祥,他们低调生活在美国,周游世界。偶尔,她会驾着别人的农用飞机上天,也来一下空中飞行特技表演,把人家惊得目瞪口呆。

1997年香港回归,李霞卿作为贵宾应邀出席回归典礼。1998年,86岁的她在美国的医院里安详地走了。繁华落尽,如梦无痕。她活着时就为自己购置好四块墓地,在奥克兰山景墓园的华人墓区一块斜坡上。然后告知家人把她葬在最中间的那块墓地里,独享孤离与清静。

因为太多的惊天动地,她,成为杂志封面人物、英文漫画书里的女英雄，她的漫画形象被做成泡泡糖纸……李霞卿的人生，演绎成传说，但没有人知道，女神洗尽铅华后的内心隐藏着什么。

　　李霞卿一生的姿势，是飞翔，是突破禁忌的人生历险。她的幸福与满足，不仅是去做自己喜欢的事，也为苦难同胞去自我牺牲和冒险。这样的女性，无论过去还是今天，都是凤毛麟角，也许她们今生负有特殊使命，乘愿而来。无法复制的人生，却有后人瞻仰的背影，因为有一种高贵的光芒，犹如磁力，令人追寻。它也展现了人生的无限可能，这是中国女性极有想象力有胆识有胸襟的时代。帕蒂为李霞卿立传之时，用了孔子一句话作为题记："我欲仁，斯仁至矣。"知李霞卿者，帕蒂也。

在强取豪夺的时代说 "弱德之美"

91岁的叶嘉莹教授创造了一个词：弱德之美。互联网很快把它传播为一个热词。100岁的杨绛老人也说了一句话，同样被疯传："我与谁都不争，和谁争我都不屑。"这其实不是杨绛先生原话，是她借自己翻译的英国诗人兰德暮年之作《生与死》中的词句做人生表态。走了将近一世纪人生路的老人所说的话在这个时代还有如此强大回响，大概是幸事。再细想，究竟有多少人能够真正实践"弱德之美"，又如何在这个你争我夺的时代真正做到不争呢？

无论是叶嘉莹、杨绛两位老人，还是一百多年前的英国诗人兰德，他们的话犹如老树上的新芽，从历经风雨的沧桑之心纯净而出，根基是坚韧的。何为弱德之美？何为不争？在成功学、励志书、心灵鸡汤火热流行的时代，强者为德，成者为王，是主流社会划分阶层的标准。面前的现实不是不争，而是吃相难看的太多。不争需要有不争的底气；弱德，同样要有弱德的底蕴。

普遍人性中包括虚荣、势利眼、追名逐利，中外古今这些方面差异并不大。另一方面，人的生命追求到达一定的境地，内心就会由衷承认与金钱、权势同样重要的因素还有风范、品位和精神意识。这与马斯洛的人类需求层次理论是对应的。

叶嘉莹先生是如何解释她对弱德之美的定义？"它是有一种持守，它是有一种道德，而这个道德是在被压抑之中的，都不能够表达出来的，所以我说这种美是一种弱德之美。"说白了，就是世道如何，别人待你如何，你都可以淡定面对，坦然、自尊生活，这就是一种美德。互联网热词传播犹如台风呼啸扫过，然后落下一地残败。我们会否深究这个词对自己意味着什么？弱德之美一点都不弱，它需要一颗不流俗却对万物敬重的心。二十世纪八十年代，我买了《迦陵读诗丛稿》《迦陵读词丛稿》，分别是上海古籍出版社版本和中华书局版本；一本定价1.20元，一本定价1.40元；都是竖排，且都是繁体版，连装帧设计风格都很相似。初读这位名叫叶嘉莹的作者对唐诗宋词贴血贴肉、易感善思的解读，只知道她是加拿大的华人教授，我对她有无限的想象。身在异域，一辈子却生活在汉语诗词歌赋中的女子，生活该有多么美好！其实叶嘉莹先生的人生并不顺坦，生活也不如意，幸好有诗词，这是她精神与情感的避难所。后来时不时在电视或电脑视频上看到她，八九十岁的温婉书卷的女人。看不到她悲苦哀伤的表情，笑过哭过的人生都已是身后的烟尘，她依然以一双含着诗意与睿智的眼睛看世界。她也说过与杨绛类似的话："不想从别人那里去争什么，只是把自己持守住了，在任何艰难困苦中都尽到了自己的责任。"持守,是一个关键词,是对"行有不得,反求诸己"的实践。参透生活实相,看尽人性之美丑,仍以慎独的准则检查自己,以沉毅坚忍之心情过酸甜苦辣的生活,这种心态与高蹈的精神境界相辅相成。

而杨绛先生还说了:"一个人不想攀高就不怕下跌,也不用倾轧排挤,可以保其天真,成其自然,潜心一志完成自己能做的事。"有自己能做的事、想做的事非常重要。杨绛先生享有美满的婚姻,却也经历"文革"被"洗澡"、老年丧女、夫君先行一步的悲怆。她"与谁都不争,和谁争都不屑",那是一定的。你说她要争什么?如果她的价值定位不与世俗在同一标准上,是没有什么可争的。争,只是自降身份,自取其辱。一个百岁老人,独自粗茶淡饭,读书写作。这种生活状态,却因其丰盈的内心与充沛活跃的精神世界而灼灼其华。

当然我们可以说叶嘉莹、杨绛两位先生都老到了拥有智慧的境界,但要知道,无数的芸芸众生,越老,可能越糊涂,越愚痴,越执着。老而智慧、老而从容不是一种必然,而是自身不懈修持的结果。每个生命都有各自的悲欢喜乐,但每个人面对遭遇有各自的姿态。这个时代不缺乏的是竞争精神,甚至因争夺而不择手段。这个时代缺乏的是持守,持守就是一种人生姿态。持守也是你可以做到不争、保有弱德的强大后盾,它需要你返回自心,看清自己,问清自己。同时,也是你能够安心的守护神。

科技与经济在飞速发展,时代却非全然美好,我们偏爱匮乏的事物。由生命长久提炼、时间沉积的觉悟,我们当然视为瑰宝。但当它们被网络传播并改写得轻如飞絮时，你热爱这样的词语，是因为趋势还是因为它们真的触动你的内心？

生活在这个驳杂躁动、让人缺乏安全感的世界，你一边诵读并随手转发着"弱德之美"和"不争"，一边在喧闹街市疲于奔命，你不敢说这个世界与自己无关。尽管如此，你依然可以学习持守，学习体面从容地行走于世。这样，你便开始拥有一点点超越普遍人性的勇气和智慧。你也正在超越昨天的你、今天的你。

每一个生命都有其独特的光辉。明白这一点，你便可以对自己说："我与谁都不比较，和谁比较我都不屑。"这样，你接近了心灵的真实，更接近了真实的自己。

一个理想主义者的行动路线

我这几天有点忐忑不安。年初高调宣布要参加汪永晨的"江河十年行",他们走了十年了,这是最后一年。我说过,至少参加半程,再不然,三分之一程。但我还是因故失约了!昨天他们已启程。汪永晨私信我,百般诱惑:"'江河十年行'车上给你留了位置,你12号从丽江进来怎样?最美的金沙江、怒江都能走上了。争取,争取……"我的不安不仅是我辜负她美意,还浪费了一个位置,有人想加入这次江河行而不得。汗,在今冬广州最冷的一天,流淌下来。

认识汪永晨有点戏剧化。追溯回去,这个过程比较符合我和她的个性,也算惺惺相惜吧。我更早地知道她,因为她已经是国际级环保名人。先是在各种报刊看到她关于环保的文章或报道,比较直观的认识是通过凤凰卫视。她是凤凰卫视露脸较早也较多的嘉宾,当时她还是中央人民广播电台的记者,话题全部有关环保、生态文明。我记着这个女人的激动和笑声,非常清脆无矫饰的笑声,笑风可与我媲美。激动起来,语速也一点不比我慢。要知道,我的语速曾经是我的小世界里最快的。

我并不预知我们的生活会交织。前几年，新浪微博比较热闹，大家经常上去玩，每天刷微博就像现在刷微信。微博更加敞开，素不相识的粉丝想加你就可以加你了。有一天，汪永晨就来粉我，她也是Ｖ认证，坐行不改姓名。是真的汪永晨。然后我们开始开小窗私聊。她说看了别人转我的微博，看了我评她的文章，记者的职业敏感告诉她，此人可发展为"我党同志"。我们就这样成为网友了。

至今我与汪永晨只见过两面，值得一记。

有一天，汪永晨说她要来广州，有空可见见。她在大学城里开会，那时我还是驾驶新手，导航七拐八拐总算把我引到她的开会地点，我迟到了。进门时汪永晨正在发言。放着幻灯片，是某地在建坝、水土遭破坏的场面。数据、图片、专家论证，加上汪氏独特的感性语调，声音有点哽咽，我也颇受震撼。会议结束时，她从棉布挎包里掏出几本书，往桌面一摊，大声嚷嚷："卖书卖书，我要卖书了。随便你们给多少，都是支持我们绿家园的公益基金，书我随后寄。我这叫杀熟哈……"乖乖地，我把钱包里数张粉红领袖像贡献出来。她体贴地问，你需要多少书？我赶紧说，不用多不用多，不寄也可以，你留着继续杀熟。两人对视大笑。后来，绿家园的人给我寄来捐款发票和书籍，我看到汪永晨大大咧咧后面的认真做事。

第二次见面是她路经广州，住在白云区的一个朋友家。那里比大学城更偏僻、更不好走，我在去的路上还与公交车刮蹭了一下。汪永晨给我和她的朋友各送了礼物，是用矿泉水瓶装的环保酵素和教做酵素的小册子，因为环保酵素可以代替洗洁精、洗头水、沐浴露，等等，最终减少化学物质对人和环境的破坏。从此以后，我学会用果蔬残余自制环保酵素并使用它，屋子时不时飘过淡淡的醋酸植物味道。

我与汪永晨更多通过邮件、电话、微博、微信保持联系，我几乎每天都可以收到"绿家园江河信息"。汪永晨发展了她一位退休的亲戚成为"我党同志"，专门编辑每天全国各类媒体关于生态环境问题的报道，信息量巨大，效率相当高。

理想主义者其实在每个时代都有，我们会在纸上、网络上抨击制度缺陷、国民素质、文明程度低下，但不见得每个人会付诸行动去改变现状。

空气与水，都是我们生命中至关重要的。生活在经济高速发展的中国，这三十多年我们提高收入的代价就是换来肮脏的空气与水。每个人开始不满、愤怒和反思。汪永晨是理想主义行动分子。早在今年柴静发布她的纪录片《苍穹之下》引起轰动之前，汪永晨已经开始她的环保志愿工作近二十年。1996年创办了"绿家园志愿者"民间环保群体；2003年以来关注中国江河水，2006年发起"江河十年行"，关注西南六条大江及生活在江河两岸的原住民，监督中国西部水电开发问题；其中怒江是中国仅剩的一条自然流淌的大江，这是汪永晨及绿家园志愿者努力的结果。2010年发起"黄河十年行"，关注黄河水资源的可持续发展，记录黄河两岸生态人文变迁……

有一天，汪永晨给我发来邮件，又打来电话，告诉我她发起了"为留下最后一条大江——怒江签名"，需要更多高职称、高学历人士参与。她来动员我了。我第一次发现我的职称、学历有如此正面的作用，我打破我不参与任何党派、组织、签名运动的自我约定，毫不犹豫地说"签"！政府在怒江建水电站的计划至今依然搁置，怒江水依然在自然流淌，我似乎也感受到自己就是其中一朵小浪花。

此刻，汪永晨一伙人正走入汶川地震废址，他们还要走半个多月。这是由专家、媒体人和志愿者自发组成的中国江河考察团队，这是第十个年头。每个人也会背上许多书和文具，送给大山里的孩子们。

当下的现实，时常让人有幻灭感。我想起行走在江河岸边和大山里十几年的汪永晨，永远激情、行动不懈的汪永晨，她是我身边美好的女子之一。想到她，纵然不面朝大海，也觉得春暖花开。

每个人都以为与众不同，每个人都自怜自爱

互联网时代，天大的事、比雷还响的人都如一阵旋风刮过，呼啸而来，仓皇而去。朋友圈才刷过张国荣、才刷过科比（我真不知道科比），上周，我又被关于西蒙·波伏娃的各种帖子刷屏了，原来4月14日是西蒙·波伏娃的30周年忌日。看到西蒙·波伏娃这个名字时，我眼睛还是多停了几秒。这是我曾经视为偶像的人物，如今光芒黯淡。想当年，还在潮汕小城，好学让我知道了西蒙·波娃（当时的译名）这个强大的女人，还听说了她的《第二性——女人》。想方设法买到了，定价3.60元。这本书现在束之我书房高阁，已经残破不堪。翻开看，尽是些蓝杠杠，书页泛黄。看来当年是反复读、认真读，属于必修课。转帖发帖的各路人马，我不知道有多少跟我一样曾经达到骨灰级粉丝这种级别。如今的人们，究竟如何解读西蒙·波伏娃？

媒体正在絮絮叨叨：她是学识渊博的存在主义圣母，是法国乃至全世界成就卓越的女作家，世界女权运动最著名也最富争议的人物；也有人更愿意拥抱她生动的另一面：生活

方式特立独行、与众不同。还讲究美食、富有性感、喜欢运动和旅行，被许多人爱也爱许多人。她理论既不灰色，生命之树也常青，甚至缤纷灿烂、惊世骇俗。她具备了小资们所喜欢的所有标签，不感冒她的思想也可以因其生活方式尊之为小资教母。当然，还有一个秘而不宣却让人乐于八卦的，那就是她与存在主义哲学大师让保尔·萨特协约式的爱情及各自的偶然爱情。

《第二性——女人》第一部开头即成为名言："一个人之为女人，与其说是'天生'的，不如说是'形成'的。"这句话影响了全世界千百万女性。它被称为"有史以来讨论女人的最健全、最理智、最充满智慧的一本书"，甚至被尊为西方妇女运动的"圣经"。在古老棉城正青春年少的我，因此也三观尽改。后来我读了波伏娃更多的书，包括她厚厚四卷本的回忆录，我不得不重新读《第二性——女人》，重新修正我对它的理解。这大概是书被我翻烂的原因。这本书写于1949年，但到了二十世纪八十年代，医学及生物学证明，男女有别还是有天生的因素，是有生物学证据的。

波伏娃与萨特长达半个多世纪的爱情传奇，为众多仰望者所神化。波伏娃期待这样的效果。这位被誉为具有史达尔夫人的智慧和乔治·桑情感的女性，冰雪聪明。自小渴望文学上的成功，渴望成为传奇性人物、历史的不朽者。"我喜欢看见自己的名字登在报纸上，有些时候，关于我们的传闻以及我作为'十足的巴黎名人'的角色，都使我飘飘然，沾沾自喜。"这种坦荡的野心和骄傲感在她回忆录中可以反复

辑 三

看到。

究竟如何标新立异、离经叛道？又如何在现实中实现声名不朽的梦想与爱情乌托邦？她与萨特的爱情契约关系中的性开放条款（即他们将持续保持彼此的感情，同时保证双方在感情和性方面享有充分自由。他们还约定，要及时与对方分享自己艳遇的详细情节）是否让她真正感受幸福与快乐？

波伏娃早期的长篇小说《女客》写了一组爱情三重奏，两女一男的关系平等而彼此相爱。摒除嫉妒，充分给予个人自由，同时必须消除性别。创作灵感显然来自波伏娃与萨特还有奥尔加三者的爱情关系。看看波伏娃如何构思这个小说：矛盾一直存在于两位女性的内心，男主角作为关系的中心，却一直处于轻松的位置。平等实际上并不存在，在快乐和坦荡的背后，是焦虑的内心。结局是一位女性杀掉另一位女性，"不是她就是我，那将是我。"别无选择的选择。波伏娃还有一部小说叫《一代名流》，题材同样来自她的爱情生活。是波伏娃与美国作家阿尔格朗亲密的情爱故事：奇异的相逢，断肠的离别，从未有过的和谐与满足的性爱关系。但生活中她最终痛失阿尔格朗，永恒并不在男女欢爱中。

波伏娃与萨特，彼此维护各自的自由与独立，亲密无间、并肩作战的神话在流传。但波伏娃承认："我时常说我们是各自独立的人，那是在撒谎。在两个单独的个体之间没有协调，自由不断地被征服。"波伏娃为萨特在美国爱上卡尔曼并求婚而伤心、愤怒，她提出与萨特决裂。萨特告诉她，他们需要彼此，他们为了存在主义将永不分离。倡导独立自主、反叛传统、自认为"得天独厚的妇女"的波伏娃,她并没有我们想象的那么洒脱。她不得不屈从一种不平等的从属关系,在努力与牺牲、依附与脆弱、心碎与挣扎的情感历险之后,到达她自己渴望的声名不朽峰巅。

细读波伏娃的回忆录,字里行间充满矛盾、紧张、嫉妒、哀怨、落寞、焦虑的心态。但即便如此,她仍然选择撑起一种真实,来换取另一种真实。她最终与萨特合葬一起。获取与丧失,几乎是对等的。

波伏娃最终让我叹服的其实是她另一部小说:《人都是要死的》。这本书被视为她对萨特的文章《存在主义是一种人道主义》的艺术演绎。但从她虚构的永生者福斯卡身上,我读到她对自己观念与追求的解构。因为生命不死,生命中的一切事物便变得毫无意义,不朽也毫无意义。从永生者的眼里看世界,任何事物既不可能唯一,也不可能转瞬即逝,因此也便没有珍贵、庄严,挽歌和心痛都没有。波伏娃在书中说:"一根草,只是一根草。每个人都以为与众不同,每个人都自怜自爱。大家都错了,她也和其他人一样错了。"她经历各种撕心裂肺,她说出自审的话。会死亡的生命方显事物的意义,不死的生命让我们看到最深刻的孤独:所有都是一样的,没有什么与众不同。当存在成为无限,存在本身就成为虚无。读《人都是要死的》,被告知,自由就是虚无,是永生的主人公福斯卡最不想要的东西。

可惜,波伏娃到此为止,她的"永生是天罚"只是关于生命的假定，她没有意识到其中的真实性。永生者福斯卡从君主到选择种种不同人生，心已苍老。这个形象接近了东方佛学关于生命空性的概念，但波伏娃缺乏这方面的训练。东方佛学关于生命轮回的理念，道明了这一点：灵魂永生，轮回是永劫，是没完没了的绕圈。要摆脱绕圈，超越业力的牵引，唯有让生命做更有意义的追寻。比"我"更重要的，是"无我"，比业力更强大的，是愿力。但要抵达这层智慧境界，需要生生世世的修炼，一次次脱胎换骨。永生恰好给生命进阶提供了机会，也赋予生命新的蜕变。这超出波伏娃的思考，是另外的话题。

女人的道场

三月是春天的季节，青山鹅黄嫩绿，万物花开，新枝摇曳。风是柔软的，比小蛮腰还要柔软。三月就是非常缠绵非常有女人气息、能把人的心融化的季节，不婀娜一下抒情一番都难。

三八妇女节就在这让人想入非非的美丽三月如约而至。可是，这个节日的诞生，并不像大自然的春天如花似玉的美好。它的全称叫"联合国妇女权益和国际和平日"，既为纪念1911年美国纽约三角内衣工厂火灾中丧生的140多名女工，更是女性罢工、示威游行的纪念日。所以说，这是世界妇女争取权利、争取解放的特殊节日，有一种力拔山兮气盖世的悲壮。

每到这个节日前后，知识分子们、女性主义学者们深刻反思妇女观，追溯历史，评述当今女性地位处境，呼吁男女平权；政府部门忙着表彰五好女性，树立新女性典型；商家则趁机搞促销：女神节、女王节……总之是要大大花钱的节。中国自晚清以来，妇女解放运动就与政治相关联，走上漫长

辑 三

曲折的进程。妇女解放如何体现？缠脚变天足了，出门上班了，自由恋爱了，参政议政了，能顶半边天了……这些浮在社会层面上的价值，是一百多年来的女权运动向社会对抗、争取而获得的结果。但今天的人们，尤其是女人们，是否因此而提高了幸福指数呢？女性的力量究竟在哪里？女性如何在这喧嚣嘈杂的时代辨认属于自己的符号？寻回自己的心？

曾经参与一个国际论坛的工作。活动嘉宾中有一位以讲孔子庄子心得闻名天下的女文化名人，踏进后台时并不顾前台正有人在发言，高扬的声调呼啸着从后台飞进台下观众耳朵。轮到她上台，她坐在四位中外男嘉宾中间，口若悬河滔滔不绝声情并茂，基本上是一个人的独角戏，其他嘉宾只能在主持人巧妙引导中插上简短话语。我坐在台下，旁边一位外国朋友用调侃的口气连续对我说了三句："当年孔子就是这么给学生讲课的吗？""孔子说，己所不欲，勿施于人。""我可不愿意做她的学生。"这一幕给我印象深刻，我想女名人大概已不存在需要解放需要平权的问题，她在这竞争激烈的社会胜出，作为胜利的女人，咄咄逼人的形象却警醒他人，无论有名无名，无论身处何境，尊重与照顾他人感受是起码的教养。你就是你周围环境的一部分，你的气场美好，环境便美好。

有另一种女人，同样旁若无人，却是不媚不俗，如花开无尘，遗世独立。这是累世的修炼，让你看见她一眼，内心的爱与温柔刹那间醒来。

去年12月初，刷微信朋友圈时，看到一位开咖啡馆的朋友,发了几张照片,她称照片中人为"亲爱的敬爱的奶奶"。我惊呼一声"这个奶奶好美啊"!我说希望有机会见到,这样的女性心向往之。朋友回复:"这个国家对她是亏欠的,而她一直以感恩欢笑的状态给予身旁的人……"然而没过十天,朋友放了一张奶奶喝咖啡的闲雅美照,写了一句:"自此,怀念永存心中。"她的这位忘年交奶奶刚刚离开人世,毫无痛苦。不争不抢,静静地来,悄悄地去,这应该是最有福报的人生。来不及去见奶奶,还没听奶奶一生的故事,我却已把这张写满爱、仁慈、高贵的面容刻进心中。那是美丽的灵魂,眼神里有一种神性光芒,照耀在前方,让人感受到和平与欢喜。这,就是世上的安慰。

身为女性,我当然对社会的男女不平等、性别歧视有切肤之痛。但社会不平等的不仅仅是男女,还有贫富、种族、阶级,等等。在包括性别的所有不平等问题上,我大概属于甘地主义的非暴力抗恶。虽然无力改变世界,却可以从修炼自己开始,一点点修炼,一点点重塑内心,进而一点点影响周遭的环境、自己的人生。世界就是粗鄙甚至残酷的,但心散发善意与温柔,便可以融化所有的冷硬。拥有这样的心,却需要随时随地修炼,直至成就菩提心。

第一位中国籍格莱美音乐奖得主、奇正藏药的创始人央金拉姆说过:"家,是女人的道场。"而央金拉姆的生活舞台并不仅仅局限于家庭。她从一位藏族放牛女童成长为现代企业家,成为有国际影响的音乐人,又嫁入名门,也算写就了既干得好又嫁得好的女赢家传奇。后来她又以禅修师、公益者的身份奔走于世界，多重角色集一身，却可以任运自心。她以自己的经历亲证，觉醒的女性，有力量重塑更美好的世界。这种力量，是女性的智慧与慈悲。"家，是女人的道场"其实只是一个出发点，女性的自我修炼，可以时时有镜，观照自心；处处是道场，随时觉察体悟生命的实相。

世界很复杂，但你可以很简单。这是一个秘密，你掌握到了，就解放了，自在了。我，走在途中。

女人为什么需要包袋

　　一个女人出门，不带包袋似乎是不可能的事。包包之于女人，可以说亲密度远胜伴侣。中国人在追逐奢侈品的路上，女人对名牌包包的追逐是很引人注目的，闻名世界。所以经常看到各种报道及图片，就是在欧美集中卖奢侈品的大街或百货店，比如纽约第五大道，法国香榭丽舍大街、老佛爷大门口，很夸张的排队抢购的华人队伍。我自己在现实生活中也常常目睹这样的事件。几次去欧洲，团友中总是有人要去买名牌包的，女人买，男人也买，当然是为老婆或女友买。LV，GUCCI，等等，这些名牌已经烂大街了，就像淘宝爆款，看多听多了，似乎也没有奢侈感了。

　　记得有一次在英国，我们的大巴要出发赶火车了，就等着一个姑娘，她抢购去了。在大家焦急的目光中，远远地，姑娘左右手大包小袋提得满满的，一脸红通通踉跄飞奔而来，像只摇摆的大企鹅，全车人轰地笑出声来。后来姑娘展示她的战利品，其中一个GUCCI基本款大包，白色，折合人民币一万多，据说比国内专卖店便宜一半，姑娘说盯上这个很久了，自己用的。我问你背它上班吗？她傲娇地说，我才不背它上班，到河南那类地方也不背，但去上海出差要背。姑娘是个年轻编辑，这个包的价格已经远超她一个月的收入，所以当然是她的奢侈品。我当时想，她要这个包包证明什么呢？

带着这个疑问，当我看到法国社会学家让-克洛德·考夫曼的书《女人包袋——一个充满爱的小世界》时，我头脑一热，就把它引进做了中文版。因为作为现任法国国立科学研究中心主任的考夫曼先生，带着他的团队用了十八个月时间调查了七十多个法国女人，让她们的包包打开，让她们的包包说话。他得到了七十多个精彩的故事：爱与死、生存的风云变化、人生苦恼与激情、残留的温存、记忆中的幸福……考夫曼先生的角度太好，考察仔细，而且点评幽默，我就禁不住也打开自己的包袋，里面究竟装着我的什么故事？就像书中引用卡米耶的歌：

> 我们问了太多问题：
> "是或不是？"
> "到底有没有上帝？"
> 但是为了弄明白世界的规则，
> 请告诉我，
> 女孩的包里到底装着什么？

不过出乎我的意料，这本书并没有在中国引起太多的关注。热衷名牌包袋的女人们，大概听都没听说过这本书。她们大概并不关心自己的包包装了什么,也没想过包袋对于自己的意义。她们想证明自己的,只是一个LV或者爱马仕标签则足够。所以比较而言,不得不承认法国女人更懂时尚的精神性。中国女人与她们的距离,隔着包袋的一层皮,现在中国女人看到的是包袋的外在,法国女人更注重它的里面。关于大牌,许多法国女人考虑的是自己是否对它一见钟情了,真的喜欢了,而不是因为牌子。生活在时尚之都巴黎的凯蒂说:"我同情那些展示牌子的人,那就像一种精神创伤。我不清楚这是在表现成功、占有还是身份。在我看来,这是一种脆弱,她们需要认同。我的包包会说:我就是我。"

也曾经在悉尼的街头,识货的朋友指着走在前面一个女人,胖得像没长好的冬瓜,说,她手上挎的那个包,至少值二十多万人民币。我对数字是麻木的,也没因此看见美。看上去,与扛个麻袋塑料袋也差不到哪里去嘛。一个对自己身材管理都疏懒的女人,企图以昂贵的包袋为自己增添魅力是徒劳的。

那么,女人的包袋究竟有什么?它们透露了什么?考夫曼先生说:"也许一些表面平凡的东西也能像避孕套一样出卖你:每个人用自己的方式透露个人生活的痕迹、价值观以及生命之重。"七十多个女人包袋的故事各有不同,尽管有的女人只拥有几个包袋,而有的女人同时拥有五六十个包袋,但她们的包袋内有乾坤,都是一个私人大宇宙,首要的是感情与回忆。女人的包袋说出了女人的情感与人际关系世界,也因此证明女人的生活中有各种各样的束缚。包袋证明了女人内心的负重感，包袋甚至也是精神支柱。它首先是有灵魂的，然后才是实用价值。个人身份的标志在包包的褶皱最深处形成，而不是外面那块闪闪耀眼的牌签。尽管男人也有包袋，但他们的包袋只有实用性，除此之外，乏善可陈。可见男人们更热爱无牵无绊、自由自在。

我自己没有名牌情结。我更热爱个性化的物品，比如画家朋友的画作衍生品做成的包袋、朋友的手工包袋，或者有设计感的小众包袋，我觉得那更有温度和独一无二。出于对"有节制地享受生活"的理念认同，价格昂贵的物品会让我心生罪恶感，所以没有占有的快乐或者骄傲。

但我曾经因为包袋出过丑。多年前，在欧洲一次参加音乐会，所有人西装革履晚礼服，中场休息，女人们或一个手抓包或一个小挎包，轻松地端着咖啡聊天。我一身休闲装，一个白天的大包袋，沉甸甸，端起咖啡杯就浑身别扭、不自在，那时候，我明白什么叫作不得体。

所以，女人的包袋是可以说明人生轨迹的，它是个人生活的见证。欲望、弱点、情爱和需求……是的，它是女人生活的核心、亲密的伙伴、身份的守护。如果你认为包袋只是一个牌子，那真的很可怜，你还不知道你需要什么，或者你迷失了自己。

如果安娜不死

读一本已读多遍的书，就像去赴一位老友的约，许多记忆纷至沓来，但新的、陌生的发现会因为你自己的变化而不期而至。

我是想说说最近重读世界文学经典《安娜·卡列宁娜》的感受。

因为有一场好看的芭蕾舞《安娜·卡列宁娜》要来广州大剧院上演，大剧院与《周末画报》便为会员及书友们做了一场名著赏析活动。我应邀做主讲嘉宾，不敢怠慢，从书柜里重新找出书来温习。

想想这《安娜·卡列宁娜》，从二十世纪七十年代识字不多时就遇见它破烂泛黄的中文版本，四卷本。那时候，"黄书"犹如秘笈，内有乾坤，魅力四射。特别好奇的我，是翻"黄书"长大的，所以这《安娜·卡列宁娜》也偷偷摸摸生吞活剥了，略知故事，不明其意，是小孩子偷喝一口烈酒般的呛口。

真正通读是在二十世纪八十年代，记得也是四卷本，那是日夜兼程地读，酣畅痛快地读，陶醉于情节与人物之中，为安娜而笑而苦而泣而悲。激情的热烈，对自我幸福的追求，为自由和爱的义无反顾、赴汤蹈火，这些就像火苗从文字里冒蹿出来，把读的人也卷进情节里，似乎安娜就是自己。这是青春与小说人物的完全碰撞，情爱之火熊熊燃烧。

粗略估计，迄今这《安娜·卡列宁娜》我读了起码五六遍，加上不同版本的电影、电视剧，可以过十了吧。所以说，我这脑子不被它洗礼，是说不过去的。

不要说像我这样的人，就算你没读过它，大概也知道书里第一句话，那是名言："幸福的家庭都是相似的，不幸的家庭却各有各的不幸。"

安娜是个悲剧人物，她的家庭是不幸的。

如何不幸了？通行的说法是：无爱的婚姻是不幸的，一个率性的女人嫁给一个刻板的官僚是不幸的，追求不现实的爱情是不幸的……安娜的命运以卷入火车轮下死去而告终。

在这个阅读碎片化的时代，重读这部长达八十万字的书，似乎不容易。但列夫·托夫斯泰依然能把我带进他营造的文学世界。托尔斯泰的文学不仅仅是技巧性的，他对人性的洞察，他面对生命的一颗悲悯心，让他犹如先知，凡夫唯高山仰止。

文学上的意义，我不要再谈了。一百多年来，这部小说以各种艺术形式、不同语言在全世界演绎，它的艺术生命是不朽的，这就是伟大的经典。

这次，我读得冷静。对于小说里的人物，可以说是以旁观者的眼,甚至颠覆者的眼。

于是,有许多问题冒出来:什么是真爱?什么是幸福?什么是永恒?什么是勇敢?如何理解爱的能力?爱情与婚姻,它们的神圣性在哪里?女性为何而活?其生命意义是否依赖于来自他人的爱情?……

对这些问题的理解,也许需要今后写更多的文章来表达。而我同时脑子里还有一个假设:如果安娜不死呢?

安娜死了,依照小说里的性格逻辑,她是必死的。至于为何必死,各种解读都有。托尔斯泰为他这部巨著写了一句题词:"申冤在我,我必报应。"这句话来自《圣经》,同样引起后人诸多阐释和争论,焦点在于为谁申冤,谁遭报应?

是安娜有冤,还是她的丈夫卡列宁有冤?情人伏伦斯基是否有冤?或者所有的人都有冤?

来自《圣经》的话,为这部小说铺垫了基督教文化的背景。基督教至高无上的神是上帝,对他人做出道德评判,裁判人间的罪,是上帝的职责,世人无权评说。每个人的行为只是对上帝负责,审判在上帝那里,救赎也在上帝那里。所以,这句题词应该包含了托尔斯泰对他笔下人物的所有肯定与否定,包含了他全部的矛盾心情。

"不以暴力抗恶",是托尔斯泰主义的核心思想,它也深刻影响了我。托尔斯泰本人,包括他塑造的主要人物,最终会追问生命的真正意义,灵魂的救赎,去追寻道德自我完善的道路。如果安娜不死,我想她终究也会从心灵内部解决爱的痛苦。

安娜的悲剧,不仅在于一件婚外情,还在于她追求不可能的永恒。除了她出身贵族,嫁作官太太,她同时热爱文艺,比如爱读小说爱看戏剧,是一个典型的文艺少妇。当时间、金钱、美貌,还有旺盛的荷尔蒙、浪漫的想象力都同时赋予一个女人时,她不折腾一下生命真是很难的。

内心的煎熬,灵魂深处的痛苦,并不因为是社会的压力,尽管她挑战了上流社会潜规则,也挑战了传统伦理道德。她已经不顾后果地为"真爱"而抛弃家庭了,她做好了毁灭的准备,也充满新生的憧憬。她不能毁灭的,是她与伏伦斯基的"真爱",这才是安娜的致命伤。

激情之后,温度下降,安娜的嫉妒、猜忌、控制欲开始冒头。伏伦斯基也是怕的:"她,真正的安娜,便退隐到她自己内心深处的某个地方去了,而另一个古怪的、他所陌生的女人,他所不爱的、害怕的、与他势不两立的女人便出现了。"

佛说,人生有八苦:生苦、老苦、病苦、死苦、怨憎会苦、爱别离苦、求不得苦、五取蕴苦。

真是这样的,爱情可以把一个人变得美好,也可以把一个人变得丑陋。安娜的苦,是求不得苦、爱不得苦。贪爱之心必起烦恼,这是情执太重的悲哀。中国诗人李白看得多透彻:"弃我去者,昨日之日不可留;乱我心者,今日之日多烦忧。"所以,"人生在世不称意,明朝散发弄扁舟"。洒脱!

世界是我们感觉到的世界。你的心里面是什么,你看见的世界就是什么。感觉既主观,也善变,所以情感是脆弱的。

如果你把所有东西建立在情感上,你就必须有幻灭的准备。

与基督教的上帝惩罚或救赎不同的,是佛教的因果观。佛法认为,没有谁可以毁灭你,也没有谁能救你。所有因缘来自自己的业力,心才是你命运的主人。你的心念与行为,就是你命运的方向。所以情感并不可靠,修炼一颗觉悟的心更可靠。

如果你明白这一点,还有什么不可以释然?"心无挂碍,无挂碍故,无有恐怖。"

凡是过去，皆为序曲

  我曾在一篇文章里写到文学大师列夫·托尔斯泰笔下的人物安娜·卡列宁娜，这是文学家虚构的一个文学形象，即便有原型，也并非真实存在于世上。所以我对安娜不死的假设，只是以我的逻辑去假设，如果安娜不死，是否真的"终究也会从心灵内部解决爱的痛苦"？不得而知。正如一百个人眼里有一百个哈姆雷特，读者总是以自己的主观理解小说里的人物，已经有添油加醋、再塑造的成分，是接受美学上的一种必然。

  遵循托尔斯泰的小说逻辑，安娜是必死的。但如果现实中真有类似安娜的经历，而且真的没去自杀，那么，这样独特的女性将有如何的命运呢？

  这就是我此刻要讲的现实版安娜。她是我编辑出版的一本传记《野玛丽》的传主玛丽·威斯利，她是英国一位传奇女作家：71岁高龄出版第一部小说，90岁去世前完成十部长篇小说，其中多部被选入中学课本、大学文学必读，并拍成影视剧。

用绝代风华来形容玛丽·威斯利是毫不夸张的,她同时也是贵族出身,是英女王的亲戚,算皇亲国戚。在她70岁以前,她经历数不清的情人、男人,与三个男人分别婚生、非婚生了三个儿子,其中婚外私生子托笔·伊迪毕业于牛津大学历史系,成为国际著名的文学版权经纪人,并娶了一位中国太太,我因书与他们认识,也走进了玛丽·威斯利的传奇。

我去过伦敦海德公园旁边托笔·伊迪的家,像小型图书馆一样的大客厅里,玛丽·威斯利的照片,从书堆里散发出强大的气场。

玛丽长子的父亲卡罗尔·斯温芬勋爵,通过婚姻,把穷贵族玛丽带回到仿佛属于她的金碧辉煌。这个男人善良大度、性格温和,谨慎遵循上流社会潜规则,更重要的是,富有和体面。无论是在当时的英国上流社会看来,还是今天的中国丈母娘眼里,这都是一桩比中彩还难得的好婚姻。

但玛丽的生命充满野性的印记,她自幼便与那些"上流社会的意识形态和等级制度"相排斥。这桩表面看来完美的婚姻对她而言是极无聊的,没有生命热情的。当时正逢第二次世界大战爆发,养尊处优的玛丽主动投入到战争中,成为英国国土守备部队女兵之一,任务是用机器破译德国人的摩尔斯电码。

"如果战争爆发,我就在你被杀之前跟你睡觉。在书中,少女就是这样说的,而我是少女。"这是玛丽的小说《甘菊草坪》中的一段话,也是她当年真实生活写照,她拥有各种各样记不住的战争情人,她晚年自述:"每个情人都很短暂,他们大多是很快上天拼死的大男孩。看着他们求生的眼神,听着他们谈论战死的恐惧,我不能不主动,他们应该在生时有机遇享受人爱和性爱……我的拈花惹草,总体而言,其中爱怜大于情趣。"

也是在这个期间,她爱上了流亡英国的捷克一位大学政治学教授海因茨·齐格勒。海因茨父母被纳粹杀害,他隐姓埋名加入英国皇家空军。玛丽与海因茨的婚外情,结果是激发了她对诗歌和艺术的兴趣,也有了婚外儿子托笔·伊迪。

对于超越了生存意义的生命而言,人生中最重要的事情,应该是爱与自由。但对爱与自由的理解,各有境界。在生命不同阶段,也有不同的理解。

与安娜相似的,是玛丽同样不顾丈夫要维持表面美好家庭的要求,主动提出离婚。终于,卡罗尔·斯温芬勋爵也像卡列宁一样,留下了妻子的婚外私生子托笔·伊迪,并抚养成人,视如己出。这其实也是遵循当时爱德华七世留下的准则:只要妻子为授勋丈夫生出子嗣,丈夫就应该接受妻子的非婚生子。

但是海因茨阵亡了,他来不及知道自己的孩子。

玛丽没有自杀。在二战即将结束时,又爱上一位破落作家艾瑞克·希普曼,历经千辛,后来成为合法夫妻,并有了第三个儿子。玛丽的人生从此自上而下,默默无闻,遭受接踵而至的失败,几乎流离失所,但她深爱一生怀才不遇的丈夫艾瑞克。25年频繁的情书成为她文学创作的操练,而丈夫一生未能轰动文坛的遗憾也成为她创作不止的动力。

记得莎士比亚写过一句话:"凡是过去,皆为序曲。"也就是说,过去所发生的一切,只是未来的前奏,当下才是真正开始。你也可以这样理解:过去决定未来的轨迹,过去是现在的种子。所以,既有各种可能性,未来也有迹可寻。

文学作品中的安娜死了,但现实中的玛丽活下来。她的爱情不断成为过去时,也给她带来不少纷争和烦恼,她的儿子们与她关系疏离。她在战争、信仰与生存中历经无数罹难,她试图以写作谋生,但一次次被拒绝。她从未放弃内心的追求,背叛自己的意愿。直至71岁高龄,奇迹发生,生命打开神奇之门。

越到晚年,玛丽越觉得对人生中"自己一手制造的麻烦"负有重大责任。她与亲人们和解,与自己和解。在生命的最后10年,玛丽·威斯利成为温迪·贝克特修女的好朋友,后者既是天主教徒,也是作家和艺术历史学家。温迪修女与她分享了原谅自己敌人的感悟。在去世前一个月,玛丽进行了忏悔……

玛丽·威斯利的人生与创作,在欧洲引发了世界女性文学的革命,也开启人们对性与爱、性与命的思考。女性主义者是乐意把她作为标本剖析的。

但是,无论你同不同意,无论你是女权主义还是"妇德"主义,都无法否认眼前的社会是一个男权社会的事实。这个社会的历史延续已久,从玛丽的时代到今天,女性们都是在男人的空气间呼吸。她们对人类的另一半曲意奉承或者分庭抗礼,都是在这个空气中寻找利益的策略,这也是许多女性一生的纠结与宿命。

如何与人类的另一半和谐共处？如何确认与你共度余生的另一半？这是难点，也是修炼。就好比寻找青鸟，你总要在遭遇许多假青鸟之后，才知道什么是真的青鸟。

生命的意义也不仅仅是情爱。止于此，正是安娜·卡列宁娜的死结。真诚面对自己，找出那条通往你真正喜悦安宁的专属小径，那是爱与自由解放之途。

女神的真实形象是怎样的

知道国家博物馆将展出"伦勃朗和他的时代：美国莱顿收藏馆藏品展"的消息时，我就将之列上我的行程表，因为那个时间段正好在北京出差，无论如何也得抽出半天时间去看这个有不少伦勃朗真品的画展。

几次去荷兰，朋友总会带我去看与伦勃朗相关的东西，比如在不同展馆的他的作品，比如故居，因为伦勃朗代表了荷兰黄金时代的艺术顶峰。而这次来中国国博的"莱顿收藏"系列乃目前全球最大的荷兰私人收藏集，规模仅次于极少数几个国家博物馆。机会难得，岂容错过？

让我流连忘返的是油画《书房中的女神密涅瓦》。当时并不知道创作于1635年的这幅油画是伦勃朗的里程碑式作品，我只是被画中的女神密涅瓦光芒万丈的气势深深吸引了，不由自主驻足良久。

几乎占据画幅全部的密涅瓦形象，先声夺人，呼之欲出。强大的视觉张力，让人忘记是在观画，而是真的与女神面对面。

密涅瓦（Minerva）是谁？

这位女神来自罗马神话，她是智慧女神、战神、艺术家和女性手工艺人的保护神，也是学生的保护神。更远的源头，是与希腊神话中的智慧女神雅典娜对应。雅典娜是希腊奥林帕斯山十二主神之一，在西方文化中有更悠久的影响。当希腊女神雅典娜被祭司传到罗马，与当地的女神密涅瓦混合。每年3月19日到3月23日，是罗马纪念密涅瓦女神的重要节日，参加者是所有脑力劳动者、艺术家和手工艺者。

在伦勃朗的绘笔之下，引人注目的是端坐桌旁的女神，一本巨大而厚重的书在面前摊开，这与一位男性学者在书房中研读的形象相形无异，也可以说是今天真正的知识女性可以有的姿态。柔美、平和的女性面孔中，是睿智的目光，庄严不可侵犯的、灿烂光辉的气场。那是一种坚毅而理性的特质。我想起英国女作家伍尔芙说过的一句话："伟大的灵魂是雌雄同体的。"

我实在忍不住犯规，悄悄掏出手机拍下这幅《书房中的女神密涅瓦》。顶着大太阳在天安门广场排了很长时间的队，就为这幅画，感觉值了。

与其说赴了一场审美盛宴，不如说是又一场心灵的洗礼。

女神，是一个被这个时代用滥的词，多被用在青春靓丽的女性身上。女孩子们也可能被人赞一声"女神"而晕了头。与这个时代的热门词"女神"相关的，还有另一个词："小鲜肉"，被用来形容年轻男子的，我觉得这个词实在庸俗得太可以了。每当有人用到这个词，只好笑而不语。

女神，究竟是怎样的一种形象才是真实的？

密涅瓦是西方文化里的女神形象之一。那么东方文化里的呢？正史野史里的呢？民间传说、宗教传说中的呢？细细考察，人类史上对于女神的崇拜还真是虔诚而谦卑的，这其中有许多可做人类学研究的空间。

在北京期间，还真遇上东方女神。

与一位同行老朋友约好在鸟巢附近见面，因为她家住那边，而奥林匹克公园悠闲而安静，适合友聊。

我们在公园里随意走随意谈，突然面前一块地图路标让我眼睛一亮：北顶娘娘庙。

这一下子让我想起多年前传播很广的北顶娘娘庙事件。曾经有许多传闻，官方报道是关于某天的气象突发事件，民间的说法归为灵异，总之，轰动一时。

所以，好奇的我建议老友一起去北顶娘娘庙看看。它就坐落在离水立方不远的公园角落，更加安静的林荫深处。

砖红色围墙围起来的一座不大的道教庙宇，显然是修缮不久的，有香炉，却没有香火。只有保安和小卖部，没有道士。大概是在公园范围内，不能香供吧？正殿供奉的是三位女神形象，我跪膝顶礼。老友侧目看我，她并不理解我敬天敬地敬鬼神之心。

其实我也不知道这三位女神的来历，只是我进各种宗教庙宇，都有对供奉的神顶礼表达恭敬的习惯。回来查资料，才知道中间的是碧霞元君，两旁则是天仙娘娘、送子娘娘。碧霞元君就是俗称的大名鼎鼎的泰山老母、泰山娘娘。据说，泰山娘娘掌吉凶，管婚育，主丰歉，几乎无所不能。道教认为碧霞元君"庇佑众生，灵应九州""统摄岳府神兵，照察人间善恶"，是道教中的重要女神。中国民间有"北元君，南妈祖"的说法，她们都是普度众生，舍己为人，都是中国历史上影响很大的女神。她们各在北方和南方，成为闻名于世的保护女神。

可见，称得上神的，必须有神力，必须有愿力。这种神力和愿力不是由颜值决定的。只有颜值，连聊斋里的女妖都够不上，就别说是女神了。

女性被尊称为神，是由其强大的神力、愿力决定的，女神不仅有大慈悲，还有大担当。她是主动的、自主的、特立独行的。她更是不可被冒犯、欺辱的。

所以，身为女性，你还长着一颗蠢蠢的脑袋，听任那些幻想着才子佳人、三从四德的男人们称你一声"女神"而美滋滋地做个花瓶吗？回眸一笑百媚生就成女神吗？整个锥子脸的网红就成女神吗？

谁是谁的神？

身为女性，你首先要做自己的神。打破由他人构造的美好幻觉，没有什么可贪恋的，就没有什么可焦虑的。最近看一个视频片断，影星俞飞鸿在面对某著名才子的无礼冒犯与调戏时，淡淡一笑中的不屑，冷冷优雅中的坚定对峙，让人不禁击掌赞叹。她，是由这样的力量决定她就是女神的。她，绝不是谁的花瓶。

你做主你生命历程的每一步，所以你要向内培养心智，而不是向外求饶。这才是人生最重要的事情。比如刚刚发生的悲剧,那位跳楼的临产孕妇,如果她能够早一点醒来,早一点自主,而不是把自我的决定放到生命最后一刻,命运将是另外的结局。

"永恒之女性,引导我们上升"是歌德的诗句《浮士德》最后两行诗,值得我们记住并成为激励的力量。无论远古的东西方女神,还是中世纪、文艺复兴的男性画家、诗人,他们都早已为我们塑造了女神形象,树立了优秀女性的标杆。你还会被眼皮底下虚弱的阿猫阿狗吓唬住?

看看,看看人家俞飞鸿。

|辑 四|

chapter 04

只行一座山

朱律师是我大学同学。毕业后大家各奔东西，当年的通信又不发达，同学之间来往很少，大部分是断了音讯。后来开始兴起同学聚会，我们是三年一聚，这样几十号人三年见一面，除了叙旧开玩笑，吃喝玩乐一番，就又说再见了。泛泛而交，彼此依然陌生，互相并不了解对方的成长变化。倒是有了微信后，建立了微信同学群，互加朋友圈，这样，就有了一个同学分享工作、生活与思想理念的通信平台。

朱律师的微信头像是一道溪谷，真正青山绿水，让我们看了也心旷神怡起来。朱律师的微信基本不涉及工作内容，倒时不时会看到他发风景照片，有时往同学群里发。除了溪谷，还是溪谷。水是碧绿透底，如果飞流直下，便是洁白如雪。峡谷峭壁，涧石拂青苔，树茂成荫。让我们这些都市里的热锅蚂蚁们，心生向往。朱律师给这些照片的图解文字极简，但暗藏诱惑。譬如：露营于缥缈天地间；避开景区，遁入溪谷；惧怕喧哗，流连山涧；穿越培音山溪谷，探寻畲族先人遗迹；凤凰山万峰露营数星星……所有的图文都指向一座山：潮州凤凰山，也就是那个以凤凰单枞茶闻名天下的地方。这样的图片看多了，同学们便内心蠢蠢欲动起来。

所以有一天，一拨同学携眷带友便相约去了凤凰山。凤凰山是一座山，也是一列山脉。虽然是潮汕最有名的山脉，畲族发源地，以茶扬名，我从未来过，更不知其历史渊源及美妙山水。在朱律师的带领下，这班已人到中年的男女，游于溪涧，行吟泽畔。就地汲山泉，煮茶熬粥，观云卷云舒，听水流咽山石。席地坐倚在未经尘染的原生态山谷间，颇有天地人合一，融入大自然的和谐畅快。真是偷得浮生半日闲，放任山水间，这就是享清福了吧？

让我吃惊的是，朱律师行走凤凰山已逾十年。一年五十多个周末，朱律师有近五十个周末在凤凰山度过。可以说，没有意外的俗事干扰，每周都进山。有时候，老婆孩子也一起带进山里。其实我们常有人在江湖身不由己之感，他身为律师，如何可以身在江湖之外呢？

朱律师看同学们开心，兴致就来了。说他在凤凰山走的路，是游人未达之处。他已经把凤凰山探出三十多条路径来了，说不定哪天就把那个失踪的畲族祖先盘王墓给探出来。身为编书者，我的职业敏感就冒出来。揪着他说写一本介绍凤凰山的旅游书吧，把三十多条路径整理出来。朱律师瞪大眼睛说，这怎么行？那将是凤凰山的灾难。你不见那些名山，糟蹋得只剩虚名不见山？好歹凤凰山还是真正的山。这话说得我身上的俗味跟着虚汗一起淌出来。

按理说，律师更是直面俗世，不许有半点浪漫。律师这个行当，在当下中国应属高危，当然，也可算厚利。中国的律师们有两个极端：趋势的、维权的，这两端都是社会的关注焦点。但朱律师说，深陷某一端都可能让自己精神分裂。也许是二十世纪八十年代上大学读中文背诵太多老庄哲学和魏晋散文，我觉得朱律师能够在这样的职业生涯中抽身行走，逍遥自在，实在是深得东方哲学中的人生智慧。

莫莫高山，深谷逶迤。绝大多数人无法完全地潜逃，到深山老林去过一种修道的隐士生活，但现实人生的种种不如意和压力，也让许多人有出离之念。所以，到五湖四海去旅行，到名山大川寻求片刻的解脱，这是都市人群流行的心灵药方。但朱律师没有去远方，他大概也不屑去远方。只与家门口这座山窃窃私语，足矣。所以他享受的就是生活本身，而且是当下的生活。他不必避世，不必对抗，十年如一日，在一座钟爱的山中和谐自我的人格、自我的身心。这便是一种积极且从容智慧的人生态度。陶渊明说，采菊东篱下，悠然见南山。境界也不过如此。

朱律师常在凤凰山他自己命名的望天谷、天际谷、独秀谷、滴水谷、万幽谷、叠云岩之类的地方泡工夫茶，露营仰望星空，顺便思考一下社会与人生，偶尔追忆一下历史。真风雅。

食物背后，万千缠结

朋友章清返国探亲，抽空来广州，一是与我聚聚，一是为她的忘年交林美玉女士了却一些心愿。林美玉是中国空军先驱林福元的女儿，这样的出身背景，加上美貌聪慧活泼，使林美玉算得上一代名媛。移居美国以后，自然成为圣弗朗西斯科的侨领之一。章清替林美玉拜访了广东航空联谊会的老人家们，瞻仰黄花岗、航空纪念碑，还为广东体育中心拍下多张照片，因为这是天河机场原址，林福元工作过的地方。

临走的时候，章清说，林美玉想吃广州的鸡仔饼。杭州姑娘章清，并不知道鸡仔饼的滋味，但她希望为林美玉带上最好吃的鸡仔饼。于是，我们开始走街串巷寻找鸡仔饼的美味。从老字号趣香、莲香楼、广州酒家，到新字号炳胜、粤香，再到恩宁路、上下九街坊小铺，我们假鸡仔饼之名一路品味、点评，不亦乐乎。其实鸡仔饼算不上什么精致点心，价格低廉制作粗简。林美玉也并不真正患故乡美食饥饿症。华人厨神、影视明星甄文达是她的契仔，当年刚到圣弗朗西斯科，就得林美玉的帮助扶持。居住广东华侨最多的圣弗朗西斯科,又有这么一位厨神契仔,林美玉却只念叨广州的鸡仔饼。

家乡的食物是一种连接许多记忆的链条。《舌尖上的中国》之所以会风靡中国,它煽动的是流动的中国每个人很私人的情感。离家很远,时间很短。远方成为诗,旧时光化作散文。家乡的食物已经不是食物本身,吃的是记忆和秘密的故事。身边最寻常的食物与身边的人与情相连,每一样都是独特的、切肤的,只有自己知道。惦记在心的家乡食物,往往惦记的是食物之外的万千缠结。

我也喜欢吃一种家乡的饼:腐乳饼。潮汕的腐乳饼,最有名的数潮州胡荣泉老字号出品的。二十世纪七十年代的某一个秋天,父亲从潮州出差回来,买回一大盒子胡荣泉腐乳饼。孩子们每人分得一块,其余留着中秋夜拜月娘。在那个物质匮乏的时代,腐乳饼的味道在我牙舌间久久不肯离去,以致我第二天偷偷打开盒子,在角落里独自又品尝了一块。那种幸福的感觉驱使我连续几天秘密做这件事,终于在中秋节来临时,母亲打开盒子,发现已经空出一层。我只有从实招来,并且在母亲怒气冲天的鞭笞下鬼哭狼嚎。这段羞耻的往事陪伴我成长,并长成我内心的情结。以至于我见到腐乳饼,竟然生出一种喜悦不舍的心情。腐乳饼,尤其是胡荣泉的腐乳饼,只要见到,我是必买必吃。羞耻感报复感补偿感使秘密快感延续下来,成为一种味蕾的激情。

我比较认可"心安处即故乡"的说法,所以不是一个有很多乡愁的人。关于家乡的食物与乡愁的抒情,只能说明一部分心情。食物与情感的纠结，有更多可以追寻的地方。

虽然我对腐乳饼的态度如此暧昧，但我依然不算是一个吃货，更谈不上是美食家。那种遍地找食材的热情我上不了排行榜。但潮汕人家对姿娘仔的训练是包括厨艺的。十来岁以后的少女便开始见习并实习从购食材到做出几道拿手菜的历程，我当然也不能例外。厨艺是一种感觉，似乎也不需要特别严格的训练，按潮汕人的说法就是"出手"天然。离开家乡以后，有了可以展示厨艺的小圈子，曾经乐此不疲。享受的是他人赞美你创造的美食那种满足感。后来，迷恋我美食的人伤透我的心，我开始不以为他人做菜为乐了。直到现在，就是有朋友要求我下厨，我也会找各种理由推托。总之，到饭馆去。

人类的快乐来自感觉。对食物的感官快乐是快乐的一种，而且这种快乐非常顽强。我的同学群里最近就在讨论一种叫多尼的野果子，这是过去在潮汕山野里经常见到的野果子，又叫山稔，学名桃金娘。同学们把小时候关于多尼的滋味和摘多尼的细节讲了一遍又一遍。有位女生因此获得"多尼姐"的雅号。多尼对我来讲却非常陌生，我似乎没有吃过多尼，更没摘过。同学们说，不可能。所以说，多尼对我来说是没有缠结的食物，就好像路人甲。没有缠结就没有热情，也不会留在记忆里。

近些年，我对素食的兴趣渐浓，收集了不少素食菜谱和素食餐馆地址。这与信仰有关。我希望自己最终成为一名真正的素食者。而我母亲作为虔诚的老居士，长期在寺院做义工，主要工作就是在厨房掌勺。她沾沾自喜曾为到访我家乡的某位台湾法师做菜，我也认为她做的素菜天下最好吃。我得好好拜师了。

慢慢来

我的电脑里，搁着一部未完成的小说稿，写了几万字，一搁就是十几年。我关于主人公的想象，到某个阶段就模糊了，总有烟尘弥漫。因为眼力不逮，便不敢胡言。虽说小说是虚构性的，但人物性格、心理状态总有其逻辑，许多年来，时不时会想起那个形如落影的女子，想象总有些出入。我想是与自己对人世的理解有所变化的关系吧？

素材最初来自一个传说。

在我的家乡潮汕，有一句家喻户晓的歇后语：慈黉爷起厝——慢慢来。慈黉爷指的是陈慈黉，当年的潮汕华侨首富，泰国陈黉利行创始人，红头船主陈慈黉，也称暹罗米王。潮汕樟林港，曾经是享有国际声誉的商埠，陈氏家族不仅拥有从樟林港出发到世界各地的红头船，也掌控了包括大米与土特产在内的进出口贸易、金融、保险、房地产和报业，等等。陈慈黉晚年从东南亚返回家乡澄海隆都前美村颐养天年，并营建宅第。从晚清至新中国成立前夕，耗费近半个世纪的光阴和几代人的财智心血，集中了潮汕的能工巧匠，精工细雕，把大半个前美村建成中西合璧、相连成片、迷宫般的建筑群。于是，便有"慈黉爷起厝——慢慢来"的歇后语诞生，喻慢工出细活。起厝是潮汕话，造房子的意思。十几年前我写的一本小书《潮汕记忆》里就介绍了陈慈黉故居，那是通过种种文字记载了解到的，算是正史。后来我数次去了陈慈黉故居参观，并偶然听一位东南亚华侨讲述有关它的另类版本，可谓野史，未知真假。但故事包含太多传奇元素，在这片巨大的建筑群之上，有一个悲怆传说，犹如乌云，染出一些诡异阴郁的色彩。

陈慈黉故居有数万平方米的面积，六百多间厅房，既铺满当时最时髦的西洋瓷片，又处处尽显以精巧绚丽闻名的潮式嵌瓷、石雕、木雕、砖雕、金箔漆等潮汕建筑工艺。在这些工艺形象中，你看到花鸟鱼虫、祥瑞的动植物、名家书法，但你找不到潮汕工艺十分普遍的人物造型。

走在连接院落和房屋的桥廊和露台上，有一种说不出的空寥透出孤寂，屋前的池塘残荷缄默。有人跟我讲陈慈黉幼子立桐与幼媳的故事。

陈家最小的少奶奶也算门当户对，所以嫁妆除了金银财宝绫罗绸缎，还有四位贴身丫鬟陪嫁进陈家。后来陈家小少爷立桐与其中一位丫鬟发生恋情，并使丫鬟珠胎暗结。在今天看来，是丈夫对妻子的背叛，在当时的背景，也许这就是一个纳妾的故事。这是悲剧第一幕。接着发生的是陈家这位小少奶奶在月黑风高之夜把丫鬟偷偷嫁到远方，包括她肚子里陈家小少爷的骨肉，从此无影无踪。这是悲剧第二幕。我在想象陈家小少奶是敢于抗议丈夫不忠的新女性，还是以一颗复仇之心，对情同姐妹的贴身丫鬟恩断义绝？再接下来的剧情更加悲绝，小少爷立桐在失恋与悲愤交织中，居然用水果刀自刎，从此陈家幼媳成为寡妇，带着一双幼小的儿女。这是悲剧第三幕。陈慈黉在澄海隆都前美村建造豪宅的工程旷日持久，这位寡妇幼媳便成为老爷委任的总施工。几十年后，陈家掌门人换了几代，唯有小少奶把全部的岁月与心血献给这片没完没了的建筑群，大院套小院、大屋带小房，盘根错节，犹如女人内心的千千结。其中善居室本是立桐所有，这座楼宅更是小少奶一手督建，成为这片建筑群中规模最大设计最精美最有代表性的宅院。想到陈家把当时世界上尤其是欧洲、东南亚，以及上海最上等的建筑材料通过专门开挖的运河运进来，是多么疯狂而富有激情的工程！但如果联系之前的几幕，这便是悲剧的第四幕。

我在想象陈家幼媳是情伤至极还是背负罪恶感，我在想象她督建立桐名下的房子，如此用心，是爱是恨是悔是悲？

在这个传说的诱导下，想象慈黉爷起厝的过程充满仪式感。这个慢慢来，真是一个企图万般放下的漫长过程？悲剧与悲剧之间环环相扣，为他人的悲剧，为自己的悲剧；这是一个悲剧恶循环，当事者无人幸免。心灵不可承受之重，由石头砖头木头砂粒瓷片来分担，由时间来冲淡。陈慈黉故居的格局是既封闭又开放，既曲折又互通互联。爱恨情仇历经漫长的岁月沧桑，最终是不舍，还是不忍？是纠结，还是勘破？

女性的能量是非常巨大的，却也有可能在迷失自性中引爆危险。陈家幼媳在主持施工这片建筑群的几十年，她的视线回避了男人与女人的形象，因此你无法在这片气势非凡的豪宅大院找到任何人物造型。也许她担心自己的胸怀会再次把他们吞噬？或者她根本就没有放下？

十几年前我不敢贸然落笔，十几年后我依然不敢。要洞察人性之复杂、情感之多变，于我，是漫长的修行与渐悟的过程。不敢轻言。徐徐行，慢慢来。

女书已远,姿娘亦老

整理书柜,在顶层角落里搜出几本木板印刷小册子,是不成套的潮州歌册《英台仔》。大概觉得珍贵,便束之高阁,连自己都快忘记了。想起来,这是多年前我让乡下亲戚帮搜集到的,耳畔似乎有婉约清亮的诵唱声从街巷深处传来。歌册其实已残破得脆弱,小心翼翼打开,源自方言的许多字是我不认识的。我童年时期潮汕老家那些没有上过学的老姿娘,却可以念唱个十本八本。她们可能在路灯底下勾通花、刺潮绣,也可能在姿娘间里织渔网,与青橄榄、油甘果、工夫茶相伴的,就是不绝于耳的歌册诵唱。听得最多的有《龙井渡头》《陈三五娘》《苏六娘》《金花牧羊》《薛仁贵平窑》《穆桂英挂帅》这些,《英台仔》也流行,就是梁山伯与祝英台的故事。其他故事也无非就是些深闺小姐爱上布衣书生,历经劫难相依相守终于金榜题名花好月圆才子佳人,其实也很琼瑶很韩剧。或者正邪有别、善恶有报。忠、孝、节、义的伦理道德教化是其思想主题。

年初回潮汕,遇见一位做潮汕妇女口述史的外地学者,这让我发生浓厚兴趣,便与她细谈起来。没几分钟我就听不下去她的观点,因为歧解太多,如瞎子摸象。我就说,你得去学潮汕话,再去听歌册,然后再评头品足潮汕姿娘。

潮汕方言一律称妇女为姿娘。美女就是雅姿娘,小女孩便是姿娘仔,上年纪的女人,顾名思义称老姿娘。当然,坏女人被贬为臭姿娘。

只看字面,姿娘作为潮汕方言对女性的称谓,二字无限美好富有诗意。广东潮籍画家林墉,满纸胭脂,笔下尽美女。他也写过一篇散文:《姿娘是潮州的》。林墉画美女,神韵尽是袅袅娜娜、素雅柔情的姿娘。姿娘,就是一种韵。

潮州歌册,正是塑造姿娘的摇篮。这是用潮汕方言诵唱的民间说唱文学,由唐代以来的潮州弹词演变而来。七字句,四句为一韵组,有曲有白,易唱易听。有故事有情节有人物,犹如长篇叙事诗。潮汕文化重男轻女,女子无才便是德,而礼数与教养却一点不能少。与湖南江永女书不同,潮州歌册的创作者多为男性文人,却是专门为女性量身定做,成为对女性进行人格塑造的主要途径,真正是寓教于乐,潜移默化。称之为女书,也意味深长。潮州歌册历经多次"破四旧",现在已很难找到,但如歌如诵如诉的女声腔调我至今未忘。

有一种闲房,就叫姿娘仔间。是一些家庭有多余的空房子,让女孩子们聚集闲聊、绣花织网、休息唱歌册的房间。无论乡下还是城里,都有这样的姿娘仔间。我回乡下外婆家,小姨住的四点金厝后包房就成了姿娘仔间。常有些会唱歌册的老姿娘边织网边念歌册,自唱自娱,唱歌册便是潮汕姿娘主要的文娱生活。姿娘仔来此玩耍，也是忠实的聆听者。尽管我后来读了许多西方的书，接受系统的现代教育，潮州歌册却算得上是我的文学启蒙，便也成了文化的底色。既成局限，也是边界。有时做点叛逆状，便会被斥："看你蹦跶什么？能把你潮汕姿娘几根骨蹦跶掉？"

潮汕歌册唱了什么？温良恭谦让，贤淑温柔慧。有为人处世之道，更有传统道德规范。数百年来对潮汕姿娘的精神熏陶、文化教育，作用无法估量。当然也挟些男女情爱，甚至为爱私奔的情节。像"陈三五娘相牵走，放掉益春在半山"的故事就喜闻乐见。与中国其他著名传说如天仙配、梁祝、白蛇传的爱情悲剧不同，《陈三五娘》中的陈三虽也是一介多情书生，却不文弱，也不穷愁潦倒。陈三有勇有谋、有情有义，很符合潮汕文化对男性的心理期待。

家有女儿，便有歌册。女儿出嫁，携几套歌册做嫁妆，表明出嫁的女儿有文化、有教养。这块土地上，犹抱琵琶半遮面、羞怯拘谨的姿娘，大约是儒家礼教文化最后一道风景。追根溯源，绝大多数潮汕人，从魏晋开始，由中原沿海南移，且是家族大迁徙。中原历经改朝换代、外族入侵，文化已嫁接、裂变而混杂多元。隐居南蛮而不知秦汉的中原移民，却是古音依旧，平仄分明。明以前的伦理，儒道的教诲，所谓邹鲁遗风，与祖宗神位一道高奉在上，就是日常中最细微的习惯也体现着传统的分量，没有多少游移。男尊女卑、三从四德、君君臣臣父父子子、克己复礼的古训侵筋蚀骨，成为隐性的细胞。

潮汕姿娘的教养，最典型的便是个性不张扬、隐忍，且顾全大局，这也意味着可能压抑，可能委曲求全。她们可以低到尘埃里，却柔而不弱、静而不默、婉软不娇。所有的付出和牺牲是为着家族或家庭的利益，也是幸福与快乐的所在。既然不张扬，审美便以清淡素雅洁净为标准，温婉含蓄，笑不露牙。潮州歌册中太多爱情婚姻故事，却可以激发想象和向往，因而深情而专注。潮汕海边有不少望夫石，守候的泪水与海水相融千百年。

　　潮州歌册已成为非物质文化遗产，姿娘间也差不多消失了。姿娘，毕竟亦老作为一种韵，渐淡渐远。从姿娘的历史中走来，我依然能够在大都市来自五湖四海的人群中，辨认出潮汕姿娘的符号，我五味杂陈。如何来到这世界，我们无法选择。在命定与自由之间，现代意识觉醒与传统性承传之间，如何相融？如何平衡？这大概也是全球化与地域文化之间的问题。沉淀于记忆之间的许多美德，从母语文化洋溢出来的韵味，却也让人怀念。追寻潮州歌册的诵唱，其实就是追寻潮汕姿娘的根脉，它是我生命最初的形态。

棉城在哪里

春节假期，我又回到棉城。

棉城是一座城，一座又古又老的小城。我父母在那里相遇，棉城就成了我的出生地。上学填籍贯时，总是填司马浦，我父亲的家乡，离棉城不算太远。但我们一年也就回去两次，当天往返：清明节和祖父的忌日。直系亲人都不在那里，父亲土改时分到的半边老屋也给族亲居住，所以司马浦对我来说只有填表格的意义。我出生并成长的棉城，从来没有出现在籍贯栏上；那时，有人问我是哪里人，决然不会回答是棉城人。我为此也困惑很久。我与棉城之间，缺乏一种认同感。我的小学、中学同学中，无论男女，有不少用"棉"字起名的，大概是父母为纪念他们出生于这座小城，这样他们多少与这座城有了不可分割的关联。而我，似乎成了过客。

小时候体弱多病，我的体能及活泼程度远不及同龄人。更因为我上学早，从小学到大学，都是全班最小的学生，能够跟我玩到一起的人实在太少，这样让我有更多孤独的时间阅读。而因为阅读，内心便长出一个别人不知晓的世界来，我可以藏在这世界里自娱自乐，更可以神游到棉城之外的天地。

所以关于棉城，我只记得那座城区中心的文光塔。它是这座城的标志。据说这座城是一艘扬帆启航的大船格局，而始建于宋代的文光塔是它的桅杆，也是镇城之宝。关于文光塔的传说很多，老城就是这样，总是有许多传说，神圣，或者神秘。从我有记忆到离开棉城，文光塔从未开放过，我也因此没有登上过文光塔。倒是文光塔脚下常常是老人们闲人们聚集的地方，会有义务讲古师在那里讲古，口沫横飞，语调铿锵表情生动。我那时常常到附近图书馆借书看书后，就钻到这老男人堆里去听古，着迷得很。也因此常遭大人责骂。潮汕是个传统习俗保留较多的地方，价值观念也守旧而顽固。一个姿娘仔，应该是在家里钩通花学做家务，而且男女授受不亲。现在退回到那场景，我也难免替我父母发愁，这样的女儿在潮汕，是蛮让人担心的。

棉城留给我的深刻印象，不是节日英歌、舞狮的喧闹，也不是各式小吃的丰富美味。毕竟舌尖上的幸福感只属于一部分人。五官的快感，可能视听感觉对我更重要些。每当春末夏初，短袖衣还来不及换上的时候，棉城街头巷尾无数的木棉树，宽大的叶子已随春风归去，一簇簇鲜红夺目的木棉花次第绽放。金凤树也是如此，红艳灿烂得炫眼。那种热烈、那种饱满，让人感觉夏天的脚步太迫不及待了，充满亚热带的直截了当。毫无顾忌、坦荡鲜明的色彩，也让并不活泼的我有一种蹦蹦跳跳起来的冲劲。捡木棉花和木棉果荚是一大乐趣，从父亲单位二楼房间的阳台上，伸手摘或用竹竿打，都是很容易的事。木棉花落之后，新芽里便藏着长长的椭圆形果子，果荚开裂，里面包着的白色棉絮和黑褐色种子随风飞扬，这就是夏天真正到来的时刻。金凤花也是好玩的花朵，采摘新鲜的花朵，把红色花瓣铺在手掌虎口上，另一只手猛一击，花叶便发出噗噗的爆裂声音。这种对美好事物的破坏，为何那时却有快感？现在想来，不禁羞愧。

　　我的内心一直在谋划着如何离开棉城。棉城靠近海边，沿着城区的小河就可以一路走到龙井渡头，那是出海口。淡水和海水交汇出黄蓝分明的水界线，弯弯曲曲之间瞬息万变。风挟带着海腥味和波涛声，滩涂上的咸草和木麻黄里藏着无数的海鸥和野鸭子，远远就能听到呱呱呱的鸟鸣。这些声音都是爽朗豪迈的，而这种爽朗豪迈，融入当地人的气质，便成了主要的性格特征。父亲常会带我们到更远一点的海门湾眺望大海。从文天祥遥祭宋少帝的莲花峰沿石阶而下，就是波浪翻滚的南海。沙滩不是那种细软缠绵的沙滩，它遍布粗犷的石砾和贝壳，礁石缝里有的是海藻。父亲说，这个南海出去就是太平洋，这南海的水连着太平洋一直通到中国台湾、日本、朝鲜、美国……我该如何去想象这浩瀚的海水？更该如何去想象这海水相联着的他国人民？伯父住泰国，姑妈在柬埔寨。父亲说，这海水也通到那两个国家。海水之外的世界是无法想象的巨大，充满未知。而棉城在我看来，实在太狭小、太无聊、太市井、太封闭……总之，它不是一个让我滋生留恋的地方。我很希望自己成为一只海鸥或者野鸭子，想飞哪里就飞到哪里,所以我渴望长大。更多的时光,我会返回内心的世界,想象着飞翔。在我热爱的唐诗宋词中,有许多感动我的关于故乡、乡愁的佳句,我会把这些诗词篇章与内心的世界或遥不可及的远方联结起来,它不是当下具体的、缺乏诗情画意的棉城。

尽管如此,我对棉城许多地方依然怀有好感。譬如那条穿过城区的小河。河道有人工修筑的痕迹,两头连接出海口,有许多座小桥,万福桥、水门桥、东门桥、南桂方桥、南门桥……它们都是历史久远的石头桥,桥头各种不同的石雕已是油光滑亮,透出历经沧桑的练达和圆融。木棉树、金凤树、芙蓉树还有竹子芭蕉长在河的两岸,竹排和小木船来往穿梭,它是一条流水缓缓却很有活力的小河。棉城也有些颇有格局和传说的民居,像四点金、下山虎、驷马拖车之类的,雕栏玉砌,朱门庭院,常常有米兰、茉莉、月季的香气溢散。说它没有诗情画意,实在委屈。又譬如我的中学母校,它坐落在东山脚麓。沿着校围墙的山径一路登山,就可以到曲水流。曲水流是一道甘甜的山泉,山泉的出水口是几块已经被水磨蚀的圆溜溜大石头天然构搭的,山泉顺着人工修筑的石槽日夜流淌。石槽迂回仿如一个迷宫模型,人们在这里建起一座四角雨亭,并取水煮茶。我对从母校到曲水流这条山路两旁的石壁诗词、题字更有兴趣,每一个作者都存在于当地历史的演义中,那些演义也常常是我在文光塔脚的讲古师那里听到的。这样相互呼应,灵动的生命就穿过岁月浮在眼前。

离开棉城多年的某天,我的中学同学群里有人放上来一组黑白老照片,是棉城的老照片。一班已经散落在海内外天南地北的中学同学,多年没见面,却在微信上开群,共同记忆只有恰同学少年的当年。于是,怀旧的话题时不时就会冒上来。譬如棉城的风景、掌故、吃喝玩乐……我记忆中的那些场景,在同学放上群的黑白老照片里重现了,它们已经退出棉城的历史舞台,也距离我离开棉城的时间二十多年。我回来的棉城不是当年的棉城。当年的棉城是我一心想着要离开的棉城。

　　棉城在哪里?突然心头一颤。我以为早已离开的棉城,其实从未离开。棉城似乎长在我脚底,我走到哪里它跟到哪里。我的父母在这座小城已成为年迈的老人,还有一起成长的手足、同学、邻家大哥小妹……他们依然以各种方式存在于我的生活中,无论我走到哪里。我说我没有乡愁,但我没留意我的脚底跟着一个棉城,它其实已经变成我灵魂的一部分、性格的一部分,成为心灵的原乡。故乡的意义,原来如此。

樟林是一种生活方式

樟林这个地方，是我查阅潮汕历史资料时获得的。因为红头船和樟林古港，我对此地心生向往。寻访樟林是多年的心愿。我想象的樟林，是曾经繁华的商埠、曾经忙碌的国际港口。历史考证，中国海上丝绸之路有三个重要起源地，分别是南宋时期的福建泉州港、元明时期的漳州月港，以及清代中期的樟林港。如今问度娘，也能得到这样的回答："樟林，广东汕头市澄海区东里镇的一个小村，二十世纪初，赫然标入了英国出版的世界地图！"

寻访樟林还因为樟林有雅厝（精美的房子）。比如西塘，还有南盛里。据说西塘为苏州几代园林名师所造，故有"潮汕第一苏州庭园"美誉。南盛里则是潮汕民居的大观园，驷马拖车、四点金、下山虎、竹竿厝，以及嵌瓷、镂空木雕石雕、金箔漆……潮汕民居建筑艺术应有尽有。

关于樟林，我能了解到的也就是这些，表现出历史爱好者加民间工艺爱好者的热情与业余水平，这种热情就是"去看一看"。

樟林古港现在既无海水也无码头，仅有现代楼房包围下一块新立的石碑为证。还有旧刻的新兴街石匾，两百多年的小街仍在，保留清代建筑风格，但商埠港口风光不再。西塘小巧玲珑，依然有亭台楼榭，假山角塔，摇摇欲坠。荷池竹林、青苔藤蔓，似有画意。粉墙花影自重重，却是一派颓败。走进南盛里，就像走进过去的岁月，瞬间把我唤回到童年。那些老厝，花窗门楣处处斑驳沧桑，但街巷相连成片，颇为壮观。仅锡庆堂就占地近6公顷，房屋大小70座共671间，工程历时17年，真应了"潮汕厝，皇宫起"的说法。内外装饰精雕细琢，镏金描彩，昭显那个时代潮汕工匠精益求精的匠人气质。这些老厝，小时候大同小异的见多了，不觉惊奇，如今感叹它们日益残破。

　　我想要寻访的樟林名胜古迹，并未超出我的想象，与中国其他地方的名胜古迹一样，早已世事更迭、物废人非，都成"朱雀桥边野草花"。但在樟林穿街走巷，一种氛围包围着我，唤起内心的感动。这种氛围不仅仅是樟林的，在古旧的潮汕街巷，你都可以在不经意间感受到这种氛围，而樟林更加让人敏感。

　　樟林的街巷，也是寂寥的。但屋角墙脚水井边的植物葱翠茁壮，花谢花开，任性自在。猫狗鸡鹅偶尔出没，如闲庭信步。看来花草动物依然得到照顾。木门半掩，有潮曲悠悠哉哉传来。不请造访，主人友善一笑，继续手中的活，安然、淡然、泰然。守护西塘的是一对年逾七旬的老夫妇，当年房主洪姓茶商的后裔。他们无巨资修缮这座两百多年的老宅，却以一己之力，发扬愚公移山精神，从早到晚，移土堆，扶危墙，通沟渠，搭花架，种植花草，追寻祖先旧时境，修复多少算多少。

樟林如今被掩蔽在东里镇这个地名之下。站在樟林的街巷，我却一下子看到我认识的三个东里人与樟林内在的关联。首先是庄医生，作为靠近樟林村的东里人，我认识他超过30年，他是我大学同学的先生。在二十世纪八九十年代"时间就是金钱"的深圳，又是工作最为繁忙的一线医生，庄医生不急不慢的声调和亲切笑容，让许多病患见到他心就踏实下来。他再忙也不忘泡道工夫茶，买个有天台的房子种植花草造园林小景，从遥远的外省运块大石头垒在人工筑造的一泓清水边，摆弄笔墨习习书法……我的老同学望着樟林街巷碎石庭院古井，寄生各种藤蔓的老树，再望一眼丈夫，明白了他几十年孜孜以乐，无非儿时生活印迹。我认识的另一位是正宗樟林人，远在澳大利亚的学弟，是个常常加班的IT男，但他对琴棋书画花鸟鱼虫的兴趣远甚于计算机软件硬件。也不知从哪里挤出时间来，时时秀出抄碑临帖，颇见功力；每个周日几乎都在买花种树，一盆波斯菊开出三种颜色之花让他乐半天，让我很想到墨尔本造访他的花园；他还是个读书迷，豆瓣记录已经五百多本书。数天前那个在微信圈热传的帖"上海姑娘，不是逃饭，是逃命"，我看到学弟点评："浅薄之人，就是天天用英国瓷器喝红茶，还是浅薄之人。有修养的人，就是穷到只能用瓦罐装清水待客，也不会显得唐突。这个作者，在拼命地证明她需要一堆零碎来说明她是谁……"

这话说出来，是必须有底气的。我所认识的另一位樟林人是媒体人晨枫，几天前他见我发出樟林照片，才说这是他的家乡。真是一点不奇怪。报社值班到凌晨，不见他吐槽，寥寥几字，悠悠然发张海鲜粥、炒粉签、潮汕小吃之类的特写图，色香味俱全，纯属夜深"放毒药"，让失眠的人饥肠辘辘。他把自己照顾得妥妥的，被我称为"吃货小老乡"。累到半夜，依然是微微一笑的表情。以安详从容的态度应对急速变化的社会，这是一种修养，也是一种智慧。

樟林其实是一种生活方式，也是一种人生态度。它传承传统中国人闲适生活与雅致人生的一面，已经成为一种气质渗进生于斯长于斯的人们骨子里。林语堂认为中国人在闲暇时最聪明最理智。这时候，"中国人才是真正的自己，并且发挥得最好，因为只有在生活上他们才会显示出自己最佳性格——亲切、友好与温和。"这样的心境和情趣，已经被许多人丧失于慌不择路的生存竞争中，但樟林的空气里仍有。

伊人是姿娘

伊人是一个洋溢着诗意古韵的词。诗经中"蒹葭"一诗就有佳句:"蒹葭苍苍,白露为霜。所谓伊人,在水一方。"潮汕话保留了这个词,也保留了它的义,广泛运用,日常用语而已。感情色彩很中性,就是"他/她"的意思。我偏爱这个词,所以在十多年前自己的一本散文集就用了它作为书名:《伊人面壁》。这个词,光想一想就觉得美好,颇有情调,也有点婀娜多姿,就像潮汕话另一个对女性的称谓"姿娘"。关于潮汕姿娘,人们普遍有一个模式化的认识,就是贤淑温良、隐忍素淡、柔婉含蓄。妇人从夫,结了婚的女人是地地道道的"厝内";女儿则被叫作"走仔",就是要离开母家的孩子,或者被称作"别人家神"。如果这个女儿很会读书,人们就会说"状元状元花,状元出在别人家",并不是很欣赏。由此证明,潮汕地区男尊女卑,封建礼教意识仍余音袅袅。

这个春节假期,走访潮汕一些祠堂庙宇,却让我对潮汕文化观念有刮目相看的认识。祠堂,又称公厅、祖祠。潮汕街头巷尾、村村寨寨皆有祠堂,且香火不熄。在潮汕,一姓一祠。没有祠堂的乡里不成乡里，没有香火的祠堂不成祠堂。祠堂既是宗族结构的标志和施行宗规族法的法地，也是族人祭祀祖先、商议本族大事的公共场所。潮汕祠堂至今仍然有力地发挥其功能，这也是宗法社会意识继续在潮汕留传的主要原因。

祠堂如此神圣，在女人尚不能入席的习俗中，只有嫡系女性祖先方可入祠。我却听说了潮汕有大大小小近20座女祠：婆祠和祖姑祠。婆祠供奉庶系女性祖先，祖姑祠供奉未嫁女性祖先。这两类女性，本无资格入祠。著名的婆祠是黄氏婆祠，坐落于潮安龙湖寨，是明末清初时期"富甲潮州"的员外郎黄作雨为生母专建。据说黄员外捐巨资建造了黄氏宗祠，供奉列祖列宗神位，但因生母身为妾侍，不能入祠。黄员外很不服气，再择地建祠，专门供奉生母神位，故称"婆祠"。这是母凭子贵的故事，虽然挑战了习俗，却也符合宗法社会母权强大的规则。

我们专程走访的是坐落于澄海隆都后溪村的金氏祖姑祠。金氏祖姑又凭什么资格入祠？

老同学给了我一本金氏后人编撰的《潮汕金氏祖姑祠》。这位金氏祖姑谥号端洁，生于明朝英宗年间（1437—1464）。相传自小聪明伶俐，孝爱宗亲。因面部有胎记，出嫁当天遭男方乡邻讥评，即命回轿返乡，发誓"终身不嫁，事亲终老"。其后嫁妆、首饰变卖，自立门户，白手起家：办酒坊、开商号、买田园、事农耕，亦商亦农，留下殷实家资和过百亩良田。她的特殊贡献还在于：创用灰沙合土夯筑田埂，防止水土流失；独创的田地分配制使人无法变卖田园；通过潮汐预测来年冬情。其胞兄将一个儿子过继作为她的嗣子，因此繁衍生息，人才辈出。总人口近千人，皆奉金端洁为先祖。为缅怀金端洁艰苦创业、持家有方、广济族人的美德，裔孙们在嘉靖后期至万历年间合力建成了这座"祖姑祠"，并且每年农历三月三，联宗祭祀祖姑娘。

这便是金端洁祖姑娘的基本事迹。在今天看来，就是一个自立自强的女企业家加科技人员再加慈善家的励志史。想象在资本主义尚未萌芽、技术落后、宗法权力强大的封建社会，一个农村女性能够走出闺阁，把事业做得如日中天，逝后五百年来为后人所崇拜缅怀，周遭的环境没有起到任何作用吗？既然社会环境和性别文化是制造性别差异的"上帝"，那么，我们该如何认识潮汕文化中的性别观念？

我还去了饶平云峰山寻访陈璧娘筑寨抗元的遗址。有一座新修的、简陋的陈璧娘庙，山后便是娘仔寨。故址已无迹可寻，但陈璧娘的故事一直在潮汕被传诵，也是潮剧《辞郎州》的素材。

陈璧娘，伊人亦是姿娘，宋末潮州都统张达之妻，她熟知诗书礼乐，有诗文传世，是潮州著名才女、女诗人。史载陈璧娘聪明慧敏且武艺高强。宋末元军追侵，陈璧娘送丈夫张达保护宋端宗（少帝昺）去潮州后，便在军事要地云峰山麻坑峰发动民众筑寨抗元（娘仔寨之名由此而来），元军久攻久困不下，后来断了山寨水路，逼陈璧娘带义军突围撤退。张达随丞相陆秀夫往甲子门，陈璧娘作有《平元曲》和《辞郎吟》诗以壮行色。这是宋军最后的反击,张达寡不敌众而被元军包围,不肯投降而自杀;陆秀夫背宋少帝投海,宋朝至此灭亡。清代潮汕名士林大川在《韩江记·平元曲》记述:"我潮宋都统张达虚从帝舟至红螺山,其妻壁娘送于海州上作《平元曲》赠行……及张达殉难崖山,壁娘求得其尸葬之,不食而死,后人因名其地为辞郎州。"

金氏祖姑金端洁、张达夫人陈壁娘,伊人都是姿娘,特立独行的姿娘。虽算孤例,却也刷新潮汕女子被认为逆来顺受、无主见无个性、羞怯保守的形象。柔弱温婉的外表之下,潮汕女子原来是有血性和倔强的一面。

相比于现代汉语推崇女性"白富美"这种浅薄,潮汕话里却是用"富雅势"赞赏优秀女性的。最后一个字,极富内涵,也是关键。有贤惠淑德、聪明能干之意。可见潮汕文化中对女性兰心蕙质的品格要求。所以,逆来顺受,无主见无个性的女性群体,早就如尘沙被淹没在历史的大江大河,谈不上可以称道的传统美德。来自中原汉族文化的封闭性、封建宗法意识深深植根于潮汕的性别观念中。金氏祖姑娘、陈壁娘能够在其时代生活得轰轰烈烈,呼风唤雨,且名垂青史,为后人崇奉,当然有符合以家国情怀为重的大局利益。而作为汉族移民,一路筚路蓝缕,开垦并定居于南海一隅,海洋文化那种崇尚力量和自由的天性,开拓进取、兼容务实的意识却也成就观念的开放性。否则,一个处于卑位的弱女子,生存尚且寸步难行,何谈建功立业,成就巾帼英雄的传奇?

滴茶之味，溪谷间

　　小时读《红楼梦》，对妙玉品茶之挑剔印象极深，甚至着迷。贮旧年雨水沏茶已经够讲究，但遇到黛玉这样的知音，那就得捧出埋地下五年之久的雪水御茶款待。这雪水仅有一鬼脸青的花瓮，鬼脸青乃古代瓷器相当名贵的上品，盛的又是采自梅花上的雪，稀罕珍贵之至。如此品茶，实在衬得上孤芳自赏的妙玉身份。而这种貌似不沾人间烟火的境界，已经把茶神化圣化，也难免让凡尘之人心驰神往。那时，我有样学样。南方无雪，收梅花上的雪绝无可能，鬼脸青也影都没见过，但接一罐天上落下的雨水还是可能的。就真的在天井中央放一个干净陶罐，收了满满一罐雨水，封好，黑不隆咚搁角落里珍藏去了。后来却不见踪影，大概被家人当垃圾扔了。用旧年雨水沏茶的雅兴就此中断。至于饮茶，妙玉对茶器也极讲究，什么成窑五彩小盖钟、点犀盏、绿玉斗，等等，光听名字，就让人如痴如幻。什么人用什么杯，也是分三六九等。而妙玉关于饮茶格调的高论，即：一杯为品，二杯即解渴的蠢物，三杯便是饮牛饮驴了。这已抵达矫情之境。

我却曾经因此种种，视妙玉清高出尘，乃雅人妙士。并不问何为尘、何为俗。

所谓茶道，乃品茶之道，既是生活艺术，也是修身养性的生活方式。自古以来，更为文人雅士推崇。茶器之讲究，茶道至上的风尚便越来越多被附会风雅起来，甚至痴迷到快成一门宗教。我也曾走在此歧途。但不知有多少人真能在品茶中获得闲和宁静，由茶至心。

茶在潮汕人家，却是寻常之物。茶事也是日常之事。所谓茶米茶米，茶便是我们生活中的米。饮茶也叫吃茶。茶水的制作过程，潮汕之外，通用的说法是泡茶，但潮汕人不说泡茶。茶怎么能泡？泡就变味了。潮汕人说"冲茶"，或者说"滴茶"。冲茶有一股豪迈之气，滴茶就显得闲雅有趣得多。茶其实先冲后滴，是一个抑扬顿挫的过程，有节奏的美感。一滴两滴，最后滴出来的茶，自然香高味醇，回甘无穷。潮汕人滴的就是工夫茶，所以也有诸多讲究。一把小巧朱泥壶，配三个白瓷小杯，一人一杯，正是品茶格调。相比于妙玉的目下无尘与傲娇，潮汕人的品茶极接地气，归于尘，归于土，归于大地。耕田放牧的农民，休憩榕树下，三五成群，也自成滴茶的氛围。有弦丝有花草的庭院，更是一壶清心。我有记忆以来，滴茶的闲情逸致与柴米油盐的烟火气是相互交织的。潮汕人的日子，基本就是这么日复一日生活过来的。

水，于茶而言，确实是第一重要。唐代陆羽《茶经》中关于烹茶之水："其水，用山水上，江水中，井水下。"但宋人唐庚的《斗茶记》却有"水不问江井，要之贵活"之说。

潮汕老屋皆有水井,所以井水烹茶最寻常也最方便。棉城东山有一处山泉,名曲水流。水越石而半山飞流,清凉透骨。因为水质轻润柔滑,清醇甘甜,总有人去取泉水烹茶。普通人滴茶,无非享片刻清福,调息养性而已。所以,井水也好,泉水也好,能一杯香茗在手,也算偷得浮生半日闲。

今年春节,极冷。三五老友上凤凰山,却在一千多米高的茶山之中,溪谷之间,摆开茶器,一壶三杯,汲活泼泼之山泉,适情任性滴茶。席石而坐,谈笑风月,听流水潺潺。何为冰心去凡尘?当下即是。这才想起妙玉品茶,讲究刻意至极,尽是妄念,皆有分别。所谓槛外人,实则包裹一颗毫无出离的俗心。那样的品茶,无论如何,已远离茶之本性,也与悠游心境无关。

滴茶之味,于溪谷间。是以山水的随意自在为心灵观照,感受自然生命的律动。此刻唯闻水歌,只听鸟鸣,是真的简静,真的洒脱,真的出离。诸缘放下,澄境由心生,茶便是茶,茶只是茶。

五月，想象一个王朝的投影

农历五月之初，有位学者在朋友圈发了参观潮汕南澳岛陆秀夫墓及宋井的照片，让我心里泛起一片小波澜。对历史兴趣不大的人，也许不知道陆秀夫。但在潮汕地区，陆秀夫有神一样的传说，他的后裔也已在潮汕繁衍出陆氏大家族。与陆秀夫同样有神一样传说的，还有文天祥。这两位宋朝最后的左右丞相，与五月有关，更与潮汕有关。

农历五月，进入初夏，很快就是端午节——五月初五。据说这一天是屈原自投汨罗江之日，端午节因纪念他而来。屈原对中国士子影响巨大。"位卑不敢忘忧国"，这样的情怀，是中国读书人的"道"，也是血液里的基因。相比于屈原的自投汨罗江，陆秀夫背负宋幼帝跳海，极端地结束了一个王朝的历史，这样的事件要悲壮惨烈得多，因而也更加深入民心。

所以就要回到1276年的五月初一。史载，已经打了四十多年的蒙汉战争，宋朝节节败退，一路南逃。5岁的宋恭帝（南宋的第七位皇帝）被元兵掳去，他与其他两个兄弟（哥哥赵昰和弟弟赵昺）同为弱智皇帝宋度宗的儿子。既然皇帝、谢太后和皇室数千人已经被掳至蒙古上都，宋王朝本到此结束。但宋度宗的杨淑妃率自己的儿子赵昰、赵昺及其他文武大臣继续南逃，在浙江金华与大臣陆秀夫、张世杰、陈宜中、文天祥等会合。1276年五月初一，赵昰由陆秀夫等人拥立，在福州正式登基称帝，是为宋端宗（南宋第八位皇帝），改元"景炎"，晋封弟弟赵昺为卫王，母亲杨淑妃为太后，垂帘听政。组成以陆秀夫、张世杰、陈宜中为首的内阁，重整旗鼓，企图做最后的挣扎。这是一个流亡政府，宋最后的王朝。也是这个五月，陆秀夫与陈宜中政议不合，被贬到潮州海阳辟望港口（今澄海凤翔港口），携老母妻儿谪居于此，才有了后来的陆厝围。至次年（景炎二年），陆秀夫奉旨宣召回朝，妻赵氏及二子仍留于潮州辟望。临别饯行于小莱芜岛（今塔岗山，后来被称为"留子岛"）。这个流亡政府及数十万流亡军民被彪悍的元蒙铁骑一路追赶，途中小皇帝端宗去世，陆秀夫又立7岁的赵昺为帝（景炎三年五月，为祥兴元年开始），陆为左丞相，在朝辅政。张世杰为太傅，文天祥为右丞相，在外发展义军和收复失地。闽南潮汕沿海地区因此成为南宋小朝廷抗元复宋的基地。

1279年的六月，节节败退的小朝廷，行至广东崖山（今广东新会附近大海中），与包围过来的元兵决一死战。历时二十多天，双方投入兵力五十万。南宋惨败，陆秀夫不愿被俘虏，即换朝服，向宋朝最后的皇帝赵昺跪奏："国事至此，陛下当为国死！"然后含泪背着8岁小皇帝跳海自杀，残余的十多万宋军、官员及家眷也纷纷跳海殉国，浮尸无数。南宋终于彻底灭亡。这便是惨烈的崖山海战。关于南宋是否强弱,以及是否"崖山之后无中国"的观点,史家各有论证。如今我视线所到,却是一个落在潮汕大地上宋王朝的文化投影。

潮汕居民多从中原迁徙而来,最早追溯到秦朝,大规模移民是在西晋永嘉之乱期间。先祖多受中原排挤,远离中原政治中心,认祖归宗的寻根意识却代代相传。宋室之亡,唤起潮人潜藏已久的中原情结。潮人抗元护宋勤王之激烈,令人惊叹。宋亡之后,大批活下来的中原遗民留在潮汕,这是中原汉人进入潮汕的第二次大移民,也把宋的文化及情感留传在这片南蛮荒野之地。

自此,既是崇拜,也是纪念,关于宋帝及宋丞相的传说,以及宋的礼乐、习俗,更多地被留传下来。

那个冬天,文天祥率军进驻潮阳,欲凭山海之险屯粮招兵,图谋复国。无奈元军水陆猛攻,文天祥征战中于海丰五坡岭被俘,留下《正气歌》及"人生自古谁无死,留取丹心照汗青"的诗句。在潮阳海门湾的莲花峰,有忠贤祠和文天祥的巨型塑像,持剑面朝南海眺望。小时候,到海门湾玩,大人便会讲忠臣文天祥登峰望帝的故事。潮阳谷饶镇的祭社,也是因明太祖追封宋末抗元阵亡将士为"元帅",钦定赤寮(谷饶旧称)等抗元战场的村庄定期祭祀当年牺牲的将士,谷饶等地祭社由此而来,至今仍是乡里大事。陆秀夫作为南宋最后的丞相,他的墓,一处在他家乡江苏盐城,一处于殉国之地崖州。但在潮汕南澳岛,潮汕人也为他修了一座衣冠墓,因为这里是他辅佐少帝的地方。在潮汕,有一句话家喻户晓:

"沉东京，浮南澳"，一个意思很不确定的说法，也是至今仍未破解之谜。据说南澳岛上有一个指向大海的东京路口指示碑（我未亲见），有许多种传说和解释。南澳岛民常在通往据说东京的石板路附近海域打捞到器皿、房屋瓦片等古代物件，所以有学者认为，东京是一座城，是南宋末年小皇帝逃亡时在这里修建的行宫，可能沉入海底，有待重见天日。也许这说法只是一种对那段历史的纪念，对当年殉国亡灵的追思？

在潮州韩山师范学院的校园内，有一座小而简陋的秀夫亭，坐落于小树林。亭前有石碑刻录陆秀夫事迹，这是我最早知道陆秀夫的地方。当时尚是青葱年华，理解不了国难当头这样沉重的历史事件。前两年重游故地，竟不见周围树木，亭子愈显落寞，石碑却用玻璃罩封起来。潮汕关于陆秀夫的传说及遗址甚多，已经成为神话，其"孤忠大节"的美名是潮汕人津津乐道的。

除了这两位成为民族英雄的丞相，潮汕不少地方、物品也被神化与宋少帝有关。比如古井，南澳的宋井、潮州的义井、澄海程洋岗的古葵泉井……还有宋茶，栽于凤凰山。传说宋帝一路人马顺陆路往饶平山区逃，来到潮州凤凰乌岽山，少帝口渴，侍从找不到水，只能采山中茶叶给他嚼，故凤凰山这种茶树，被后人称为宋种。《潮州府志》载："凤凰山名茶待诏茶亦名贡茶。"

有人说过，日本是唐朝文化的缩影，北京是明清文化的缩影，而大潮汕，是宋朝文化的缩影。这种观点需要更严谨论证。但不仅是南宋小朝廷，宋亡之后的中原移民，将宋代中原文化习俗带入潮汕,却是事实。潮汕姓氏宗族众多,追根溯源,其始祖几乎都始于此次朝廷南迁。工夫茶起源于宋代,却盛行于潮汕,至今,品工夫茶仍是潮汕人标志之一;而源远流长的潮阳笛套音乐,源于南宋宫廷音乐。正是宋帝赵昺将南逃,臣僚赵东斋、许申君与宋室驸马吴丙(均为潮阳棉城人)奉令先行南下,策划置建临时帝阁于棉城东山之麓。宫廷的衣冠文物、礼乐仪制,随之传入潮阳,笛套音乐因此流传民间;甚至潮剧、潮菜、潮汕厝、潮州瓷,都可以找到与南宋移民传入的关联。

我的名字中有"宋",在潮汕,甚少有人问我是否母亲姓宋之类的话。因为在潮汕,无论男女,以"宋"为名者,并不是少数。就像那些用"建国""红""卫"等为名,带有时代的烙印。曾经读到一篇文章,也是考证中原人南迁,提到福建一带,爱用"晋""宋"为地名人名,与怀念那个南迁的朝代有关。我的父母为孩子起名,不一定有怀念"宋"的情怀,民俗使然。

一个王朝在偏僻的南海之滨落下投影,这个投影至今仍笼罩着这片土地上的居民,已经成为族群深层的文化心理,一代代塑造着这里的人们。它既是维系的力量,也是约束的绳索。他们依然习惯去远方漂泊闯荡,依然信奉学而优则仕、忠孝与家国,喜精致闲适,好抱团取暖⋯⋯

突然有了念想,我想深入寻访这个离开多年的故乡。

如何叫醒昏睡的心

我是无意中看到斐姑娘这个名字的。斐姑娘是谁？我也很想知道。

带着这个疑问去寻找答案，于是走进一百多年前的潮汕妇女史。斐姑娘的文字来自她在潮汕的所闻所见。她见多识广的眼睛，此刻看见的却是沉默的、表情麻木、眼神呆滞、如蚁蝼如草芥的群体，她们就是一百多年前在这片土地上活着的潮汕姿娘。我为"说出你的故事"的人泪眼婆娑了好几回。她们的生命从一开始就面临被扼杀的危险，重男轻女是从实用主义的习俗伦理出发，因此女婴常常遭受溺杀、闷死，甚至由亲生母亲自己下毒手。残酷的例子有的是，比如母亲将自己生下的女婴切成碎肉，撒到田里当肥料。当时就有传教士注意到这里的人们常把女婴扔到池塘里淹死，便前去拯救。他们找来篮子，搭一个可遮风挡雨的架子，写上一行字："请把你的婴儿放在这里，不要把她们扔到池塘里面。"

斐姑娘就是一名来到潮汕的女传教士。她在汕头调查了40名妇女，年龄都在50岁以上，她们总共杀死了78名亲生女婴。她说:"在中国,天杀的臭女人才一个人过日子,只要这样的观念还存在,就会导致她们因为贫困,从而渴望男丁兴旺,觉得女儿成了负担而非安慰,女人到了苦恨绝望的地步,就会溺杀女婴。"

苦恨绝望,是怎么一种境况?"才女"在文人和史家的笔下还是得到褒奖的。但现实的情况是,"在整个帝国,妇女识字率或不到千分之一""对于一个中国女人来说,最悲惨的事,第一是无子,第二就是与左邻右舍不一样"。所以,缠足既然是社会风尚,也常常是女人主动追求的行为,与杀婴出于母亲之手一样。实在生不如死,女人主动的选择,还有集体自杀这一条路。七女同绑一根绳子去投河,这样的惨烈也不过是一则激不起波澜的社会新闻。在这种压抑扭曲的生存状态下,女性群体中产生了更为怪异的激情,就是对神灵鬼怪附体的热衷和笃信。从斐姑娘的眼睛看来,这片土地上的生活是非正常的、荒诞的、愚昧不堪的。而在这角落里的女人命如蝼蚁,一个小土坷垃都无法逾越。她们被困于狭小黑暗的空间,无梦、无美、无爱,连恨也不会有,只有愁苦、麻木与昏沉。整个生命旅程如草芥飞扬,随红尘烟去。难怪潮汕俗语里有"走仔菜籽命"的说法,甚至连菜籽也不如。

斐姑娘是谁?现在的潮汕人基本上不知道了。当然你愿意上网查查,还是有干巴巴的信息:菲尔德(Alele Marion Fielde,1839-1916,中文名不详,或称斐姑娘),是美国浸信会来华女传教士,以其语言天赋、写作才能及科学研究著称于世。

撇开宗教布道，这个在泰国学会潮汕话的美国女人，至少有几件事情值得潮汕人记住。首先是她编写了《汕头方言词典——注音、释义，按音节和声调排列》（1883年美国教会出版），是目前发现最早的潮汕字典，比潮汕人自己编的第一本字典——张世珍的《潮声十五音》整整早了30年。其次是她在礐石创办一所圣经女校（1873），也叫"明道女学"，被称为"世界首个女子圣经学校"，"开远东女学之先河"，它也是潮汕最早的女子学校；从1873年明道女学创办到1903年的30年间，有335名学员，平均年龄40岁；1903年到1920年的17年间共有531名学员，平均年龄为26.5岁。课程的设置除神学外，家庭伦理、儿童教育、卫生保健占较大分量，甚至还有公关和社会学课程；而闻名世界的潮汕抽纱，源出欧洲，正是女传教士在礐石的圣经女校里，最先把抽纱工艺传授给女校里的潮汕姿娘，然后渐渐在有潮绣传统技艺的潮汕姿娘中传播开来。绣品远销欧美，成为她们重要的经济来源。

教育是启智的开始，经济收入是自立的基石。一个不仅以传道为己任，同时也是昆虫专家、女权运动家、作家的彼岸女子，她看到的这个角落实在有些丑陋，科学与文明之风远未抵达。她无法理解这里的民风习俗、宗族伦理、文化传承，她的解读也时有偏见与傲慢。然而，她撒下了启悟的种子，她去唤醒。斐姑娘的使命是传道，她办的女校旨在培训当地的女传道。这种培训与教育同时收获的，是从本质上改变了她们的生活和心念。她们从文盲变成能诵经读诗的人，她们对缠足、杀女婴、自杀充满忏悔和罪恶感。昏睡的心醒来，破茧而出，生命便拥有鲜活而柔韧的力量。爱自己，爱世人，爱世上所有的生命。这才是人类的心灵之光。究其根本，人类的觉醒，是从女性开始的。但我们的文化，为何对女性充满鄙视？

一百多年后，斐姑娘笔下的潮汕陋习与观念，痕影仍在。一步一艰难，但潮汕姿娘，也在朝代更迭的一次次洗礼中毕竟向前。不要虚构过去的田园牧歌，不要想象未来的诗情画意。所有的改变都在脚下，你迈出的每一步，就是生命的全部。所以，醒来。

多尼熟了，桃金娘在秋天里

去年夏天去潮汕凤凰山，一位老同学念叨山上的野果子多尼。据说采摘多尼是潮汕奴仔兜兜转转于山野间的乐趣。提到多尼，已经半老不小的同学都来了兴致，七嘴八舌，回忆的尽是久远的童趣。奇怪，我怎么就不知道多尼？夏天还不到多尼果成熟的季节。常在凤凰山里溯溪的朱律师说，你们来早了，要食多尼，等明年初秋吧。因此便有下回分解。最先提起多尼眉飞色舞的同学被换了称谓：多尼姐。多尼姐也欣然接受这样的绰号，多尼于她，一定是像仙果子般美好。我却是一点感觉都没有，当然，好奇心是有的，就等着明年秋天如约而至。

寻找多尼的事被列上日程表，秋天也成为一个倒计时，而且必须是早秋。时间被一小群人计算着，就如朱自清说的"盼望着，盼望着，东风来了，春天的脚步近了"那样的心情。因为有俗语："六月六多尼逐粒熟，七月七多尼熟到必"（必：潮汕方言，饱满而绽裂的意思），成熟期也就十来天。所以，担心多尼果熟过头，掉落泥地里，农历七月，老小伙伴们相约进山了。

见到多尼真面目之前,我被想象包围着。野果子再好,无非就是新鲜爽甜。别人有关于多尼的记忆,是甜蜜的、愉悦的。心有翅膀,回到孩童时光。赤脚在山径间攀爬采摘,嬉闹追逐,那种阳光下撒欢、童真洋溢、野朴天然的场景,是回不去的纯真年代。所以,再品味一次多尼果,算是一种心理补偿。植物与土地,似有一种气脉相连,也滋养与它们亲近的人儿,共生共长。看似无形,其实难以割断。而我却不知道多尼,多么遗憾的事。

出发前,做了些功课,查了资料。多尼,是一种南方山林野果,属灌木,高可达 2 米。夏日花开,紫红色,灿若红霞。边开花边结果,成熟果可食,全株供药用。别名很多,有石榴子、乌饭子、山稔子、稔子……潮汕、漳州一带闽南语系方言为多尼。学名:"桃金娘。"

竟然是桃金娘!我胸口怦怦狂跳,小激动了。桃金娘早就种植在我的心房,充满异国情调和诗意浪漫。小时候读的欧洲文学作品,还有演唱的歌,桃金娘是经常出现的植物,还与爱情密切相关。桃金娘,沐浴着夏夜月光伴随曼陀铃乐音温柔开放,空灵、洁净、柔美、超凡脱俗……是我关于桃金娘的意象。

希腊神话中,维纳斯在海波中诞生,脚踏贝壳,西风神送至岸边,黎明时辰为她戴上桃金娘花冠。桃金娘就是爱神的圣花,一直作为西方婚礼上新娘的花冠。法国抒情诗人龙沙广为流传的《致爱伦娜十四行诗》吟唱:"……冥府里,我将是一缕无尸的幽魂,在桃金娘的荫影下,获得安眠;而你已是佝偻老妇独坐炉边,惋惜我的爱情和你的傲慢。相信我吧,享受生活!不要等到明天;生命的玫瑰,今天就去采摘。"

更有一个以桃金娘为名的爱情传奇,成就千年绝唱。20岁的天才音乐家舒曼,和11岁的小姑娘克拉拉一见钟情。7年后他们不顾克拉拉父亲反对,私订终身,并历经曲折,终于在克拉拉21岁生日那天结婚。1840年的秋天,舒曼和克拉拉在莱比锡附近的乡村教堂举行婚礼。克拉拉头戴桃金娘花冠,她就是舒曼眼里的维纳斯。而舒曼创作的26首声乐套曲集《桃金娘》便是送给克拉拉的结婚礼物。封面的标题双色印刷,以桃金娘为装饰。舒曼特别在《献歌》中选了诗人吕克特的诗献给克拉拉:"你是我的生命,是我的心;你是大地,我在那儿生活;你是天空,我在那儿飞翔……"

寻找多尼的路上,我满脑子是桃金娘,那种感觉娇贵而虚幻的植物,庭园里、婚礼上,与爱情、月光、音乐、诗歌相联。车技高明的阿鹏师傅驾驶一辆半旧中巴在逶迤的山路奔跑,多尼并没有我们想象的满山遍野。一直到了接近丰顺边界的半山腰,小岔路山坡上几排不整齐但翠绿茂盛的灌木,阿鹏指着说,那就是多尼。认得的人们欢呼雀跃,我看到的,却是其貌不扬的路边杂树。下次,我肯定还认不出。多尼果大大咧咧挂在枝头,像个小灯笼,乌红泛紫,但更多的是青涩未熟。摘几颗据称已熟了的果子,含进嘴里,有些半酸不甜的汁液清香,在舌尖弥漫。我看见多尼姐心满意足的表情脸。是啊,这是她的仙果子。每个人的心底都有惦念的仙果子，每个人都会赋予仙果子生命的密码，那是独一无二的仙果子，专属自己，是人生旅程的一部分。

桃金娘，我以为会在某一天的欧洲旅行中遇见，它原来一直生活在我家乡的山野。众里寻他千百度，蓦然回首，却在凤凰山谷。我不清楚欧洲的地理环境为何与中国南方一样可以种植桃金娘，或者它们其实并不一样？我们称为多尼的野果树，山谷间天生天长，花谢花开，果结果落，是鸟儿的粮食，山里孩子的玩伴。任由岁月苍茫，管它学名桃金娘，多尼果一直植根家乡的土地，陪伴一代代的潮汕奴仔成长。我想起梅特林克的那只青鸟，它就在你家门口窗台。

多尼熟了，在秋天，它是桃金娘。仙果子，不一定在天边。诗歌，不一定在远方。

活泼泼的生命千古流传

刚刚过去的国庆长假,我回了潮汕老家看望家人。随口说起许多年没去灵山寺了,想去走一走。一呼百应,年届八旬的父母也很有兴致,携老带幼十几人,浩浩荡荡朝圣灵山寺进发。

从棉城出发,驱车不到半小时便可到达。灵山寺建于唐朝贞元七年(791),坐落于潮阳铜盂距国道不远的小北山麓,背山面水,风水甚佳,素有"道迹贤踪"美誉。

何谓道迹?何谓贤踪?

其实我也是为此而来。关于灵山寺,小时候听了太多传说,这些传说差不多是当地孩子的童话。当"古"听了,真假莫辨,也不解其意,只觉得神奇,便对灵山寺心生崇敬。

寺院山门有一副楹联:"刺史留衣,传千秋佳话;高僧说法,开一郡禅风",道明"道迹贤踪"的典故:个性张扬的人物,一代文学大师和一位高僧大德交往的千年传奇。文学大师即韩愈,高僧是灵山寺的开山祖师——禅宗六祖的三世嫡裔弟子大颠和尚。

千百年来的潮汕人几乎没有不知道大文豪韩愈这个名字的。江山因他而名，于是有了韩江与韩山。我的青少年时代，也有坐在韩文公祠门口台阶上晨读英语昏诵文言文的时光。苏东坡那句对韩愈一锤定音的"文起八代之衰，而道济天下之溺"便刻在祠内石碑上。

韩愈被贬潮汕，做了八个月刺史。他实在太有意思，搁在今天，必成网红。被贬的原因很出格，来到潮汕也干了不少神神道道的事，居然改变了潮汕的人文环境。所以居于省尾国角的潮汕人成为他的粉丝，一代代传下来，依然是他的粉丝。他是士大夫，却也隔绝不了村夫乡妇对他的热爱，更不必提当地文人雅士的追捧。各种版本的韩愈传说至今仍富生命力。

潮汕人其实普遍有从众心理，不喜张扬个性。"与人不同"在潮汕不算是褒义，另类更是微词。韩愈和大颠，都是非一般的另类人物，却能以"道"和"贤"在潮汕传世而不朽，只因芸芸众生重现世利益，要有看得见的好处，而大儒胸怀齐家治国平天下，大德有普度众生之慈悲大愿，践行之事入世合情，令众敬服。

一千多年前，任刑部侍郎（中央部级官员）的韩愈因谏净信佛的唐宪宗供奉佛骨，上书《论佛骨表》，称"事佛求福，乃更得祸"。因此触怒宪宗皇帝，本定死罪，后因大臣国戚诸贵哀请，才贬官为潮州刺史。故韩愈悲悲切切写下"一封朝奏九重天，夕贬潮阳路八千"的诗句作别侄儿韩湘子。潮汕人读这首诗，却有一番因其"祸"得其"福"的特殊情感。

来到潮州的韩愈已52岁，按当时的寿命，渐近晚年。他是河南河阳人，初到潮州，不懂潮州方言。远地无可与语者，心灵寂寞如荒草萋萋。听说本地有高僧大颠（时88岁高龄），祖籍河南颍川。他乡遇老乡，两眼泪汪汪。便慕名请大颠禅师到潮州相晤。韩愈派人三请，大颠皆不赴会。

大颠何人？敢如此目中无长官？

地方志及中国佛教典籍皆有关于大颠的记载。大颠和尚乃南派禅宗大师，在岭南佛教史上影响巨大，粤东禅风正是由大颠开启。《明隆庆潮阳县志》载称：大颠"生而灵异，髫岁即遁栖云林，超然物外……"。26岁在潮阳西岩出家，拜曹溪派系的慧照为师，36岁时到南岳参谒六祖惠能的第二代传人希迁禅师，得曹溪之法。后入罗浮山修大无畏法，得道。60岁时，得当地巨富施主洪大丁舍地捐资，创建灵山寺，在灵山寺传法。大颠用大无畏法，直指人心，令人顿悟，尽得曹溪薪传精华。因此声名大噪，信众前来灵山寺闻法络绎不绝。

在民间传说中，大颠则是一位济公式神奇人物，当然，除了"酒肉穿肠过"。我小时候在潮汕老家听的"古"，涉及灵山寺的拔木坞（传说大颠建寺所用巨木，皆从池里拔出，取用不竭）、白石槽（传说大颠乘以化缘之具）、写经台（大颠自写《金刚经》1500卷处），以及千丛果、留衣亭、祝圣碑、开善藏、舌镜塔，所谓"灵山八景"，有各种神奇附会，来历神秘莫测，又极生动传神，皆与这位高僧大德有关。

没有大颠和尚，便没有灵山寺，韩愈的形象也会减色几分。

相传大颠和尚后来知道韩愈是因谏佛骨被贬潮州,便不请自往,与韩愈叙谈十数日……韩愈在潮州祭了鳄鱼,又到潮阳祭海,顺道登灵山寺拜访大颠和尚。来来往往,好不热闹。时过八月,为官调离潮州,特地到灵山寺与大颠道别。但小和尚说,师已云游。韩愈在寺院住了两天,还等不到大颠归来,便脱官袍一副留赠。这就是灵山寺"留衣亭"的由来。

韩愈与大颠,究竟谈了什么?

据说讨论了佛骨能否放光的问题,也有记载二人是谈论儒学与佛法。没在现场,这些其实也是后人揣测。

一个对佛祖大不敬的士大夫,被贬到边远海边,蛮荒之地,却与佛门高僧大颠相见欢,实在自相矛盾,也成千古谜团。而且自从见过大颠后,韩愈文章出情入理,排佛之论从此不见。是大颠和尚有何秘笈把韩愈点化了?韩愈坦然承认:大颠"颇聪明,识道理","与之语,虽不尽解,要自胸中无滞碍"。总之,为大颠所折服。民间则笑谈:"一见大颠禅师后,文豪毕竟也低头。"

韩愈本来精通儒家入世间善法,却不了解佛教出世间法,才有谤佛言语。大颠出尘脱俗,但立志普度众生。世出世间法,既有应对世俗生活的种种见闻觉察、道义与责任;又有跳出俗世的止观禅定、自我修持与觉悟。两不相碍,相辅相承。所以这一儒一僧的奇缘,既显人情之常,又有心灵温度,更是一种超然的精神境界。活泼泼的生命形象与张扬的个性流传千古,也移情化性,感染世人。

如今的灵山寺,八景仍在,盖的堂馆更多更大更新。物是人非,满眼红灯笼,却不见寺院的清净、僧人的威仪。身披袈裟,眼神竟也满满的欲望。

道迹贤踪今何在?未免怅然。

在历史的旮旯处

今天的文章,想与大家分享的故事,是两个月前寻访潮汕凤凰山脚下的下埔村,一次有诚意的造访。这个小乡村,虽然存在几百年,但一直在历史的旮旯处。

历史也是一种想象,我已经不太信任写出来的历史,但对历史产生越来越浓厚的兴趣。譬如宋朝,在我的家乡,故事与传说是很多的,不过只存在于地方史或民间传说中,难入所谓大史家的法眼。

我真想对某些人说,宋朝,你们聒噪了许多,却生生地,就把一些真实的人、事、物轻轻抹去,不留一点痕迹。

但历史,不正是如此吗?

下埔村是南宋右丞相文天祥的后裔村,如今这个村有三千多村民,在海内外开枝散叶的,还有数万人,皆文天祥后裔。

这是一个家族的起死回生。

七百多年来,人们记住文天祥的名句"人生自古谁无死,留取丹心照汗青",也史载了他抗元护宋,图谋复国,终被俘于海丰五坡岭，只求义死不求苟生的事迹。

他的生命到此为止。后来呢？没有后来，没有人追问后来。

气节，民族英雄，是文天祥最重要的符号，也呈现个体生命的无限生动。

而在生死之间、声名之外，几近灭绝的家族却像一粒蒲公英种子，悄悄地、奇迹般地繁衍起来。

文天祥可能也并不知道他自己的香火得以延续。在他兵败海丰五坡岭之后，他的长子文道生也于同年病亡。文道生的儿子文伯平，作为文天祥的嫡孙，当时还只是在哺乳期的婴儿。文伯平与母亲、舅舅和随从逃至丰顺，几经辗转，最后逃到潮安凤凰山区，并在下埔村定居下来，成为凤凰山文姓的始祖。

文伯平长大以后，遵从祖训，不认同宗，不入仕途，一生靠打铁务农为生。从此，文天祥后裔在这里繁衍生息，默默无闻，不为外界知晓。

与文天祥留在历史上重如泰山的不朽声名相比，其后代简直轻如鸿毛。他们就在历史的旮旯处，如野花杂草，自生自灭。历史一页页翻过，英雄的丰功伟绩也如云烟。清代名将丘逢甲曾投宿下埔村，留下《访凤凰文家祠》的辛酸诗句："凤凰山下野人村，中有庐陵旧德门……"庐陵也即文天祥的原籍江西吉安。

民族也好，国家也好，分久必合，合久必分。所有付出生命代价的纷争，终究也是历史的尘埃、宇宙的微沙。后人想怎么打扮历史就怎么打扮历史，历史，其实也是任性的。

所以对于一切宏大叙事，我深深地怀疑。生命有限，万事万物终将随岁月消逝，如鸿雁飞过天空了无痕迹，有什么宏大？有什么永恒？

下埔村的文家祖祠，是一座重新修复的小型建筑物，类似潮汕民居的三厅落（比四点金大一些），低矮而寂寞，这也是文天祥后裔生活状态的写照。想象七百多年来数十代人活在大山深处的艰辛历程，生命何其卑微！

祖祠最显眼重要的是正气堂，供奉文天祥的塑像，是家族引以为傲的"天祥公"。如果真有什么永恒的话，就是家族这样的精神气脉。一代代文家人，顽强而孤独地、野人般地活下去，"天祥公"成为家族的图腾，成为战胜贫困、恐惧、虚无和平庸的信仰。这大概就是血脉传承的意义。

关于文天祥，下埔村的文氏子孙不见得比史家知道得多，而史家的结论也不见得就是盖棺定论。南宋是被成吉思汗的孙子忽必烈干掉的，忽必烈后来统治了中国，改国号为大元。他们也被誉为英雄豪杰。

那些落在历史旮旯处生命如草芥的南宋遗民，没有了声音，也不敢发出声音，他们只是苟且偷生。就如文伯平，一生打铁务农，隐姓埋名，归于尘土。

但是没有一成不变的局。即便面对巨大的绝望和无奈，心怀极大的恐惧，也必须有超越命运的力量，生命终究是生动鲜活的，并且在轮回中不断蜕变，焕发新的能量。这大概是活下来的文氏子孙带来的启示。

显赫的历史与被掩埋的历史、霸气的权力与卑微的草芥，都会随风而逝，总有一种叫作精神的坚持、善恶的准则永存，肯定了生命的真实价值。

辑五

chapter 05

《浮生六记》与中国心情

那个叫沈复的清朝人,是个文学中年,写了一本薄薄的自传性笔记,叫《浮生六记》。仅此,载入文学史册,成为名篇。二十几年前,我作为中文系的学生,就啃过此书。说啃,一是因为文言文,一是对古代婚姻生活的美妙意境无法体会。读是必读的,但要说有几多体会,实在一穷二白,难以言表。最近,我又啃此书,啃了很久,颇有咀嚼的架势。此次的用功,却是因为我的文学偶像林语堂先生。手中的版本,中英文对照,中文是原作,英文则是林语堂的译作。我是读一面中文,再读一面英文,或者反之,想对照原作与译文的妙意。所以说啃,实不为过。林先生对此书推崇备至,说:"素好《浮生六记》,以愿译成英文,使世人略知中国一对夫妇之恬淡可爱生活。"又说:"芸,我想,是中国文学上最可爱的女人,她并非最美丽,因为这本书的作者,她的丈夫,并没有这样推崇,但是谁能否认她是最可爱的女人?"

谁会如此不惜笔墨描述婚后夫妇活泼而快乐的日常生活?谁可能倾尽情感塑造一个直率而浪漫、集贤达美德于一身的家庭妇女形象呢？一位梳着长辫子的中国男子。闲情异趣、闺房之乐、家庭变故……其中的价值观、趣味、性情都是十足中国式的雅士表情。所谓"浮生若梦，为欢几何"，这种欢，不是声色犬马、纸醉金迷，却是女主人芸所说的"布衣菜饭，可乐终身"的恬退自甘。这是典型的中国旧版绅士的处世哲学：心气平和、低吟浅唱、知足常乐、恬淡自适……

虽说林语堂是两脚踏中西文化，一心评宇宙文章，可骨子里还是名士气息，典型的中国心情。因为林语堂对于沈复所描述的种种，是沉湎于其中的。他甚至突发奇想要去他们家谈文论道饮酒吃饭，打瞌睡时，芸会过来放一条毛毡在脚腿盖上。他坚信在这对夫妻身上，体现着中国文化中最有特色的淳朴恬退、自得其乐的天性，这里面，包含着岁月静好的奥妙。

这就是中国心情。现在看来过于淡泊无为，有些腐朽，被称为封建思想。所以这种心情，在繁忙的当下，大概丧失殆尽。人们期望更新心情，譬如西方的进取、热烈的奋争。可惜新的变态不伦不类，既不可能获得西方文化的嫡传，终究两不着岸。这就是我们面前的境况。

我无法知道《浮生六记》中的种种描绘与生活真相有多少距离。即便是记忆，也是有许多主观的情感倾向，难免粉饰了事物的本来面目。尽管细节显现令人向往的魅力，人工雕凿的痕迹却还是要露出尾巴来。与其说是夫妻生活的回忆录，不如说是对丧失的事物热情的召唤。它不是有限的复现，而是无限的心灵幻象。

一种诗意,这种诗意也是中国式的。一个足以让人逃脱现实、超然物外的虚幻世界,它是以记述的真实性来构筑的。它同时是真实的心灵,完全属于自己的空间。而我所感慨的,却是因为这样构筑心灵世界的能力,已经被无数人抛弃。

晚年的激情

前些日子,因为要查资料,把罗兰·巴特的书都找了出来。其中最破旧的,页边泛黄并卷角的,就是《恋人絮语》,扉页上标明购买日期是:1989,summer。这就是我青年时代反复翻阅的读物。那时候,罗兰·巴特还是学院派、小众分子的偶像,不像现在,已被人们贴上小资、时尚的流行标签,或者作为"装"的工具。关于《恋人絮语》,我不知道究竟人们读出了些什么。我倒记得当时有位阅历颇丰的学长,在我的宿舍里把书翻了翻,就肯定地说,这一定是晚年的作品,年轻人是写不出来的。我当时对这话是狐疑的,我以为激情只属于青春,恋爱的感觉只存在于年轻的心。尽管,我读了几遍《恋人絮语》,还是脑子一塌糊涂,如坠庄周梦蝶的迷幻陷阱,但又不得不承认总有些话语触动内心的敏感。可能这种感觉也是对的,这就是老年罗兰·巴特的能量,让读者陷入情话的絮叨和痴迷虚幻的场景,让他那些无迹可寻的叙述碎片,诱惑我们进入他思想的迷宫。真正一个解构主义文本。

谁最有可能拥有睿智的双眼,穿透情爱的缠绵罗网?谁最有可能张开双臂,获得爱的能力?谁能成为爱情寓言的创造者,让幸福成为可能?

我们走在途中,随时随地都会倒下。只有那些坚忍不拔走到生命尽头的人,极少数穿越沧桑世事和人间灾难的羁旅者,他们可能回过头来向凡尘展现绚美而奇异的人类情感。

诺贝尔文学获奖者加西亚·马尔克斯是中国文学青年的又一位偶像,不知他的《百年孤独》不足以谈文学。他获奖之后创作的《霍乱时期的爱情》被评论家们誉为完美的爱情专著,这同样是一部晚年之作。

一对男女主人公长达60年的爱情纠葛,一对耄耋老人乘坐挂着黄色的瘟疫信号旗的轮船,这是一次与世隔绝的航行,也是爱的旅行⋯⋯爱又是什么?50年前热恋,如今看来仅仅是梦幻,一段纯真美好的感情而已,决不是爱情;那么,婚姻中相敬如宾的夫妻,体面,尽责,近乎完美,然而当事人清楚,这不过是婚姻的互惠,两个人之间的相依相靠,也不是爱情。在女主人公看来,年轻的他与老态龙钟的他并不是同一个人,感情也不是继续,不是旧情重萌;50年后各自满目疮痍,爱情乌托邦却还是诞生了⋯⋯

这是老年马尔克斯关于爱情的理解,它的深度和视域,那种能量不是青春激情能够企及的。

我还记得暮年的杜拉斯,亲自演绎由自己的小说改编的电影《情人》中的角色背影。光从窗口流泻进来,她的爱情记忆越过岁月,也越过种族等等的樊篱,就像光,泻进无数陌生而软弱的心灵。

还有那位以画花、骨头著称的美国女画家欧姬芙，一生特立独行，堪称传奇。在晚年时光，有个叫璜·汉默顿的年轻小伙子来到她身边，照顾她生命最后14年。他们一块去各地旅行，一起走过许多地方，形影不离。迄今仍未有人能够解释清楚璜与欧姬芙的关系。但欧姬芙曾自己说起他们去墨西哥旅行时，她坐在浴缸里，让璜帮她洗头。那一头及腰的银白发丝披散下来，丝丝缕缕漂浮于清澈的水面，游走于水与雾之间。想象一下，白发女画家与年轻小伙子，任谁见了都会动容。璜为欧姬芙的晚年注入新的生命源泉，成为她的手、脚和眼睛，让她重新拿起画笔，并编撰个人画传。

我也经常念念不忘黑泽明的晚年代表作《梦》。在第八个梦里，103岁的老人手执桃花和铃鼓，载歌载舞去送故友最后一程，那是他近百岁的初恋爱人的葬礼，快乐的、安详的、活泼的生命历程。大约人生只有走到晚年，才能彻悟世上的事、心灵的事、情爱的事。无奈的是，生命之花也正在闭合、凋萎。我们的脚步走出人生的轨迹，乍回首，路径就是有再多的曲折，也是清晰可见的。

当然不是所有的人都能在晚年保有童真和激情，能够有觉悟地珍藏。爱情乌托邦是否存在并不重要，就像天堂是否存在，虔诚的信徒是从不质问的。重要的是，我们能否找到通往乌托邦的秘密道路？在漫漫的人生旅途，又有多少人在歧路消失？

必要的丧失

如果说有什么书曾经在我的生命成长中产生影响,我会挑出一本心理学著作:《必要的丧失》,是美国心理学家朱迪丝·维奥斯特写的。那还是二十世纪八十年代末的版本,北大出版社出版,由几个人合译的。当时的中国尚处于漠视版权的时代,说好听是拿来主义,其实就是盗版。装帧也很粗糙,多读几遍,那书就散架了,如秋风扫落叶,一片片掉下来。我做过修复,还在上面画了不少红红蓝蓝的杠杠。我习惯在书页上随手写几句观感之类的,不记得这本书是否也有我的涂鸦。

我已经彻底丧失这本书了。在我后来成为小范围的亲友情感导师时,我常常把这本书当作教辅借给他们,但会规定归还期限。可是我现在还是找不到这本书,或者是我某个时刻突然很大方地送人?或者是某位借阅者贪心不还?总之,《必要的丧失》非必要地丧失了。尽管新的译本、正式引进的版本已经出版多年,我还是怀念这本曾给予我安慰和力量的盗版书。

朱迪丝是华盛顿精神分析学院的研究员，研究变态心理学。但她的精神分析并不过于强调弗洛伊德的人格理论、本能理论以及可怕的潜意识。她在《必要的丧失》中讲述的是为了成长我们必须要放弃的东西，包括与所爱之人的分离，包括我们的浪漫情怀，对自由、权力及安全感的追求与幻想，梦想的破灭，期望的落空……所以朱迪丝在开篇题记中就说："成年意味着放弃童年最可爱的夸大妄想的梦，意味着懂得了这些梦不会实现。成年意味着掌握智慧和技巧，从而在现实允许的范围内，获取我们所需求的东西。这个现实，包括减少了的权利、有限制的自由、与我们所爱的人不完美的联系。"

我能够在青年时期遇到这本书是十分幸运的。那时候，正面临从学校到社会的转折，情感的困扰，与家人的远离，这些问题如今都可以举重若轻，但在那个时候就是巨大的压力。我因焦虑而满脸青春痘，因不知所措而表达生硬、缺乏安忍。这是成长的蜕变，类似化蛹为蝶，有突围的痛苦和迷惘。读了一肚子文学作品，内心更加多愁善感起来。如何在不断的丧失中与这个世界建立平衡？如何在与他人的分离中可以独立前行？朱迪丝的一句"在某种程度上，现实就建立在对必要丧失的接受上"，让我开始学习接受丧失，接受离开，甚至心怀感恩。既然人的一生，从出生的那一刻起，从母亲温暖的子宫里分离出来，成为一个婴儿；断奶，从母亲的怀抱里分离，学会走路；包括失恋、时间流逝、容颜衰老、身体病痛……人的一生无处可逃地处于不断的丧失中，却也在不断地成长，这是生命的真相。唯有直面它，接纳生活的各种不完美，丧失才可能新生，在创伤中新生，心才可能强大起来。这就是生命的收获。

朱迪丝在书中用了大量的文学事例及身边的例子，因此它没有晦涩的概念，反而充满生命的血肉，显出触手可及的亲和力。作为精神分析学专家，她同意弗洛伊德关于潜意识作用的观点，但也表示"认同弗洛伊德的另一观点——意识、自我理解以及我们对自己所做之事的认知，能够扩大我们的选择范围，为我们提供更多的机会"。因此，既然丧失是命定的，对于丧失的理解便决定我们成为何种人，过什么样的生活。旧有的世界被摧毁了，我们不知它是否能够重建，所以不是丧失在伤害我们，是恐惧对自我的伤害。如果你的勇气大于恐惧，如果你能够通过对新的可能性的洞察与响应，你就有可能参与新的建设。你不能改变他人，也不能阻止改变，但你的心念可以改变一切。朱迪丝并不提供改变的方案，她提供思考的参照。面对那些案例剖析，你也有似曾相识之感，然后心开始静下来，审视自己的伤痛、偏执、依恋、贪念……

后来我开始研习佛法。对于得失、取舍这些充满思辨与禅机的观念似乎一点就通，渐渐成为安身之道。丧失是生活不可阻挡的部分，是成长之路的砖与砂石，那么，就学习放弃吧，学习减法。了解现实并非屈服于现实，并非老于世故，而是新的生命体验。把那些被动的丧失变为主动的丧失，然后身心越来越轻盈，越来越自由。

云门之舞

十几年前偶然知道云门舞集，尽管它已经存在世上许多年。屏幕上一闪而过的几个片断，让你凝神屏息，任由那看不见的气韵流动，从心外到心内，从现实到梦里。那一刻，我知道我会追随云门的舞容舞步了。所以，得知林怀民携云门舞集来广州，只演出一晚，我和朋友早早订了一等票，等看《水月》。

"镜花水月毕竟成空"，这是一句佛谒，也是林怀民所要演绎的主题。巴赫低沉缓慢的无伴奏大提琴组曲由远而近，白衣舞者在纯黑的幕布背景中慢如蜗行登场了。舞台清冷空旷，干干净净，有光，有影，黑白二色，是晕染开来的水墨，究竟是舞蹈，还是移动的水墨画？构图极简却是如诗如幻的美，美到当下你会在舞者的吐纳呼吸、轻舒漫卷中进入冥想。缓缓而来，缓缓而去，时间似乎静止，空间已经成无。能够将芭蕾之优雅、太极之空灵与现代舞的奔放融为和谐一体的舞蹈，并不仅仅是技巧的叹为观止，整个舞蹈就是完美的通感。幕徐徐落，只听得汩汩潺潺流水声。镜中月，水中影，镜花水月，恍如隔世。林怀民对于编舞的构思，已经将观者带入空性与明觉，是即时即地的入静禅修。

谢幕时，林怀民也是一袭素衣，清癯如修竹，气场超凡脱尘。

我开始搜集云门舞集的演出DVD，像《行草》《九歌》《流浪者之歌》《竹梦》，等等，都是让你越看越安静，却又有一呼一吸的生命律动和内在能量释放的经典舞作。云门舞集是台湾第一个职业舞团，成立于1973年春天，也是所有华人社会第一个现代舞团。当时的口号是"中国人作曲、中国人编舞，中国人跳给中国人看"。如今，云门舞集早已倾倒众生，蜚声国际。"云门"之名，取自古籍。相传"云门"乃中国最古老的舞蹈，存在于五千年前的黄帝时代。林怀民的云门舞集，将东方沉缓的肢体美学与内省、静观、柔韧、圆润的东方精神融合为独特的云门舞码，阐释传统中国的文化符号，如阴阳、虚实、太极、佛道哲学、书法之美，并延展叙述民间故事、文学传奇、台湾民俗……

回到身体，回到自然的大地，回到文化源头。类似这样的诠释却是缺乏温度的。如果这样来概括云门的舞美，我会想到另一个舞者：杨丽萍。那位以跳孔雀舞成名的云南姑娘杨丽萍。杨丽萍的惊艳、灵动、原生态、热烈狂野、巫女般的魔幻，以及服饰的缤纷繁复、绚烂夺目，与云门的内敛细腻形成强烈对比。那是另一种感染力，同样让人叹服。

但是，云门带给我的冲击是更贴近灵魂的。我会在云门之舞中开启心之门，学习在一种抽象的舞蹈语言中观照个人心相，并在这个观照的过程倾听自己，修正自己。林怀民检讨他的创作时，说过一段话，其实也敲击了我："我作品的不够好，事实上是人格的不完美。太急，一出手就想把许多话一口气说完。因为急，有些思考只由喉咙起落，无法从丹田缓缓揉起。"从丹田缓缓揉起。这是一种证悟，也是智慧。生生不息的不是激情飞扬，而是不绝如缕的气和能量场。云门之舞，我所得到的启示，是生命的哲学。不追问起承转合，尽管让那种肢体语言创造的意象从身心流淌而过。无为的极致，是哲学、宗教与艺术融会贯通的境界。

去年，云门舞集又来广州大剧院演出。一位小辈知道我是云门迷，特别邀请我去看《松烟》，也就是《行草贰》。舞台上，又是那久别重逢的朴素的黑朴素的白，是刚柔相济、急缓相间的平衡，是大写意、大留白。我们在幕落时再见林怀民。这次是一袭黑衣，依然清癯如修竹，依然温良谦让的笑容、清澈恳切的语音，依然弯腰俯首90度向观众深深鞠躬。舞蹈之上的人格力量是能够与人心心相印的，它超越了舞蹈带来的视觉审美享受。

曾经看过林怀民一张照片，身披长袍，在印度佛陀觉悟的圣地菩提迦耶一面墙下闭目入定。那个形象，就像是一个僧侣，或者修行者，也可能是浪迹天涯的旅人。那一瞥，我的心微微战栗，似乎明白与天与地与心对话的觉悟者与尘世的距离。我观看了《流浪者之歌》，也读到林怀民的心语："离开菩提迦耶之后，我想我的人生改变了。第一个收获是不着急，第二个收获是没有什么叫作成败。我能做的事情就是把我的舞蹈分享给更多人,尽我最大的力气去分享。在人类历史上,实现财富的均分是很难的,但我想,至少精神的均分应该可以吧。所以,我回家之后,像做梦一样,就编了《流浪者之歌》这支舞蹈中很安静的一部分。"你该知道我为什么要喋喋不休说云门了吧?如果你也愿意寻找心的本真,上天会借用各种方式度化你,云门之舞如是。这,也是善缘。

最近,云门2也来广州演出了。这是由林怀民组建于1999年的云门兄弟团,更为年轻,更加自由,是青春生猛前卫的团体。与云门有关的,我依然追随。我依然偏爱有云门舞集元素的作品,譬如郑宗龙的《来》。而且,我更加期待林怀民的新作《白水》与《微尘》,据说服装出自著名的服装设计师马可之手。这种组合,会有什么奇妙的效果呢?

走得足够慢真的需要足够努力

　　瑞秋·纽曼是一位美国文艺女青年。愤世嫉俗，偶尔颓唐，也率性行事。不过，她已到不惑之年，她有许多问题。几个孩子的妈，小女儿开始上学，父亲和丈夫都身患重病，有时要去看望与父亲离异的年迈母亲。她不仅要照顾老小，还需要一份工作。变故与失去，像海浪般一波波扑来。人到中年，许多人应该对此情形大有感触。瑞秋的问题，也是你的问题。所谓芸芸众生，病老愁苦，这都是精神与心灵的巨大压力。

　　瑞秋没有什么宗教信仰。偶然的机会，她得知著名宗教领袖一行禅师正在招聘一位专职编辑。她曾采访过一行禅师，当时正是美国世贸中心遭遇恐怖袭击一周之后。一个无神论者去采访一位宗教领袖，沟通和理解的难度非常大。尽管如此，她还是出门把禅师的书全部买回来，闭门阅读一个多星期，然后应聘了这份工作，她需要这份可以养家糊口的工作。接下来的数月，她成为一行禅师的全职私人编辑。

　　一行禅师恰好也是对我的人生有深刻影响的僧侣，一位从越南去西方的佛学大师。所以,我对瑞秋的经历产生浓厚兴趣。瑞秋从小就是坚定的无神论者、怀疑论者,去做一位佛教领袖的专职编辑,这将是一种怎样的合作?

如我所料,瑞秋初见一行禅师,跟着禅师周围的人称他"师父",内心却有一种"他是个江湖骗子"的感觉。在认识一行禅师十年以后,她说:"现在,不含一丝嘲讽,也不再如此执着于自我意识,我心甘情愿地叫他一声'师父'。"瑞秋把这个变化的过程称为自己的修心之旅,并写成一本书:《涅槃还没到》。

那么,瑞秋在一行禅师那里收获了什么?

"他存在于当下,聆听,对于下一秒要发生的事情或事情应该如何发展,他毫无先人之见。"这是瑞秋对一行禅师最深刻的印象。我们也常常说活在当下,但如果你没有专注而长期的静修或冥想的修习支撑,"活在当下"只能成为一句口号。瑞秋正是从一行禅师那里学习到静修佛法。但重要的并不是高明的老师,而是你自己理性的静观学习、真实的心灵觉醒。

停下来,花更多时间享受当下。因为当下的时刻就在眼前,而且它们会越来越少。这是瑞秋学到的感悟。其实我自己,也曾经在阅读一行禅师的书时,被他一句"花三个小时喝一杯茶"的话震醒。所以,我与瑞秋隔着一个太平洋,用不同的文字和语言思维或表达,但我与她共鸣了。我的脑子闪过念头,希望机缘成熟,我能邀请瑞秋到中国来与更多的人对话。

瑞秋开始学习如何不逃避生活的各种烦恼和痛楚。她在编辑师父的佛学著作时,在与师父对话,并观察他的一言一行中,她领悟佛陀最早的教诲,就是知晓并接受人生的苦。如果我们不懂得痛楚,也就不会懂得幸福。师父说:"像个自由的人一样行走。把所有事情都放下,什么也不想,你会觉得一身轻松。"欢愉会消逝,痛苦亦然。所以,不担忧,不害怕。可是,世上令人担忧害怕的东西还是太多,担忧害怕是自然的。瑞秋学会如何更为有效地担忧。呼吸在这个时候非常重要,深呼吸,平静地深呼吸。这也是静修的一部分。

瑞秋与一行禅师会面有固定的模式,喝过茶,讨论完书稿问题,就一起去散步。漫无目的,随意走。这是一种散步冥想,慢到足够令人苦恼。当我看到这个情节,我会想到微信朋友圈里,有许多朋友在跑,早上跑晚上跑,要跑到足够快而长,这很需要努力和毅力。然而,相比于跑,缓慢地行走却是更困难的事。这个时候,瑞秋就会感觉到自己的心神不定。瑞秋发现,为了走得缓慢,不得不全神贯注统一身体和思绪,要自然跟随呼吸的节奏,而不是刻意。这真的需要足够的努力,而且,是一种向内的功力。但如果能够尽可能缓慢地行走,专注于当下,你就能够享受到当下的美感,当下的轻松与愉悦。

想起被流传的木心的诗:"从前的日色变得慢,车、马、邮件都慢,一生只够爱一个人。"可是,现在每个人都是"多任务运转",三头六臂都不够用,慢,成为一个可望不可即的诗意遐想。瑞秋在与一行禅师一次次散步冥想时开悟了:"只有在只做一件事的时刻,专注于意识与重心的转移,呼吸,一步接着一步向前走,我才能敞开怀抱……这个时刻的所有可能性才会浮现。"

这是一种禅修,并因此解脱,看透生死。所以,瑞秋理解并接受了佛教的重点:因果报应。一般人对因果报应的理解就是善有善报恶有恶报,而现实常常给人不可理喻的呈现。但如果你从禅修中觉醒,你就明白因果在轮回与生命逻辑中的复杂运行。瑞秋是非常有悟性的女子,她明白了:"我的所作所为才是真正的财富。我无法逃脱行为带来的后果。我的行为才是我的出发点。"互生互在,万物共联,因果正是在其中产生作用,所以你必须谨慎每一细微的行为。她敞开心扉,在自己的苦楚中看到怜悯的种子,给自己,也给他人。她也在自己的欢喜中静观到无常,所以明白当下的喜乐和幸福非常重要。

我说瑞秋时,其实也是在说我自己。你读到这篇文章,也可能读到你自己。决定你是否有这种感悟的关键是,你是否停下来,在喧嚣的尘世停下来片刻,让身体与心灵感知这个当下时刻?

黑泽明的水车村

桃花林里，人偶精灵舞姿蹁跹，瞬间落英缤纷，灿艳如幻；美少年，脚着木屐，正当豆蔻年华，他穿行于绚烂夺目的花丛；彩虹飞起在天边，那里是狐狸的故乡……这是定格于大脑深处的镜像，似乎是多年前的梦境，却又是一个挥之不去的幻象。我知道它来自黑泽明的梦，一部叫作《梦》的电影。许多年前，我通过香港的英文台看到它，打开电视时就是这样的画面，有日本尺八演奏的背景音乐，婉转凄美，顿时让我愣住。那一刻我觉得这部电影实在美得不得了，美得让人心碎。我不知道是黑泽明导演的，尽管已看过《罗生门》，看过《七武士》，那是残酷、决绝、黑白分明的世界，有着绝对理念。我无法将眼前魔幻飘忽、灿烂斑驳的画面与黑泽明联系起来。然后我开始寻找，我渴望完整看到这部电影。一位朋友听到我的絮叨，便给我寄来一张《梦》的DVD。我看了一遍，再看一遍，越看越往梦境深处走去。

八个梦，有美梦，有噩梦。那种种美轮美奂的刹那，竟然稍纵即逝，或者是迷惑的假象。太阳雨、桃园、风雪、隧道、乌鸦、红色富士山、垂泪的魔鬼和水车村。八个梦境是整部电影的内容，几乎贯穿人类生活必须面对的所有主题：战争与和平、人生与社会。

最初的观看，我记住的是梦，是梦里虚幻的灿烂。如今，感觉已不再是当初的感觉，有尖锐的事物刺破缭绕烟雾，我看到那种种梦里的幽玄、失落、烟消云散的荒凉。这是关于幻灭的主题：在梦里，雪是温的，冰是烫的，可是，暴风雪没有停止呼啸；不死是梦中的，死才是事实；黑泽明精心构设唯美的画面，台词却耐人玩味："夜晚本来就是黑的，我们为什么要让它像白天一样亮？""我不喜欢亮如白昼的夜晚，那样我就看不到星星了。"……黑泽明就是以那些静寂无声的画面，撩开梦纱后面的现实：没有美梦，只有艾略特式的荒原，令人失声痛哭。尽管如此，荒野上的旅行，依然不弃的寻找，却如此顽强贯穿一个又一个梦想。大师借此梦境，对人类生活进行深刻反思。与其说是绝望的心境，不如说是醒觉中的行动。后来我才知道，这是黑泽明八十岁高龄时的自我超越之作。这大概也是人到生命的晚年，对生命的回望与反思中更有眷恋和珍爱。"就这样，现在生活着"，这是日本摄影家东山魁夷的话，与此对应。

心灰意冷之后，我们开始询问生命的价值。就这样，黑泽明最后把我们带到"水车村"，一个青山绿水的美丽村庄。它既是最后一个梦，也是最后的净土。"我"来到水车村，仿佛来到童话世界，或者进入桃花源。那是真正的美梦：电是多余的，枯枝残叶足以燃起生活的火焰，牛羊代替机械，在大地耕作；人只是大自然的一部分，纯洁、率真、和谐而知足，怡然自得。人们不会因自相残杀成为食人魔，不会愚蠢地用原子弹、核弹把花海毁成荒漠。"我"在路上偶遇百岁老翁，手举桃花和铃鼓，高高兴兴去参加99岁初恋情人的葬礼。你在这里可以看见清澈的溪流、水草颤动，快乐的送葬庆典把生与死联结……水车村之梦是返璞归真的生活方式。看来梦想没有彻底幻灭，也或许又是幻影，发思古之幽情，却让人沉醉。大师戳穿了现代生活的真面目，却又用这样的梦境来点燃信念。与自然和解，对生命达观，才有可能真正抵达幸福。

　　黑泽明的水车村之梦，也对现代人提出质问："你究竟需要什么？"在雾霾的日子里，我们怀念清洁的空气；喝着被污染的江湖之水，我们渴望干净的水源。水车村也寄托了我们的梦想。这种天人合一的生活曾经被人类抛弃，如今成为一个遥远的梦想和追求的愿景。

有一种温柔的力量来自于你

在2015年底出发,进行一次生命中极有意义的跨年旅行之时,我的内心其实闪过一丝遗憾,世事难两全,我要错过2016年元旦广州新年诗会了,因为已连续办了两届的广州新年诗会总是在元旦之夜举行的。新年伊始,以诗歌、音乐和舞蹈唤醒冷硬、沉默的面孔,迎接春天的到来,这是务实的广州浪漫柔美的笑脸,也成为我留恋广州的理由之一。

天遂人愿,今年的新年诗会出乎意料推迟到1月15、16号且连续举行两场,正好被我赶上了。据说一票难求,我该如何心怀感激?在一个不被视为诗意的城市想念诗歌、音乐、舞与画,就好比在炎炎夏日里想象踏雪寻梅,总有一种不着调不靠谱、一厢情愿之感。

广州没有田园牧歌,没有烟花三月,也没有庭院深深。广州给人的印象是一个烟火气市井味重的城市。吃,总是在吃;钱,不断挣钱。帝都、魔都一般是这样居高临下俯看广州的,特别有文艺气质的江浙居民也会明里暗里对物质广州撇一撇嘴角。但无论你来自哪里,在广州住上一段时间的人们，慢慢地，就会在广州的快节奏中感受到一种自由舒适的气息。它就像广州街头的榕树根须，烈日下不急不缓地飘荡着，感染着周遭的空气。你也可以从低回婉转、圆润娇柔的粤曲旋律里，辨出一种日常生活的内在惬意。木屐的啪嗒声已经消失，但在广州新旧交错的街巷，总有些光影跳跃，有些动人的细节，点点滴滴渗出诗性，渗出一种虚幻空无的意境，超越世俗的绊缚，让浮躁的心拂过一丝清凉。这一切是如此温柔，却又发生得自然而然。所以，在今年的诗会场内，四周悬挂的冰冻墨条一点点融化，墨汁无声滴落在地上的宣纸，水墨香气淡淡弥漫着，沁入心脾。我深深吸一口气，开始倾听白纸的空旷。

这些美妙的瞬间，会让我想起一些人。譬如发起这个新年诗会的诗人黄礼孩。两年前，就是2014年的元旦之夜，黄礼孩说："新年来临之际，以诗歌去礼遇新生之光，这是我的一种心愿。"据说心念越纯愿力越大。把每天努力挣到的钱贡献给诗歌的黄礼孩说要有光，于是"光芒涌入"。他看上了广州的新地标之一：广州图书馆。然后联手广州图书馆，在珠江新城的广州图书馆门前露天西广场举行了首场让我们如今依然感觉如梦如幻的"光芒涌入：2014广州新年诗会"。那是一个寒冷的冬夜，城中文青与来自国内外的众多诗歌、艺术界嘉宾会聚一起，与诗歌、现代艺术装置、沙画、现代舞、网络传播交织成多元的诗情画意，人们沐浴着诗歌与艺术的荣光，心灵顿时有轻盈飞翔之感。

新年诗会就这样成为广州文艺市民一种迎接新年的仪式。

心怀美的期待,灵魂也便安宁而优雅起来。我记得2015年那场被命名为"静与光"的新年诗会,黄礼孩展示了作为一个行为艺术大师的潜质,将诗歌与建筑美学立体呈现在舞台上。建筑是空间的诗,诗是幻想的建筑。他再一次呼朋唤友,把志同道合的诗人们、艺术家们召集起来,想象力的突破与跨界之美把人们带进魔幻而诗意的新世界。诗会结束后,我和朱燕玲陪着诗歌男神、天文物理学家李淼老师穿过寂静的花城广场,站在寒风飕飕的街道边等出租车。车久久不来,或者从我们身旁呼的飞驰而过,我们却很有耐心地说着话,似乎不是在等车,而是随意漫步聊天。抬头望天空,感受天地间的静谧与光明。

"与自己讲和,与神和解/我感到初始的光重来一遍/我看见树上跳跃的鸟变成了果实/一只从未出现的手,它托起我/它不是风的印记,它是光的重临/仍有一种温柔的力量来自于你。"

这段诗是今年诗会上的压轴。我非常喜欢它。初始的光,是现代生活里渐行渐远的诗性之美,是超越沉重肉身的纯净精神,是心灵纯粹之声。而诗与墨,则是构成中国传统文艺生活初始的光。这首诗来自每天在CBD写字楼里从事金融工作的诗人嘉励之手,我在想象她如何"与自己讲和,与神和解",我更与她这句"仍有一种温柔的力量来自于你"共鸣。这种温柔的力量,可能是节日的诗会,也可能是街角的书店,居室里的研墨习笔,操琴焚香,是自语与沉思……它们貌似城市的浮光掠影,却以安静而美善的气息弥漫出内在的光。

欢心喜乐每一天

元旦刚刚过去，中国人开始紧锣密鼓准备迎接新年。春节，才是中国人真正的新年。这个时候，不管过去的一年过得如何，人们的心总是带着满满的祈愿，祈愿新的一年美好、喜乐。

这个临近春节的冬季，天气非常特殊，奇冷无比。亚热带气候的广州，居然下起雪来。这是广州市区有气象记录以来的第一场雪。市民为这史无前例的事件兴高采烈。相比于冷，人们对那一点点稍纵即逝的雪花、那一粒粒似冰似雹的霰追逐着，热情同样无与伦比。如果没有被冻坏，人们由于霸王级寒潮所带来的快乐是发自内心的，当下即是欢心喜乐，并不需要等到春节那一天去祈祷。在广州遇见雪的概率，比过春节的机会实在少得太多。生命中难得一遇的好场景，总是让人欢喜，让人珍惜。

我窝在屋内，开足暖气，沏着工夫茶，刷屏看花城雪景，也甚有幸福感。此时捧着休斯敦·史密斯的新书《欢心喜乐每一天》阅读，字字句句，还真与心相应。

这本书其实是个人回忆录。休斯敦·史密斯是一个近百岁的老人，他出生于1919年的中国常熟，来自美国的一个传教士家庭。人生走了近百年，休斯敦·史密斯如今是世界级的宗教学权威、宗教哲学的领袖级人物，也是享誉国际的灵修导师。这样的出身背景、成长经历及其成就，使得他的字里行间布满精神内在之光，句句皆是智慧珍宝。细心聆听大彻大悟的百岁老人谈生命真相与意义，借此修炼自我，照亮前行之路。如休斯敦·史密斯所言："追寻光明，不管它领向何方。"

如果你是纯粹的唯物主义者，你对休斯敦·史密斯所叙述的或平凡或奇特的漫长人生经历、他与世界众多成功人物交往的感受，还有描述的来自不同宗教的精神奥妙，等等这些，你就像在没有桥的此岸，看云雾里的彼岸，"吾不见故不在"。可是，正是唯物主义哲学塑造了拜物教，只看得到有形的存在，感受不到无形的心性与精神。如此，人生也就局限于短暂的有形纠结之中。

休斯敦·史密斯评价过北美居民（非原住民）令人遗憾的损失，其一，不太清楚自己的价值观，不太明白生命中最重要的是什么。其二，欠缺在有限中看到无限、在内在中参透超然的能力。其三，忘却了有着多重等级现实的"大生物链"理论。即是说，切断万物相互关联的通途，形而上学地迷了路。

这三点丧失，何尝不是我们的丧失？我们所丧失的甚至更多。

生命是人生唯一的旅行，即便承认轮回的存在，每一次轮回也是新的起点。所以，凡夫不清楚自己的价值观，不明白生命中最重要的是什么也是不奇怪的事。这也是我们老生常谈"活在当下"，却不知道如何"更好地活在当下"的原因。不过我们依然可以找到捷径，自己虽然没有真正的人生经验可以借鉴，却可以借鉴他人的经验，尤其是智者的经验。

休斯敦·史密斯告诉我们他将近百年的一生如何致力于捡拾"世界甄选的智慧"，也告诉我们他一直修炼的、无论何种情境下也能让自己开心欢愉的秘密。我记住他说的这几句："这世间的你我就像剧院的门票，票面和票根是连着的，'撕毁无效'"——这句话帮助我理解世界万事万物的互生互长，也即是"有着多重等级现实的'大生物链'理论"。另一句话是："有两个且只有两个绝对的美德：一是感恩，二是同理心。后者是指那种对他人感同身受的能力。"如果努力身体力行去实践这样的美德，人生当然会有更多的喜乐，并不需要等到春节才做新年祈愿。

假如你情绪不佳，那是活在过去的痛苦或懊恼中；如果忧虑，那是在为未来而活。可是，过去已经无法挽回，未来永远不会到达。当下的心情是真实的心情，也是自己的脚迈出的人生之路，最终成就你的人生结局。休斯敦·史密斯温馨提醒："喜乐是一种与生俱来的权利，我们应当充分利用这种权利，开心生活每一天。在此必须强调的是，我们并非否认或早或晚我们都将遭遇人生的逆流和困境，我们也终将懂得生活并非一帆风顺，永远像驾车兜风那样悠然自得。"

所以，雪也好，雾也好，雨也好，风也好，太阳也好。若无闲事挂心头，便是人间好时节。新的一年即将开始，我们随缘前行。"喜乐"二字不要卡在舌头，不要嵌在语言里，更无须祈求，当下就融进心情和做事的态度。

植物是如何拥有记忆的

广州的春天,常常是回南天,阴冷潮湿,几乎不见天日。落叶一地金黄,枝头却是嫩绿摇曳。大自然代谢循环,时序有律。但新枝会记住旧叶吗?花开会把影子留在果实里吗?意大利人安伯托·艾柯(Umberto Eco,1932-2016)说,植物是有记忆的。植物如何拥有记忆?

最近我被艾柯这本《植物的记忆与藏书乐》搞得有点神魂颠倒。虽然春天云雾缭绕或细雨迷蒙,让人一身水汽,读着艾柯的书,我却有一种飞翔的轻盈之感。这本书买一两年了,还是精装本。绿绿的封面,藤蔓一样飘曳的字串,抖抖书页,似有叶子轻轻飘落。装帧的颜值确实高,当时在书店里一瞥,就爱不释手了。可是书买回家,便束之高阁。要不是艾柯在这个春天离开人世间,那几天打开微信微博,尽是艾柯、艾柯、艾柯,我大概还没想到去好好读这本书。艾柯是文化超人,不仅是哲学家、历史学家、文学批评家、美学家、小说家,更是地球上最知名的符号语言学权威。他涉足的写作疆域太辽阔,据研究者将其粗略分类,仅仅是专论研究，就有八大类五十多种。这本小书，实在只能算艾柯的边角料，我也就打算茶余饭后翻一翻。

可是当我打开它，目光就停不下追逐。我被艾柯的语言深深迷住，因此打开记忆闸门，想起许多与植物的记忆有关的事情。捧着纸质书阅读，无疑是一种美妙的触觉体验，尤其是在有茶、有香、有光的安静屋内，半卧沙发，薄毯盖膝。何以解忧？一册在手。此时心境，已在云雾之上。艾柯认为，书籍是活在植物的肉身上的。纸与印刷术的发明让文字有了坚韧的附着，生长为现代世界最生气盎然、无边无际的智慧森林。人类最初的文字符号是印刻在石头、竹片、贝壳、骨头、黏土上的，它们的容纳有限，粗糙、坚硬而且沉重，跟不上人类心灵的翅膀。艾柯把印在纸上的书籍称之为植物的记忆，因为纸张是由植物制造出来的。绿色的植物在此华丽转身，拥有新的、无限的生命力，承载了人类的回忆与奇思妙想。

艾科个人藏书超过三万册，有许多珍本孤本。当他谈起藏书乐，犹如一个捉迷藏的顽童，尽是天真的嬉耍和快乐。他一语道破天机：通过书籍的植物记忆，我们才能把儿时的游戏和成长的记忆连在一起，书中各种人物的故事成为我们的故事，他们的梦想也成了我们的梦想。一个不断突破有限现实的神奇世界就在我们眼皮底下。我想起另一位我喜爱的捷克作家赫拉巴尔的小说《过于喧嚣的孤独》。小说里的主人公汉嘉是一个在废纸回收站工作了35年的打包工，他把珍贵的图书从废纸堆里拣出来，藏在家里，抱在胸口。我很喜欢这篇小说的开头："三十五年了，我置身在废纸堆中，这是我的 love story（爱的故事）。……因为我读书的时候，实际上不是读，而是把美丽的词句含在嘴里，嚼糖果似的嚼着，品烈酒似的一小口一小口地呷着，直到那词句像酒精一样溶解在我的身体里，不仅渗透到我的大脑和心灵，而且在我的血管中奔腾，冲击到我的每根血管的末梢。"这种因阅读带来的喜悦快感，相信每一个热爱读书的人都经历过。书页是富有灵性的，植物因为文字而拥有思想的魂魄，拥有情感记忆。

读赫拉巴尔这篇小说时，小时候邂逅的一个场景突然就重现脑海，那还是读书即反动的年代。我们家当时所在的小街角落，有一个垃圾堆。每天回家都要从那里经过，垃圾堆发出恶臭，尤其是夏天。一个大热天的午后，我经过此处，见到一个与我年纪相仿的小乞丐，是个男孩，他蹲在垃圾堆旁的墙根下，正捧着一本脏兮兮的书大声朗读，全神贯注。那时候，我对又脏又破没有封面底的书有一种特殊的喜好。虽然字还没识多少，但越破的书越有意思，就是当时的秘密念头。因此，我闻不到垃圾臭味了，我凑到男孩边上去看他究竟在读什么。那是一首诗，我记起，就是普希金的童话诗："他把金鱼放回大海，还对她说了几句亲切的话：'金鱼，上帝保佑！我不要你的报偿，你游到蓝蓝的大海去吧，在那里自由自在地游吧'……"这个《渔夫和金鱼的故事》，后来让我百看百听不厌。那个高声朗读的男孩，他是一个乞丐，他到过我们的院子，伸出一个搪瓷碗，我们给他白粥和杂菜。但是，这一天，我看到他捧着一本书，在垃圾堆旁墙根下，形象闪闪发光。我不知道他是否会像那位打包工一样阅读三十五年，或者更长？命运发生什么变化？无论如何，我看到了手捧书籍所构成的一个有魔力的场：翻动书页，或高声朗读，或独自沉浸于书的世界。人类借此战胜岁月艰难、狭隘、孤独与呆滞。

我所说的阅读，不是为了应试、考级那种功利性目的性极强的苦读，那像打仗一样，有一种悲壮。正如艾柯把书分成两种：供阅读的书和供查阅的书。应试的书，考职称、评级的书基本就是供查阅的书。那种攻读，是有目的地获取信息，应对需要，却难以激发人类对未知的热情与探索。相比于或冒险或愉快的阅读之旅，生活便成了在远方。诗和远方，这个词组最近被说滥说俗了。但是，能够离俗，能够坐在此岸而心抵彼岸，确实唯书而已。所有风雅，须有一颗文心。若不读书，仍是一身俗骨。有人说，互联网也可以，电子书也一样。是啊，艾柯就替电子书写了内心独白。电子书说："我是一本分裂的书，拥有很多生命、很多灵魂就如同没有任何生命和灵魂，此外我还要小心不要爱上任何一篇文章，因为第二天我的使用者就很可能将其删除。"电子书如何拥有由植物轮回转世的书籍汹涌的生命力？更何谈不朽的灵魂？现代人因此变得肤浅而缺乏灵性，也许与此相关。

除了阅读，我们还可以在纸上写作。也就是说，把我们的往事、梦想、随感等化为植物的记忆。某一天，某些人，会读到它们。如果你存在电脑里，即便通过网络传播，它们也被淹没在海量的信息浪潮中。艾柯说："书籍是为生命买的保险，是为得到永生的一小笔预付款。"我们虽然不是荷马，也不是孔子，但当我看到老同学为父母的一生撰写和制作家族之书时，仅仅做了几本，我知道她的父母已经通过植物记忆获得永生。这便是生命的充盈、延展，让人感动。

  我小时候有一个愿望：这辈子可以有专门捧书而读的职业，既有趣又能养活自己。然后芝麻开门了，我一心一意，编织植物的记忆。我知道，新枝能够记住旧叶，花开的影子就在果实里。

幸福的面具与真相

"幸福"是一个伟大的词，可以说，人类生活的全部意义就是为了找到它。每个人，每一天，都走在追求幸福的路途。比利时人梅特林克写了一部戏剧《青鸟》，成为经典的象征主义作品。它就讲述了一个人类寻找幸福历经千辛万苦、得而复失、失而复得的曲折过程。我还记得那只犹如精灵的小鸟，闪烁着神秘的玄青色，忽远忽近，似是而非，却引领着那两个善良的小兄妹——蒂蒂尔和米蒂尔跋山涉水，为他人的幸福踏上寻找之旅。一个永恒的意象，已经定格在我的脑海。历经许多岁月沧桑，它也依然在引领我心灵与思想前行的方向。这是一个关于幸福的现代寓言，与内在生活密切相关。青鸟象征独一无二的人类幸福，既体现精神，也体现物质；它存在于现实，又关系着未来；它是人类的向往，又是宇宙的秘境；它离你很远，又与你相伴左右……这部让我印象深刻的剧本，对我的人生观产生巨大影响。

什么是幸福？人们赋予种种解释，以各自的价值理念开辟通往幸福的道路。

据说,"通往幸福的途径很多"。那么,沿着各自的道路,人们突然间找到心目中的幸福。想想看,再想想看,世界将会变成什么模样?

我又想起另一本与幸福主题相关的书。它的书名就叫《幸福TM》,幸福TM意指幸福牌商标,一个加拿大人写的长篇小说。这书的中文版差点从我手里面世,得而复失,后来别的出版社出版了,但似乎没怎么畅销。

小说却是很有意思的,讲述一个出版社编辑的故事。这样的编辑在现实中确实不少。这个编辑的工作是灰色的,生活也是灰色的。他每天却要绞尽脑汁、搜索枯肠去泡制那些励志丛书,类似什么鸡汤、原则、方案的,诱导阅读的人按书上的指引去建设人生、经营人生、享受人生。譬如减肥啦、戒烟啦、如何赚大钱啦、如何获得慰藉、改善性生活啦,诸如此类。即便如此,人们的生活依然烦恼多多、枯燥乏味,人们还在找啊找,寻找幸福的路途实在既遥远又迷茫,人的一生就在这样的寻找中一晃而过。终于有一天,灰头土脸的编辑在一堆垃圾稿件里刨到一部神秘书稿,这部书稿同样是一部励志书,却包罗万象,涉及人类所有的以及所能想象的知识、技能。阴差阳错,出版后成为最火爆的畅销励志书。结尾尤其令人惊奇:按照书中指引,所有的人在一夜之间突然找到幸福。世界却因此发生剧变,以欲望构架起来的城市犹如多米诺骨牌般瓦解。

作者说:"这是启示录式的故事:美好启示录。它讲述的是极具毁灭性的幸福瘟疫、泛滥成灾的温柔拥抱以及沙漠边缘的神秘房车……"

《幸福TM》是真正的黑色幽默,暗藏玄机。它对正在流行的励志文化极尽讽刺和嘲笑,给人当头一棒,令人不得不沉思。如果真有一部能够解除人类苦恼、消除恶习、消灭痛苦感觉的书籍面世,人类被"幸福"所劫持,世界末日也就近了。作者要戳穿的就是现代物质文明的幸福谎言。

这种幸福谎言,在《青鸟》中也有一幕。那就是"幸福之园"里那些肥胖幸福、粗俗幸福、满足虚荣心幸福、有钱幸福、善良欢乐、母爱欢乐、审美欢乐、思想欢乐等千奇百怪的"幸福"与"欢乐",它们都戴着笑吟吟的"幸福"面具,营造声色犬马的繁华景象,制造一时的快乐感,令人飘飘然而沉溺其中,它们被称作人间幸福。人间幸福所带来的幸福感就像烟花在夜空盛放,短暂的灿烂,令人目眩。它们甚至仅与"不幸之洞"隔一道水汽或薄幕,关系微妙,可以瞬间灰飞烟灭。

要在这些能够制造一时快乐的"幸福"中领悟幸福的本义,对于欲望众多、注重外在生存条件的现代人而言,是一件多么困难的事情,却又是多么重要的警醒。

《青鸟》里的两个小兄妹,他们一路遭遇思念之土、夜之宫、森林、墓地、幸福之园、未来王国,却不断受挫;他们与面包、糖、水、火、猫、狗和光的灵魂同行……在充满诱惑、布满陷阱、困难重重却又是未知的奇妙追寻之旅,仙女的魔钻开启了他们的慧眼,让他们领悟到幸福的本义。

清晨到来,两个小兄妹发现青鸟竟然就是自己简陋的家中那只平凡无奇的小鸟。"众里寻他千百度,蓦然回首,那人却在灯火阑珊处。"原来它才是真正的、不会变色的青色小鸟,原来它一直就在这对小兄妹身边。邻居家病重的小女孩(也不是什么仙女的小女孩)因为得到它,病立刻好起来了。不过在印证真正青鸟就在身边的同时,青鸟也突然飞走……

人生何尝不是如此?幸福本就在咫尺之间,它可能就停留在你温暖的肩头。只要心愿美好,本不难发现。然而幸福也不是终点,得而复失,生活依然不断延续它的悲喜剧。但没有千辛万苦的追寻,我们便无法明了身边的拥有与丧失,更无法获得内心的安宁与从容自在。当你不再追寻幸福是什么的时候,你就可以心生欢喜。

回望远去的青春摇滚

无论是职业习惯,还是关注偏好,我都不可能回避一年一度的诺贝尔文学奖新闻。今天猜一猜,明天猜一猜,是每年朋友圈里的游戏。段子,再来一则段子,是一波波的戏说。严肃一点,便是摘录一段可能获奖者的名篇佳句。这段日子,确有文学激情燃烧的感觉。有些作家,过去也没读过他们的作品,骤然读到,心灵冲击波如十二级台风驾到,内心地动山摇。比如被谣传获奖的叙利亚诗人阿多尼斯,我就刚刚第一次读他的诗,每一句都像是火柴嚓的一声,把心灵火苗点燃。是他了,一定是他了,只能是他了!我的脑袋变得不那么理智,并不顾诺奖评判的复杂规则。再说,获不获奖关我何事?但胸怀一颗文学青年之心的人,就是这样啊,即便岁月沧桑,容颜已老。可最终爆出冷门,获奖者是美国摇滚诗人鲍勃·迪伦。许多赞美和争议的言论至今仍在发酵。怎么表达我的心情呢?我知道这个消息的即时反应是:好吧,鲍勃·迪伦还是摇滚乐手,陪伴过我们的青春岁月。获这么大的奖,怎么说都是有理由的。米兰·昆德拉没有理由吗?卡达莱没有理由吗？还有某社已经准备好六部译著的肯尼亚作家恩古吉·瓦·安提哥，被视为当代非洲最重要的作家之一，他也有充分的理由获奖。

而许多逝去的伟大作家，他们也并没有获过诺贝尔文学奖。

"一天早晨，格里高尔·萨姆沙从不安的睡梦中醒来，发现自己躺在床上变成了一只巨大的甲虫。"这名句，来自卡夫卡的小说《变形记》，每一位毕业于中文系和外文系的学生都应该读过它。我最早读这篇小说是二十多年前，最初的版本是袁可嘉先生编的《外国现代派作品选》，它是当时大学校园的流行读本。以后我读到更多卡夫卡作品，卡夫卡早就在我心目中确立神圣地位，他对现实世界的洞察力、表达力无与伦比。许多年后的某一天，我以朝圣之心来到布拉格的卡夫卡博物馆，我感受着光影营造的卡夫卡荒诞而充满梦魇的文学世界，犹如寒冰。

凡夫俗子是无法掌握自己命运的，凡夫俗子同样对人生的异化现象习焉不察。卡夫卡拥有一双显微镜式的眼睛，他看到一切，并以隐喻性语言传递出来。在这世上活着的每一个人，睁开你的眼睛，打开你的耳朵，你能听到卡夫卡的声音，就在你的周遭，在你的天空。你不仅看到人变成虫子的事实，你也看到K无法进入的城堡，还看到让你惶惶不可终日的洞穴。卡夫卡已经写尽现代社会的精神面貌。卡夫卡并没有获诺贝尔文学奖，他的一生注定是孤家寡人，尽管他的作品伟大而不朽。

今天的我，更愿意记住卡夫卡说过的："你在那想把你冲走的雨水中漂浮,但是你还是要坚持,昂首屹立,等待那即将来临的无穷无尽的阳光的照耀。"

那么,鲍勃·迪伦呢?我不能说我不喜欢鲍勃·迪伦,我甚至曾经非常热爱。鲍勃·迪伦是我青春的一部分,对我而言,他意味着过去,他意味着远逝。像那首《答案就在风中飘》,还是听磁带的年代,一群人听得耳朵发茧。一群人窝在学生宿舍里,可能还与爱情有关。一群人夹杂吉他弹拨,用英文模仿得摇头晃脑、滚瓜烂熟:"一个人要走多少路才能真正称作是一个人?一只白鸽要翱翔多少海洋才能安息在沙滩上?炮弹要飞行多少次才能永远被禁止?我的朋友,答案在随风飘荡。答案在随风飘荡。"

我的青春,也有些摇滚的成分,也有叛逆和抵抗。这让我看到血的热烈、荷尔蒙的旺盛、生命的鲜活。那么,生命是否永远如此?永远如此有意义吗?昨天的我已死去,今天的我还在成长、蜕变。

鲍勃·迪伦是否获奖、是否伟大与我无关。他是今天的热点,但我告别了他。我在读阿多尼斯的诗:"这个曾是'我'的孩子,有一次/光顾我/以一张奇怪的面孔。/他一言不发,我们并行/各自无言地注视对方。我们的脚步/是一条奇怪的流淌的河流。/根源,以风中这片树叶的名义,聚合我们/然后分手/成为大地书写、季节灌溉的森林。/啊,这个曾是'我'的孩子,过来呀/是什么,现在让我们相会?/我们将说些什么?"

他写的正是今天的我,与昨天的我对话。答案不再在风中飘荡。

人生长恨水长东

我去广东美术馆看高贞白书画展之前，我对高贞白毫无了解。简介及他的书画让我产生兴趣。高贞白又名高伯雨，广东澄海人，是我的潮汕老乡。潮汕盛产书画家，现当代广东的书画家，潮汕人占了一半以上。但高贞白不是传统意义上的书画家，他是一个民国文人，晚年寓居香港。他以谙于掌故驰誉香港文坛，香港老报人罗孚说："高伯雨对晚清及民国史事掌故甚熟，在南天不作第二人想。"

这样的一个人，画风是很有气质的。再看其诗文书信往来及收藏，不得了。于是，观展回来编了个影像日记，在公众号发了。一位澄海籍学弟留言："高家人在澄海好像是望族，陈寅恪的学生高守真也是澄海人。"又一位澄海籍学弟留言："高贞白留在澄海老家的大女儿高守真，20 世纪 50 年代考入中山大学历史系，师从陈寅恪先生，留下一段温暖的记忆……"

他们同指了另一个人：高守真。

我把 20 年前买的《陈寅恪的最后 20 年》重新找出来读。

20年前读的书，内容差不多忘记了，我不记得有高守真这个人，我要从书页里寻找高守真。高守真这个名字最初出现是在书的第178页，作者陆健东写道："这一年，一个极普通的女性中途闯入了陈寅恪的生命旅程。她的出现，意外地给陈寅恪夫妇带来了某种寄托的希望。她叫高守真，一个普通的女学生……"

高守真是高贞白的女儿，也是陈寅恪的学生。但是我不知高贞白，更不知高守真。我向在澄海的老同学朱律师打听高家的故事。这样一个女子，名门闺秀，学从名师，她的人生是怎样的人生呢？

凑巧的是，高守真在20世纪90年代初与朱律师的岳父同住一栋教师楼内，她的侄女（也是高贞白的孙女）与朱律师爱人是同学。高家的老厝，就是澄海人称高衙内的豪宅，可惜已被拆毁。朱律师在微信里向我勾勒了高守真在澄海的生活状况：中大毕业后回澄海中学教书，不久就病退，已去世近十年。丈夫以前在隆都食品站上班……

这就是那个深得陈寅恪夫妇喜爱，并且由陈寅恪亲自向学校表达让其留校做助手的高守真吗？

我不忍相信。更多的资料，让我看到一个越来越清晰的凄苦背影。

澄海高满华家族是19世纪中叶至20世纪中叶的华侨望族，高守真为第四代后裔。高家在南洋发迹后，第三代在汕头创办自来水公司和开明电灯公司，并架起潮汕地区第一条长途电话线路……是近代侨资企业开拓者，故高家有"高半城"之称。高贞白便是留学日本、英国,浪游欧洲,居北上广,广交名流学者,随名家习画学篆刻,多才多艺,人称"高六爷"的纨绔子弟。

1956年6月,移居香港近20年的高贞白到北京观光,归途经广州,与高守真相见。据说这是高守真幼年别父之后,一生中唯一的父女相见。高守真为高贞白前妻所生,高贞白早已移情另组家庭,长居香港。高守真的人生成长中,父亲其实是缺席的,父爱也极稀罕。但这一次,由高守真转赠他的《听雨楼随笔》给陈寅恪,陈寅恪后来又让高守真转赠《元白诗笺证稿》给高贞白,成为一桩后人津津乐道的名士雅事。

因为不是中共党员而无法留校,高守真的学术道路自毕业离校那天起就终结了,何况"文化大革命"很快就要到来。"文革"期间被打成反革命分子,等到平反,人已花甲。那么,高守真的爱情婚姻呢?39岁后结的婚,膝下无子女,这是什么样的婚姻?朱律师一句"丈夫以前在隆都食品站上班",我的脊背发凉,就像听到某知青与当地农夫结婚的消息一样。虽然食品站的职业在物资匮乏的年代是香饽饽,但一个以太平公主为毕业论文选题,并由陈寅恪为论文指导老师的高才生,一个出身豪门的大家闺秀,丈夫这个食品站职业背景,在她的生活中起了什么作用?或者她是否有选择的余地?这是个好人吗?温和体贴吗?非潮汕大男子主义者吗?我不敢去想象琴瑟和鸣、心有灵犀之类更精神化心灵化的追求。

李后主的词在脑海一掠而过:"林花谢了春红,太匆匆,无奈朝来寒雨晚来风。胭脂泪,相留醉,几时重,自是人生长恨水长东。"

生逢乱世,运交华盖,并不是每一个名门闺秀都会成为郭婉莹郭四小姐,"文革"时穿着旗袍刷马桶,脚着皮鞋在菜场卖咸鸭蛋;或者像郑念那样,拥有更古更美更硬的灵魂,敢与暴政抗争。但是我想象高守真的人生也是有勇气的人生。一颗苦极的内心,低下去的头,依然散发美善的光芒,闪耀在人间。

朱律师给我发来一篇陆健东的文章截图,记述他去澄海寻访这位快被淹没的普通中学老师的经过:"一进入陈寅恪的世界,一生所感好像泉水一样汩汩而涌,才华在那一刻展现。让我最难忘的是,她只谈先生的好,其谦恭让我震惊。"

这,就是一种骨子里的高贵。骨子里的东西,是岁月抹不去,兴衰荣辱难改变,谁也拿不走的。

你的内心是否也有一个彼岸世界

在广州，秋天的到来是没有什么前奏的。中午还是烈日当空，热得像烤箱。傍晚走出电梯，一阵穿堂风吹过，凉飕飕的，才觉得，天气可能真的要凉下来，换季了。一到换季，我就有整理书柜衣柜的习惯，清理掉一些过时的衣物、书刊，清清爽爽迎接新的季节到来。

在高高的书柜上碰到一本精致的书：《查令十字街84号》，已经有了薄薄的积尘。心生惭愧，买了好长一段时间了，没放进玻璃书柜，就是打算马上要读的呀，却是一页也未翻。

这书听说很久了，是慕名而买，所以买的是精装珍藏版。当纸质书的印量不断萎缩时，我对书的品相却越来越挑剔，有点要世世代代传下去的潜意识，虽然不知道我的这些书将来会传到哪里去。

夜色升起，泡上一道凤凰单枞，开始读《查令十字街84号》。内容梗概大致已清楚，以至于数年前我到伦敦时，就想着去寻找查令十字街84号。可惜行程匆匆，查令十字街84号这家旧书店也已改弦易辙，书店不再。

人生便是如此，错过了就是错过了。

这本书为全球读书人深深热爱，原版出版已近半个世纪，被译成数十种文字流传，电影、电视剧也都拍出来了。一位美国穷女作家海莲·汉芙与坐落于伦敦查令十字街84号的旧书店经理一家及员工长达二十年的书信往来究竟有什么看头呢？

双方从未谋面，远隔重洋。期盼见面的机缘，总想着应该会见面的，但一生过去了，就是没有见面。等到海莲有机会来到英伦，来到查令十字街84号时，已经距第一次通信二十多年了，书店已经关门，主要的通信者——书店经理弗兰克·德尔也已经去世。

这样伤感的场面，想象一下也难免嘘唏。

据说电影有一点爱情的暗示。其实通读这本薄薄的书，与海莲通信的不仅仅是弗兰克·德尔先生，还有书店的其他员工，还有弗兰克的妻子和女儿。全书我没读到一个与性爱有关的字，或者男女之间爱的暗示。二十年间通了不到一百封信，购买不超过一百本书。书信间没有深刻的理论，或者夸张的抒情，但你读着读着，就是会动容，从内心深处与之共鸣。

那个海莲·汉芙小姐，虽然是个作家，从她的作品来看，显然不是个很有才气和名气的作家。她清贫困窘，账户上常常只有极少的钱。她活了81岁，终身未嫁，孑然一身，这样漫长的一生，你会想象她该多么可怜。

然而，书籍就像是一艘扬帆的船，从遥远的彼岸乘风破浪而来，它驶过全书，是书信里谈论的主要内容。海莲小姐显然是个书虫，品味刁钻的阅读者。凭着一则从《星期六文学评论》上看到的"专营绝版书"的书店广告，她开始了长达二十年从纽约到伦敦"有距离"的买卖、阅读与通信，成就这因书结缘、跨越二十年的纯粹而温暖的情谊。

咫尺天涯，多么美好的距离！

"我寄给你们的东西，你们顶多一个星期就吃光摸净，根本休想指望还能留着过年；而你们送给我的礼物，却能和我朝夕相处，至死方休；我甚至还能将它遗爱人间而含笑以终。"

当时的英国，正处战后重建时期，物资匮乏。远在纽约的海莲，尽管囊中羞涩，为感激书店为她四处寻找所需所爱的各种稀奇古怪旧版书、绝版书，常常给书店员工寄去各种食物，如整箱的鸡蛋整块的火腿肉，珍贵的牛舌罐头和糖。但在她看来，食物与书相比，实在不值一提。找不到好书和好书店的城市也是没有气质的城市。比如她认为所居住的曼哈顿，就毫无气质可言。

跳跃于书信字里行间的海莲小姐，幽默风趣、直率、慷慨、体贴柔软。你找不到可怜的影子。她对书的品味、对作家们的点评，妙语连珠。她与从未谋面的书店员工们的对话，犹如亲人。这样的相互信任、感激从何而来？

通过书、通过书信，你看到一条通往她心灵深处的路，那里有一个无垠无边的世界。这个世界，让她情感无比丰富，生命焕发光彩。

这个世界，在彼岸。

所以海莲小姐说："我们活在一个诡异的世界——那么漂亮，又能终生厮守的书，只须花相当于看场电影的代价就能拥有。""如果你们恰好路过查令十字街84号，请代我献上一吻，我亏欠它良多。"

能够体味到这个世界带来的愉悦、慰藉、承诺、信赖、力量的人有福了。当人心进入书籍的世界，光出现了。凭此，你就能击碎时间的流逝，突破空间的樊篱，越过平庸，抵御岁月的枯燥与孤单。

你的内心，是否也有一个彼岸世界？

窝在柜角听一片树叶的声音

前几天我在美丽的鼓浪屿做一本新书的分享会。作者出生并成长在这个岛屿,我们带上她的书,兴致勃勃去寻访她生活过的地方。在精美而沧桑的老别墅流连之时,我收到一条微信,朋友把一部电影截屏发给我,说这电影真棒,主角是你的同行,你应该去看看。我心不在焉,电影名字一闪而过,即刻忘记此事。

等我既兴奋又一身疲惫回到广州后,我以葛优躺的姿势放松刷微信,我刷到一篇文章:"这个只看10W+的时代,作者还需要编辑吗?"我的公号文章既没有达到10W+,我又是一个编辑,这文章自然吸引了我。点进去一看,在说一部电影,就是朋友向我推荐的美国电影《天才捕手》。

"珀金斯每天的工作是在办公室,坐着(有时候是站着),永远戴着帽子,看稿子——他是一个编辑。"

看到这句,我就动手查哪家电影院还在映,并即刻下单选择离我最近的一家。

我似乎从未看过一部以编辑为主角的电影。二十世纪九十年代倒是有一部曾经很红的电视连续剧《编辑部的故事》，那是根据王朔的原著改编的。那个时代，编辑还算是一个神奇的工作，电视剧里的编辑们（一个叫《人间指南》的杂志编辑部）是主角，却也是一个通往社会的窗口。通过他们，电视剧要讲的是人世间各种悲欢离合嬉笑怒骂。

《天才捕手》说的是另一回事。

第二天下午，我坐在还有许多空位的影厅里，从头看到剧终，字幕走完了，仍不肯起身离去。几度热泪盈眶，我被珀金斯深深吸引。

谈剧情太无趣。没错，他是一个天才的编辑：发现天才作者的编辑，或者说他本身就是一个天才。不管怎么说，《天使，望故乡》《时间与河流》《太阳照常升起》《了不起的盖茨比》《夜色温柔》等世界名著的背后，站着珀金斯，他是一个天才的编辑。你想怎么理解这个词语都可以。

那又怎么样？编辑是为他人作嫁衣裳？编辑的工匠精神？编辑的伟大创意？其实这些高帽也都可以用到其他行业的优秀人物身上。职业道德、职业精神是共通的，天才也都是有创造力的。我们不必为此煽情。

真正撼动我内心的镜头，却是珀金斯带着沃尔夫的手稿，下班回家的途中一路忘我地阅读，然后回到有妻子和五个女儿的家，他穿过喧闹的不同房间，在一个衣物和鞋帽堆积的衣柜角落，蜷缩而蹲，继续读稿子，他沉浸在小说的世界，为每一个句子着迷："那无迹可寻、连着天堂的小巷尽头""一片树叶""一扇未发现的门""风儿为之哀号的灵魂""天意引领英国男人来到荷兰女人身边"……这是珀金斯的幸福时光,他的世界在无限扩延。此刻,我潸然泪下。

一个能够在工作中得到享受的人,是该多么感恩哪!我不是说珀金斯,我说的是我自己。我在珀金斯窝在柜角读稿的镜头里,听到树叶飘落,看见石头有风吹过。看见自己小时候的心愿,祈祷这辈子有一份整天看小说的职业,然后梦想成真。

所以,为什么一定要去强调牺牲、默默无闻、为他人服务呢?发现优秀的书稿,并参与打造它,以尽可能完美的形态呈现给世人,然后站在一旁静静看着,一切在变化中:它影响他人、感染他人、改变他人……天真可爱的作家、势利的作家、狂妄的作家……人情冷暖、世间百态、各种嘴脸、善与恶,尽收眼底,了然于胸。你也在其中感悟并思考。

这样的人生,是有趣的人生、有意义的人生。相比于作家,编辑似乎更明智、理性、冷静、睿智。拥有这样的人生,难道不值得庆幸吗?

发出"这个只看 10W+ 的时代,作者还需要编辑吗?"这样的疑问有些悲情,尽管珀金斯的时代已经远去,《天才捕手》也是寂寞的电影。

如果你不太在意世俗层面的得失,今天的编辑依然可以在这份职业中享受诗与远方。这个时代的文章,也依然需要不苟且、有底线、有教养、有力量。那么,10W+时代与你何干呢?

每个人的物质世界都是有限的,生命也有涯。但精神与心灵可以自由无限，灵魂可以遨游于虚空，抵达宇宙最遥远的神秘之境，并战胜孤独、超越极限，遇见凡尘之上的光芒。作为一个文学编辑，我觉得已经收获到这些，足以谢天谢地。

在我写这篇小文的时刻，我的新书作者正从远方给我发来微信。我们还在讨论着新书宣传方案，分享初期成功的喜悦。我们都觉得对方就在身边。是的，许多作者，后来成为我的好朋友。谢谢他们。谢谢我的工作。

等我老了，我将写一本书，写我的编辑故事，许多作品背后的故事。对了，我还要去下单买珀金斯的传记。

潮湿的南方春天来了，你体验过窝在柜角听一片树叶的声音吗？我体验过。

|辑 六|

chapter 06

远方不一定有诗，却有打开世界的新方式

知乎是一个很有名气的网络问答社区，连接各行各业，用户彼此分享经验与见解。我没有注册成为用户，却也常常看见朋友圈有人转发知乎问答，颇有意思。比如知乎就曾有一个问题，问去过一百个以上的国家是种什么体验。有一个答案让人印象深刻："懂得了这世界上没有绝对的正确，能够接受别人有不同的三观和其衍生出来的思考方式。"

我自己没有去过一百个以上的国家，但我认识去过一百个以上国家的牛人，比如台湾的眭澔平。他在二十多年的时间里，以自助旅行的方式走访了超过180个国家和地区，他独步全球的"经"历，突破民族、国界甚至不同物种樊篱的那种独特理解力、沟通力，令人惊叹。

这么多年来，眭澔平一直在路上，四海为"家"。有时一两年不知道他行踪，却会突然接到他在广州白云机场打来的电话，只是因为可能要去某个洲某个偏僻的岛屿或山区，经广州转机候机，顺便打个电话致意。

眭澔平奇特而冒险的旅行已广为人知，让我特别有感触

的却是他旅行的方式、旅行的心态、旅行中的觉悟。我曾问眭澔平，即便拥有两个专业的博士学位，到了食人族那类的原始部落，又是如何与他们打交道，甚至交朋友的？眭澔平说，放空自己，一切归零，唯留一颗赤子童心。

我想起佛教传统中的云水僧。古时候，有一种游方行脚的僧人，四处参访，上路修行。他们有着清明的心灵与坚强的体魄。既如行云流水自由自在，又在真诚和虔敬的信念中生活，葆有单纯朴素，明心见性。在工业化、后工业化的现代社会，这样的生活已经难以想象，多少人在滚滚红尘的名利追逐中疲惫而心灵损伤，又有多少人在物质主义的欲壑中精神急速堕落、自相残杀？

云水是一种意象，也是心的实相，是真正的随遇而安。眭澔平行走去远方，正是以行云流水般的心境，所以他能够在世界不同地域文化传统隔阂甚深、五大洲民俗风情迥异、地球上战火与仇恨未熄这样的环境下很快融入当地、当下，与不同族群的人们相遇相处，沟通对话，这是一种温柔敦厚且开阔平等的胸怀。

成年人大多数时候已形成自己的三观，大脑和心灵常常被自己先入为主的成见所占据，看见的、听见的，以为是客观的，其实没有，只是看见想看的，听见想听的，选择性面对大千世界而已。所以就有我执、法执、所知见等智慧的障碍。真实地承认，每一个成年人多多少少都有失明或失聪的疾患。

所以行走远方，去认识不同文化背景的当地居民，更深入了解他们的爱与悲伤、欢乐与痛苦，更多地聆听、体会，更多地观察与感受，再返回自己，以此观照，以此反思，是祛障的好途径。走远了，你一定发现，看待世界的角度已经变化，你打开世界的方式已经更新。

有人说，不读书，行万里路不过是个邮差。这句话并不完全正确。不读书，并不影响你对未知世界的好奇、观察，而这种好奇心和观察的收获，可能重燃你的生命热情，可能改变你对世界的认知，以及对自己的认知。邮差的路线有明确目的地，有预知要完成的任务。类似那些出行直奔目标：景点、购物或饕餮，这不能称为旅行，顶多算观光，他们的收获甚至连邮差都不如。也有为逃避问题的旅行，他们带着情绪的包袱出逃，企图把坏情绪扔弃在某地。他们自顾不暇，根本没有对陌生外界的兴趣。这是逃离。

至于读了千卷书之后，再去行万里路的人，有时也会冒书呆子的迂腐傻气的。最近读了一本热门书《旅行与读书》，是台湾家喻户晓的跨界媒体人詹宏志写的，因为他把办刊物、做图书、出唱片、拍电影、创办互联网公司样样做得出色，读的书早已破万卷，走的路也早已跨越万里，我便好奇他写了什么，想象这样的人必有其与众不同的趣味。

读书其实也是书呆子进入世界的方式。我被詹宏志的书逗乐了：因书误事、因书闯祸、因书得福，从书本通向真实的世界，再从真实的世界印证书本……尤其对古籍的崇拜有如对圣迹的敬仰。每次踏上想象的真实之途，勘察、体验、冒险，于是一路有许多意料不到的经历与发现。他的人生大概也是如此，不断突破边界，不断有打开世界的新方式，因此也不断有新玩味新惊喜。

所以，走的路多了，去的地方远了，你便学会拥抱世界，而不是拒绝与抵抗。远方也不一定是美好的，不一定有诗，有时候也许有危险、有伤害。所有都是未知，但终究人性的本质、品性是相通的。放下成见，用心看世界，你会发现不同之中的同。

佛陀走在路上，孔子也走在路上。圣者在行走中修行、开悟，他们的生命已经无限延长。日本禅师铃木俊隆在他的《禅者的初心》里就说过："若缺乏与其他文化背景里养成的人沟通交流，要从另一个角度来理解事情是不可能做到的。仅仅从自我中心的、个人的或国家的观点来理解事物，是我们的弱点。当我们这么做，便无法真正地发展我们的文化。当文化、文明进展到这一个地步，使它健康的唯一方式，便是参与不同人群的文化活动，然后你将更为了解自己。"

动身吧，去走访异邦近邻，那是你生命的一种漫溢。

在路上

亲爱的朋友,新年好!

当你读到我这篇小文,我们刚刚来到 2016 年。时间就是这样轮回的,却又意味着新的开始。这个时候,我在路上,去完成一个心愿,追随佛陀的足迹,也是溯本求源的朝圣之旅。出发前,我再次阅读德国文学家赫尔曼·黑塞的《悉达多》。此书,我读了 N 遍。一个西方作家写于差不多一百年前的作品,它的主旨有关古老东方的智慧。就像昨天的悉达多不是今天的悉达多,悉达多向前的每一步都有新的东西,我每次阅读的《悉达多》也是全新未知的《悉达多》。最初的阅读,我沉迷于它的诗性与禅意。既然是一部出自文学大师之手、哲理性很强的小说,我深爱这种既虚幻又坚韧的语言魅力。很长时间里,我满足于文字表面的华丽和语言结构的精美,就像喜爱各种能工巧匠打造的器物。然而,《悉达多》是无限敞开的,它似乎永远没有完成,或者一直在等待完成。它犹如书中的河流,每一次都是初遇。随着人生的不同阶段与境界,《悉达多》在我眼里已经不是语言的《悉达多》,而是证悟路上的《悉达多》。

悉达多究竟是谁？

如果你对佛教有所了解，你大概知道佛陀释迦牟尼（Sakua - Muni Buddha）本姓乔答摩，名悉达多（Siddhartha Gautama）。传说中他是古印度迦毗罗卫国净饭王的儿子，其母摩耶夫人夜梦白象而受胎，产后七天即撒手人寰。忍着丧妻之痛的净饭王为初生的太子起名"悉达多"。关于"悉达多"的意思，有各种不同的中文译法，但我个人更喜爱这个解释："一个达到人生意义的人。"黑塞的《悉达多》，有两个重要人物：完美无缺、圆融统一的世尊乔答摩；寻道路上的贵族青年悉达多；二者合而为一，即为乔答摩·悉达多。西方人赫尔曼·黑塞，看来深谙释迦牟尼的故事。他意味深长地设置了青年悉达多求道修行之路，历经怀疑、苦修、孤独，沉沦尘世金钱美色，倾听河流之声，成为船夫、父亲……这是以真实的生命体验去寻找本真自我的道路，也是对幸福、快乐、终极生命的追问。智慧不是从学习中来，是从生命体验中来。这就是佛陀的教导：去实践，而不要盲目相信。悉达多演绎佛陀的证悟之旅，他也是未来的乔答摩。这是此岸和彼岸，你必须渡船过河。如《金刚经》所言："过去心不可得，现在心不可得，未来心不可得。"在时间的河流，万事万物犹如空无的幻影，却又流动不已，循环往复。生命也在不断的变化中，昨天的你与今天的你，是不同的你。所以，物来则应，过去不留。这才是心的依止与解脱。你的心灵就是整个世界，而无时无刻不在的变化，你依然不能肯定真我何在,未知的自己何在。

我们的内心曾经潜入种种身份,不断地丢失与累积,不断地变化,总是在躁动中。这也是我的困惑。所以,我踏上朝圣之路,历经佛陀一生最光辉的时刻与圣地,接受心的洗礼。追求觉悟的过程,就像是在幽暗的迷宫突围,没有光明和指引,永远是原地打转。所以造访圣地是帮助自己更好地记住佛陀教导,得到光明指引。佛说:"任何人忆念我,我就在他面前。"

我记起林怀民的《流浪者之歌》,这是云门舞集的心灵舞蹈,它正是改编自黑塞的这本《悉达多》。林怀民说:"如果只能留下一个作品,我希望就是《流浪者之歌》。"林怀民将《流浪者之歌》称为佛陀的礼物。当年,他飞往菩提伽耶,在佛陀悟道的菩提树下静坐,感悟人生最基本的东西,譬如生老病死、喜怒哀乐。在喧嚣的时代追寻宁静与安慰。性急的林怀民,十来次进入印度,他在印度人无时间观念、懒散中悟到安于天命。是的,火车会来的,飞机也会来的。当你不渴求,你接受变化中的当下,你就从苦中解脱。这是学习安忍的法门。佛教虽然在现代印度已式微,但同样注重冥想、灵修的印度教,对印度人的影响是,安于天命貌似消极、被动,实际上是更漫长坚守的修行方式,它包含追求根本性命运改变的意义。道路有许多条,开悟有多种方式。当心空掉原有的成见,我们会以新的角度看待世界。

新的一年开始,春天正在走来,万物生机萌动。愿你遇见有所觉悟的自己。祝福。

菩提树下思无常

来到菩提伽耶菩提树下，佛陀证觉的圣迹。这里是一个遥远而神秘的传说，也是全世界佛教徒一生向往瞻仰的心灵故乡。从尼泊尔蓝毗尼佛陀出生地到佛陀的苦修林，我在进入印度朝圣的第 11 天，来到菩提伽耶的正觉塔园，走到这青翠繁茂，如擎天巨伞的菩提树下。丝丝清凉拂去烈日下的燥热，千丝万缕的光芒从树叶缝隙泻下来，温度、光度恰到好处，让人心里顿感宁静超然，再不愿离去。

我坐了下来，就坐在菩提树的遮蔽之下，享受树荫的庇佑。许许多多人在这里坐过，正在坐着，也将有更多的人来这里坐下。周围有数不清的僧团、信众在绕塔、做大礼拜、诵经、念佛号、禅坐、冥想……他们来自世界各地，语言千差万别、服装各异、肤色不同，但却有一个共同的目标，就是寻找心灵的开悟。我闭上双眼，两只耳朵却灌满各种声音。巨大的声音在持续不停地鸣响，还挟着宗教乐器的敲击声。它们是如此和谐，完全没有嘈杂感，而是平和喜悦的奏鸣曲。远处有一个柔美清亮的女声在歌唱，我坐了几个小时，听着她唱了几个小时。我产生一种幻觉,这是一个小女孩在自家门口自由自在地咏唱啊。

在美好的声音中忆念佛陀。两千五百多年前,那位离家的悉达多王子,他精勤苦修之后,来到这菩提树下,结跏趺坐。在平凡的深夜,群星闪烁的天空下,获得正觉正悟,证得正道。

佛陀的正道是什么?他为后来的跟随者说了什么呢?

我曾经读诵不少佛经典籍,不求甚解地诵唱。或者停留在字义上理解它们。可是那一刻,我在菩提树下,泪水潸然。似乎有一个声音在耳语:"不要哀伤不必哀伤",我还是忍不住哀伤。

刚刚过去的一场车祸,在印度高速公路上不期而遇。雾未散尽,晨光乍现,一辆载有13个印度朝圣者的中型吉普车向我们的旅游大巴越线迎面撞来,场面惨烈。对方车上12条生命瞬息之间消失了,差不多全车覆没。旅游大巴的驾驶室被撞出大洞,破碎不堪,吉普车头及上方钢铁货架也牢牢嵌进我们的车头。尽管如此,我们还是逃过大难。首当其冲的印度司机看上去满头满脸鲜血淋漓,很吓人。大家紧急救护,很幸运发现只是皮肉伤。其他人也大多是轻微擦撞伤。而我是仅有的三位毫发无损的极其幸运者之一。那个时候尚不知对方车的情况,不知道车祸有多惨重,大家相互安慰并在领队指挥下紧急撤离现场,但我们的心并无法平静下来。平时熟读"诸行无常,是生灭法,生灭灭已,寂灭为乐"这样的经句,不甚了了,目睹生死一线间,才知道凡夫要从这"无常生灭"的分别中解脱,是多么困难!

菩提树下,头顶群鸟啁啾,鸟粪滴落我身上,菩提树籽也滴落我身上。我一动不动,"我"变得非常非常渺小,微不足道。但内心却没有放下那件事,那件知道真相之后的车祸。那些生命从何而来?到哪里去?还有与他们相连的今生今世的12个家庭在哪里?法师说,这个因缘和合太复杂了,不要再深究,诵经回向吧。"缘起论"是佛法根本,只有明白缘起的道理,才能证得菩提觉悟,达到佛的境界。我等愚痴凡夫,又如何能在生死面前悟得"诸法因缘生,诸法因缘灭"的因果定律?生命在不断轮回,我们无力干预,无力改变,我们唯一能做的就是去认识真理,让自己从无明中醒悟过来。

在我禅坐的前方,有人在地上来来回回寻找,寻找菩提树上滴落的树籽、飘落的叶子,每一粒每一片都是非常珍贵的,老奶奶不停把它们揣进兜里。眼前哪怕是滴落的鸟粪,也让人感受生命与境界的和谐一体,与"我"也是一体的。这样,"我"就更加融化接近于无。透过泪眼仰望天空,内心豁然开朗。眼前的一切同样会稍纵即逝,所以分分秒秒值得珍惜。过去已经过去,未来则无法知晓。个人知见可能全是谬误,"破我执"才能带来真正的解脱与自由。

在黄昏时分,我在金刚座前看到那位诵唱数小时的女子,是五六十岁、白皙壮硕的西方女人。她柔美的眼神与我对视片刻,继续歌唱,声音如少女。我想清净的心灵才可能发出这么纯净的声音,她的修持比我好。

有人问,你为何要去朝圣?那位舍弃尘世一切、坚毅求道的悉达多王子,他无法替有情众生修行、无法替众生解脱,但他上下求索、证悟的正道,是能够超脱轮回、去除污染的道路。这是一次心灵的洗涤,脱胎换骨。菩提树下平静的一呼一吸真实不虚。

士不遇及弃妇心态

最近去湖南汨罗出差，当地朋友陪同去拜访屈子祠，不远就是汨罗江，屈原投江处。毕竟两千多年来，屈原已成为中国文人精神和品格的象征。湖北秭归的屈原祠我早已去过，屈子祠却还没来。好吧，站在屈原的生地与死地，也想一想屈原情结对中国文人的深刻影响。

传统中国文人，并不对应从西方传入的现代词汇"知识分子"。文人如果能进入主流社会，学而优则仕，所对应的词是"士大夫"。否则，便是落魄文人。屈原出身贵族之家，正宗的王孙公子，青年时代便任职高位（楚怀王左徒），《史记·屈原贾生列传》记述他："博闻强识，明于治乱，娴于辞令。入则与王图议国事，以出号令；出则接遇宾客，应对诸侯。王甚任之。"少年得志，春风得意，笔下自然明媚欢快。但青春时代的屈原并不是诗人屈原，他忙于变法改革，推行美政理想。屈原其实是一个非常入世且有治国抱负的政治家。如果没有后来的被排挤、被流放，被君王疏远，也许我们就读不到幻想诡异神秘、神怪时空腾越的楚辞诗篇，更不会有一位被称为中国文学老祖宗的抒情诗人屈原。

我小时候是很喜欢诗人屈原的。十几岁时读郭沫若的剧本《屈原》，很是着迷，也因此喜欢郭沫若这个文人。这种喜欢，只是因文学带来的喜欢——华丽的辞藻，香草美人的比兴，热烈而浪漫的抒发，湘君湘夫人山鬼那样的形象，都是那时的我所喜欢的。香港电影《屈原》在二十世纪七十年代末进入内地，是"文革"结束后第一部在内地放映的香港电影，因此家喻户晓，主题曲《橘颂》也曾是我很长时间保留的演唱曲目。

几十年后来到屈子祠，我依然对屈原叩头行大礼，但却有另一番悲伤的感叹。关于屈原，历代有各种解读，亦褒亦贬，却基本绕不过对其济世救国的政治情怀的肯定，还有对他品格高洁、众人皆醉我独醒的殉道者生命实践的敬仰。

站在独醒亭前，我在想屈原为何抱石自沉，也在回味屈原诗篇的怨与愤。所有这一切，都因失势于朝廷、失宠于君王、失时于命运遭际而生。所谓怀才不遇，就是不遇明主、不遇伯乐，唯留孤独与怨愤，杂糅自负、自卑与自恨，最后以死明其心迹，《离骚》的基调是悲怆与哀怨。以生命为代价，是不再被重用，抱负未竟壮志未酬的绝望。所以，"高洁"与"独醒"，还是可疑的。屈原开创了中国的骚体文学，成为汉文学的奠基者，他同时也成为中国文人的一面镜子。"士不遇"，是屈原的执着，也是无解的情结，它对后来的文人人格产生深刻影响。"士不遇"，其实也是中国文人的死结。

所以屈原的诗篇，人们还是读出一种弃妇的心态、婢妾的心态。在绝对权力面前,屈原根本无法超越。他的想象力纵横恣肆,却也越不过楚怀王的影子。这就是中国文人的宿命。所以,当文人失意之后,往往是失魂落魄的。能够逃出死结越过心灵樊篱的,是极少数者,如陶渊明辞官归隐,寄情山水:"问君何能尔?心远地自偏。采菊东篱下,悠然见南山。"但实际上陶渊明也经历了曲折的心路历程,最后才能彻底放下。另一种就是,胸怀比服务君王更高远的终极使命。如大翻译家玄奘大师,求佛法真义的愿心让他冒险偷渡西行,历经千劫万难到天竺国那烂陀寺学习佛法,遍访名师。19年后回到东土,他以"愿守戒缁门,阐扬遗法"为由推辞唐太宗要他弃道辅政的要求。从此大师译经近20载,共译出经论75部,1335卷,计一千多万字,将西天所学佛法尽传中国。

既然说到屈原诗篇中有弃妇心态、婢妾心态,我就难免想到一位真正的弃妇,她也投江自尽了。那就是汉乐府《孔雀东南飞》里的女主人公刘兰芝——小吏焦仲卿之妻。她被恶婆婆焦母赶回娘家,发誓不再改嫁,娘家人则逼她改嫁,最后只好投水自尽,以死明志。而焦仲卿听到妻子死讯后也吊死在自家庭院的树上。因此就有了民间哀悼他们殉情的这首著名乐府诗《孔雀东南飞》。至于婢妾心态,想想帝王后宫佳丽三千好了,宫女们的一生都在争宠失宠中度过。"白头宫女在,闲坐说玄宗"的这种孤独与哀怨,与屈原的"惟草木之零落兮,恐美人之迟暮"是有异曲同工之处的。如果说"士不遇"是中国文人的死结,怕遭弃、恐被打入冷宫同样成为中国传统女性的死结。这里,就看到了等级与绝对权力对思想的禁锢心灵的束缚。这几年有一部很红的电视连续剧，我虽一集都没看过，却熟悉那句被广泛传播的台词："陛下，臣妾做不到啊！"仅凭这一句，可想而知那是一部女人们如何钩心斗角、争宠耍心眼的戏。那些发生在女人间的难堪、悲苦、暗黑、狠毒，其实是为了更安全可靠的依附。但真的安全可靠了吗？

正因为我们国家传统文化有这样漫长的历史，中国的文人、中国的女人，至今也并未站在真正意义的"人"的位置上，拥有独立人格、自由意志。虽然没有抽象的独立人格，也没有绝对的自由意志，它们背后是强大的文化基因。因此，思想启蒙与反思是不可或缺的，这是可以让人变得更有人样的必要路径。同样，平等权利只有建立在人性平等、精神平等的基础上。在人格不完善、意志不自由的状态下，平等就是空谈。生命只是屈从于他人的意志。屈原也好，刘兰芝也罢，以死明志正是精神无法超越被操纵的宿命。

屈原那句"路漫漫其修远兮，吾将上下而求索"是两千年前写的，至今仍在空中回旋激荡。这也是屈原的意义。微弱的光，也可以启明。

谁怜一片影，相失万重云

四月，烟雨绵绵。与一班诗人去寻访古村落——南海烟桥村。有位诗人来自越南，村干部便说："我们这里有许多人去了越南……"越南诗人客气地点点头，其他人也如耳边风，但这话于我，却像一道闪电掠过脑门：此地是南海，此地有许多人去了越南。突然就想起越南华侨黎棠。黎棠这个名字就是这道闪电照亮的。这段日子，我再次想起未竟的托付，心绪怅然。

人在旅途，遭遇的不仅是风景，陌路相逢的人与故事往往是旅途真正的印迹，并且进入你的生活。

2011年的春节假期，一次计划中的轻松旅行。向南走，直飞越南西贡，然后一路晃晃荡荡北返。之前已经去过两次越南，却未到达曾作为法国殖民地的南越。尤其是西贡，我对它怀有罗曼蒂克的想象，交会着法国左岸小资文化及东南亚热带风情，不仅是因为越南导演陈英雄散发出来的"青木瓜之味"，也有梁家辉主演的杜拉斯《情人》、音乐剧《西贡小姐》，还有罗宾·威廉斯那一声"早安，越南"的蛊惑。这次踏上越南土地，想要寻找的就是想象中风情万种的西贡。

外甥女阿楠做了我的小跟班。她是入门级背包客，我把整个行程交给她安排。当她放弃许多驴友会去的古芝地道，而决定要带我去堤岸区（Cholon）时，我问都没问堤岸区是什么地方，就随她上路了。在经历了一场差点被出租车司机敲诈的险情之后，我们在一个乱糟糟臭烘烘的农贸市场门口停下来——后来才搞清楚这就是堤岸区名气颇大的宾太市场（Cho Binh Tay）——连阿楠也说不出堤岸区有何吸引人的地方。川流不息、喇叭声刺耳的摩托车、汽车，头戴竹笠脚趿拖鞋的小商小贩此起彼伏的叫卖声，四周房屋低矮而简陋，大多是灰溜溜的棚户区，街上有一股因热带阳光暴晒而散发出来的怪味。这就是我们眼前的风景，据说中国城就在这附近。堤岸区实际上就是华人聚居地，也是越南最大的唐人区，是梁家辉演绎的那段"西贡爱情"真正的背景。此时此景，浪漫与诗意却是荡然无存。

瞄到不远处有一座教堂尖顶犹如鹤立鸡群，灰溜溜之中一点黄，是那种越南典型的玄黄声，我们决定去看一看。

教堂坐落在一条僻静而整洁的小街上，与外边的喧闹、脏乱决然不同。大门上一行醒目的中文："方济各天主堂。"我们骤然兴奋起来，这座教堂肯定与中国人有关系。从小铁门走进安静的庭院，迎面是一座红色的中国亭，亭子里供着一尊高高的圣母马利亚塑像，造型更像观世音菩萨；亭柱上还嵌着一副中文对联："天地母皇恩泽天地 世人主保德庇世人。"继续往里走，就是教堂主厅了，依然是醒目的中文：

"恭贺新禧。"空荡荡的主厅里信众寥寥无几,正在默祷。

我被门口长椅上钉着的一块牌子吸引住,牌子上分别写有越南文、法文及繁体中文。中文上写着:"一九六三年十一月二日,已故总统吴廷艳及他的弟弟吴廷柔被捉上坦克杀死之前,曾坐在这长椅上参与弥撒。"我在想象吴廷艳兄弟在主面前祷告的情景,耳畔却传来一声低低的广东话:"你们是从中国来的吗?"

我抬起头来,就这样认识了面前这位黎棠先生,一位看上去善良忠厚的中年人。

黎棠是这家教堂的事务管理员。这是一家有一百多年历史的天主教堂,由广东中山人谭神父一手创办,它也是这里唯一的华人天主教堂。黎棠出生在越南,可以说就是越南人。可他说,他是"广东省南海县大叻镇沙步村"人。关于家乡,他只有想象,他从未到过中国。但他那一口流利的广东话(发音比我地道多了),那副见到中国人格外亲的表情,明明白白表明,他是真正的中国人,来自广东珠三角。

黎棠在一张小纸片上写出中文,父亲名"黎炳良",母亲名"何宽心"。父母早年从广东南海来到西贡谋生,膝下唯有黎棠一子。生活清贫的黎家,一直住越南政府提供给普通民众的廉租公屋。父母已经双双离世的黎棠,人届中年,尚未成家。也上无片瓦,下无寸地,他栖身教堂,成了真正的孤家寡人。经历过二十世纪七八十年代越南"排华事件"的黎棠,无亲无故无财产,视出生地越南为异乡。而他对于中国广东南海县,充满向往。那里还有舅舅,他喃喃低语:"我好想见到舅舅！"

南海离广州不是很近吗？我能够帮他找到亲人吗？

背负这句话，继续我的越南之旅。由南往北，美奈、大叻（一个与南海大叻镇同名的越南城市）、芽庄、会安、顺化、河内……热带树林与法式建筑、越式咖啡与越南春卷、教堂与庙宇……一个多元文化与东西方情调互融的国度，让人寻味无穷。但我忘不掉黎棠那句"我好想见到舅舅"。这是一句能引起我共鸣的话语，与家族史有关。

广东人与东南亚华侨，有千丝万缕的关系，也有着无数类似的亲人悲欢离合的故事。父亲的姐姐，十几岁时远嫁柬埔寨金边一位华侨。不到十岁的父亲从此再没有见到他的亲姐姐。父亲成年之后曾努力寻找，得到的是各种未能证实的传闻。当侄儿喊我"姑姑"时，我偶尔会想，我也有位姑姑啊，可她，在哪里？

所以，黎棠轻轻说出一句"我好想见到舅舅"，我不敢说理解其中所包含的孤苦，但我会感到心痛。可越南与中国这么近，他为什么不回来寻亲？我就是这样问黎棠的。他苦笑："害怕。不知道怎么找。"黎棠也许从来就没有离开过西贡，遑论走出越南。他只牢牢记住他的父母姓名以及籍贯，他只知道远在中国南海县，还有一位母亲的兄弟，他叫"舅舅"。除此之外，他对家乡一无所知，他是一位望乡的人。他不知道回家的路径，但他说愿意回到广东南海度过余生。

回到广州，我在新浪微博为黎棠发出一条寻亲消息，朋友们不断转发与链接。南方报业的朋友帮我联系驻佛山记者，羊城晚报的朋友给我发了一篇文章，内含寻亲消息。可是，黎棠的舅舅依然如断线风筝，杳无音信。

万丈红尘转头空。越南的青木瓜之味已如浮云，电影镜头里的浪漫也回归电影，不时惊觉的是那句"我好想见到舅舅"的热切。杜甫有诗："孤雁不饮啄，飞鸣声念群。谁怜一片影，相失万重云？"望乡的人，何时能归？望乡的人，家乡能否容他？

和顺，原乡的记忆

走进和顺的时候，我对这个古镇早有所闻，首先是因为许多文化名人为之代言的和顺图书馆。在将近一百年前的边地乡村有这样的图书馆，似乎是一个奇迹。只有走进和顺这个边地古镇亦儒亦商亦侨的历史，你才可能明白这个奇迹的发生。

和顺，是一个美好的词：既和且顺。这是普通人对生活的冀望。这个美好的词成为一个地名，而且此地曾经是富甲一方的财富之乡，人文昌盛。这让人不免对此地心生向往。

我逛过许多古镇、古村落，如今它们大部分已经荒凉、寂寞、破败，繁华不再。但那些沧桑老宅总是令人产生一种执着的好奇，斑驳的墙缝里似乎藏着无尽的故事。就像你可以从一片败叶顺藤摸索，最后摸到它的枝蔓、根须，土地上的绿苔，你会发现绵延多年的生机，根深叶茂。古镇、古村落与城市喧嚣的浮华是不一样的，因为它没有城市的漂泊感和距离感，它有根有柢，不仅是人居住过的地方，不仅仅是家乡，它更可能是一个人、一个族群精神的原乡。

和顺让我感到亲切。它的居民组合及生活态度，它的保守与开放，与我的家乡潮汕颇有相似之处：来自中原，闯荡四方。在潮汕，男人披一片水布搭上红头船闯南洋，和顺则有"穷走夷方急走厂"的说法。"夷方"指缅甸、印度、泰国等，"厂"则是指玉石厂、宝石厂、矿山。据说和顺原住民是佤族，但六百多年前，明朝洪武年间，来自四川、湖南、江苏、江西等地的将士被派遣到云南军屯戍边，安家落户。世代居住下来，落叶生根，开花结果。和顺的先辈，就有入滇屯田戍边将士的身影。这些屯田戍边将士的后代，又四处漂泊闯荡，走出马帮道，走出西南丝绸之路。

想起罗大佑一首名为《原乡》的歌："茫茫原乡对唐山，摇摇摆摆辞海岸……暝暝刻苦认真播，引雨掘圳，垦山开园，根缠枝连传香炉。"在和顺，我深受这种原乡情结感染。

原乡，乃一个宗系之本乡，是祖先未迁徙前居住的地方。有多少人能够传承祖先的历史记忆？珍藏祖先原味的人文生态环境？

和顺人的原乡在中原。和顺的宗祠、牌楼在巷头街角静静矗立，飞檐翘角、砖墙黛瓦与自然环境呼应，凝练的是汉民族传统的审美，却又有些"夷方"元素让和顺的建筑偶现异国情调。走进和顺老宅的庭院，触目尽是题匾、对联，包围你的是这样一种氛围："迎梅饯菊；敬梓恭桑。读书论道；说礼敦诗。慎言敏事；读史诵经。养花种菜；论文品茶……"想象一代代人在祖先的叠影、家训和怀念中生活，不被熏陶是不太可能的事情。祠堂、牌坊、对联，这些都是汉民族传统文化的重要载体,通过它们来灌输人生价值观和道德观念,并使这些观念成为日常生活中的习惯,也成为行为规范,这是中国宗法社会在乡村得以稳定、传承的重要理由之一。这些观念蕴含祖先对"礼义仁智信忠孝"的品格追求,也传递"齐家治国平天下"的济世情怀。

和顺的天空,风舒云白,树影摇曳,却不是轻佻的风情。布满龟纹的碑石砖块,褪漆的楸木柱,已被岁月冲刷出沧桑感,凝重、厚实。这是历史的韵味。而几乎每个和顺的庭院,都花草蓬勃,还有一个半月形的石水缸,用来蓄天上的雨水,循环利用。小桥流水边,则有著名的洗衣亭——出外的男人为家中女人修建的、遮风避雨的洗衣亭。女人孩童嬉闹,出没其间。河顺的水,很有灵性,一派江南水乡的柔美。既和且顺的日常景象,让人感慨岁月静好、生命和谐。传统中国人孜孜以求的生活方式、理想的生存境界,不正是如此吗?

作为一个外乡游客,我只是匆匆走过和顺。在和顺,我却很容易有共鸣,并想起家乡潮汕一个赞美的词:儒气。和顺就是具有儒家气质的地方,乐山乐水。和顺如今客栈林立,都市里的人们把此视为世外桃源、心灵憩息之地。和顺正在变成另一些人的精神原乡。因此也有人担心和顺过度开发,过于商业化。其实商业也是一种文明,时间不会倒流到农耕社会。正是商业繁荣,成就了商埠古镇和顺。翡翠大王的家、马帮大佬的宅……财富和文脉在这里是相辅相成的,传统与现代也相当益彰。今天的和顺,要担心的是粗鄙化的入侵,是掠夺式开发与消费。那才是愧对列祖列宗。

在历史面前，世人普遍失忆，或记忆错乱。在现实面前，曾经充满活力的小镇村庄日益被抛弃，已经荒芜化空心化，这是我们面前的真相。和顺让我看到珍贵的事物，就是留存历史的残垣、记忆的断片。它来自原乡的记忆，也是记忆的原乡，成为族群的精神资源、凝聚力和动力。

美国学者宇文所安说："回忆的这种衔接构成了一部贯穿古今的文明史。"睁眼看世界之后，和顺的先辈依然视中国传统文化为精神原乡的核心部分，它的价值无可替代。

爱丁堡，恋上这座文学城

本文是2009年工作访问英国爱丁堡时写的文章片断，全文曾发表在《作家》杂志上。最近与朋友谈起爱丁堡这座世界第一文学城，遂想起摘录旧作与琴心会读者们分享。如果你去英国旅行，请把爱丁堡列入你的行程中——

从宾馆沿着王子街的斜坡往上走，两旁净是古堡、教堂，卖纪念品和苏格兰羊毛制品的小商店小家碧玉般夹在其间。大巴士把我们带到一个并不显眼的门口，上了几级台阶，进入门后，才发现别有洞天，浓厚的艺术气息和文化味道挟裹着咖啡醇香迎面而来。这里就是苏格兰讲故事中心。它也是一座古建筑，名为内瑟堡。

"爱丁堡是世界上第一个文学城。它是作家之都。这个讲故事中心是世界上唯一讲故事的地点。一年一度的图书节会有八百多个作家亲临现场。我们关于文学城未来的考虑就是人人都能在阳光下阅读一本故事图书。天天如此……"这是"爱丁堡联合国教科文组织文学城托拉斯"公关及活动统筹人安娜·伯克为我们描述的文学城图景，这里也是出版商的世界，它拥有五十多家出版社、四十多家书店、一百多个图书馆。而爱丁堡的人口还不到五十万！想想吧，两百年前出版彭斯第一本诗集的出版社就在和此处隔两条街的地方；杰克·罗琳在离异后穷愁潦倒、拖儿带女，却靠着小小的大象咖啡屋里的苦咖啡，心插上想象的翅膀，泡制脱离现实的魔幻世界《哈里·波特》。时间在流逝，想象与创造之美永存。罗琳说，在爱丁堡，你不感受到这种文学的氛围是不可能的。

在爱丁堡的街头，你随时可以遇到各种青铜人物雕像。它们光芒已经剥落，显出有历史感的斑驳绿色，作为昨天的记忆。与其他欧洲城市不同，他们不是将军或君王，而是哲学家休谟、经济学家亚当·斯密，更不必说英国历史小说创始人瓦尔特·司各特、新浪漫派旅游作家斯蒂文森、乡村诗人彭斯、侦探小说家柯南道尔……这些或握卷或沉思、形态各异、充满人文气息的雕像，我无法一一去辨认，但这座城市因思想者而端庄、因文学而优雅的气质是它骨髓里透出来的，它们犹如盛开的花朵，美丽而芬芳，怎不令人陶醉其中？那些生于斯、长于斯的思想家、文学家，是爱丁堡人甚至是苏格兰人足以为傲的资本。作为爱丁堡的永久市民，他们的智慧、思辨、创作激情与灵感已融汇到当地人的生活。难怪前一天晚上在一个类似古堡的塔楼里进餐，一位当地出版界同行说，她每天走在爱丁堡的街上，就感觉好像是走在童话里。这可是多么奢侈的享受！

阅读，在这里它不是知识分子的特权，也不是一种小资姿态,更不是新贵用来装点门面的修饰。它是市民生活的一部分,是日常生活的内容之一。也就是说,"吃喝拉撒睡"之余还有"阅","油盐酱醋茶"之后还有"读"。一年一度在夏日举办的爱丁堡图书节是世界上最有影响力的图书节,是爱丁堡艺术节的一部分,自从1983年举办第一届以来(每两年一届,1997年以后改为每年一届,在八九月份间),位于市区中心的萨拉特广场就成为欢乐的读书派对。不仅如此,来自世界各地的艺术家、作家与游客如潮水涌进爱丁堡,短短几周,整个爱丁堡成了世界上最怪异最疯狂最艺术最文学也最激情最浪漫的地方。

时间即是虚无,秀场亦是道场。爱丁堡国际图书节的总监凯瑟琳·洛克比女士自豪地说:"爱丁堡国际图书节是对文字与创意的庆祝",这里是"一个想象的地方(A place of imagination)"。在整个节日期间,萨拉特广场搭起开放的帐篷、透明的玻璃房,让著名或籍籍无名的作家诗人思想家们会聚一起,与不同层次的当地市民读者面对面亲密接触。"一个爱丁堡,一本书"就是响亮口号。去年图书节组委会选出的是斯蒂文森的小说《拐骗》,除了免费派送一大批给民众,书店也把它卖成了畅销书。譬如针对年轻人编写简写本、为儿童编出动漫插图本;与学校互动,按照小说情节,让学生在老师不知情的情况下"绑架"了某位老师……可以想象,这种别出心裁阅读小说的方式会让市民多么期待!

那个名为内瑟堡的苏格兰讲故事中心,还有处于萨拉特广场一侧的图书节组委会,无论如何,其外观都被周围更宏伟庄严的古典建筑所淹没,门面也是毫不起眼的。但你在其内部,可以看到大幅小幅的古典油画布满四周的墙壁,甚至窗户,也都是浑然天成的画景。在这里,无所谓戏剧性的夸张的场景与生活方式,生活似乎本应如此。

王子街上的苏格兰国立美术馆,手执权杖的女王雕像端坐屋顶上,还有四角的女面兽身守护神,她们构成现实与虚幻统一的世界,这既是爱丁堡这座城市的诠释,又是对生活和艺术的包含。

我在讲故事中心一楼的艺术商店购买了一张CD,是喜爱的苏格兰音乐,悠远、飘忽,如诗如梦。还有职业讲故事者带有磁性的演讲,可能是骑士们的经历,也可能是古堡或庄园里的家族情仇……其实,在中国,也有无数的说书人、讲古师,他们是民间艺人,分布在茶馆、乡野舞台,拥有远远超过苏格兰的听众人数,但他们没有在爱丁堡的这些职业讲故事者如此备受重视与尊敬的地位。

苏格兰讲故事中心项目与活动经理是一位长相犹如天使的美女,她的眼睛会说话。在为我们介绍这个中心的工作内容时,我正在拍摄她的特写,她眼睛溢满笑意冲着镜头说:"讲故事是人人都会的本能,是人们交流的基本方式,是跨文化跨时空的方法,我们只是把人们的这种潜能调动起来……我们的愿景是:让苏格兰每个孩子有听讲故事的经验;将讲故事中心变成讲者与听者之家;将讲故事作为苏格兰文化遗产,把这种传统传播下去。"

艺术与文学,在爱丁堡首先是能够让人快乐起来的娱乐,它们并不负担太多的使命。轻松、美好，让日常生活更有内容。而政府和行业工作者却有责任为这样的快乐承担职责。这就是作为世界第一文学城的爱丁堡。在我离开此地时，我的魂魄肯定有一丝遗留于此，融入空气中。我，无法不爱上它，不为它着迷……

何为法？ 心纯是法

此刻，我正在尼泊尔的蓝毗尼朝圣。蓝毗尼是释迦牟尼诞生的地方，也是世界上所有佛教徒的心中圣地。因为有佛陀来到娑婆世界，世上才有了佛法，无明众生才有了照亮前路的慧灯。

去年的一月份，我已经来到蓝毗尼，当时并没有想到第二年会再来，而且去的地方都是去年来不及拜访的，这就是机缘吧。

来蓝毗尼之前，我们先去了尼泊尔奇特旺国家公园，与各种野生动物近距离接触，晚上下榻奇特旺一个有美丽庭院的度假村。晴空微云，正是月圆之时，心情美好。正享受良辰美景时，我收到一个朋友的微信私聊，这位朋友是去年我到印度尼泊尔朝圣时认识的，我们当时也一起来过蓝毗尼。但在我即将再次前往蓝毗尼时，她却从远方提醒我把某个人从微信通信录上删除，因为此人做了些不好的事情。发生的事件让我大吃一惊，我本来差不多记不起这个人了。我回复她，老实交代我其实已将此人屏蔽，他早已被我列入黑名单。

她所说的这个人，曾经是一名出家人，几年前还俗，如今游走江湖。这位朋友曾经将他视为了不起的奇人，也很希望我认识他。当时这位"奇人"就居住广州，所以我们互加微信，但在最初的对话中，话不投机，他发朋友圈的内容也与我不相应，就屏蔽了，见面的事情也就遥遥无期。

人生需要减法，凡事皆宁缺毋滥。我再次深感这是一条好原则。

如今我这位朋友因为他，正深陷麻烦之中，按她的话说，是里外不是人。我唯有一声叹息，也难免要内观细察，人是如何把自己推向烦恼与迷失之中的？

招感是一个佛教中常用到的词，指的是起心动念、造作所为招致各种结果。即一切唯心造，一切都是自己的心感召而来。明白这一点，就知道人生大道至简，不起贪求，心存正念，便是自己最大的护法。

所以我不去追究那位曾经身披袈裟的人是何种人，将走向何方。正如我不再去问周围发生的事、周围的人在干什么，凡事问自己的心则可。

许多人说信佛，信的是烧香拜佛求福报，每一点滴依然计较在求与回报上，这是人的习气使然，却已违背佛陀最根本的教导。

为什么礼佛？

于我而言，是向慈悲伟大的佛陀致敬，感恩在生命的旅途遇见佛陀的教导，时时铭记佛陀的教导。去年来到蓝毗尼的是去年的我，此刻来到蓝毗尼的是此刻的我，这一年的心灵成长，已经写进生命之中。依然不变的，是内心深深的感动与相应。

尼泊尔是一个发展中国家。当我把随手拍的照片发上朋友圈时，破败的街头，村庄不时有衣衫褴褛的人，但灿烂友善的笑脸，慵懒自在的生活姿态，各种动物、植物与人与大自然和谐共处，也让人有无限感慨。有人问，这个国家如此贫穷落后，这样好吗？

其实真无所谓好与不好。因为贫穷、闭塞，人性中某些纯朴善良被保留下来。但有一天，尼泊尔的经济发展起来，环境污染、生态失衡、人心迷失变坏、欲望膨胀也是完全可能的。到了那一天，又有那一天的好与不好。

这正是佛陀的伟大之处，他看到了人在无明中轮回流转、生老病死的业力与痛苦，看到宇宙万物最终的空性。佛陀证得大成就，其离苦得乐的智慧成为愿意寻回人心本来面目、愿意解脱得自在的追随者前行的慧灯。

但没有六祖慧能的根性，顿悟是可遇不可求的。而另一位禅宗大师神秀的偈语"身是菩提树，心是明镜台。时时勤拂拭，勿使惹尘埃"对于愚钝如我者，却很管用。

何为法？心纯是法。时时警醒，保持明净之心，这是幸福之源。

知易行难。所以，来到圣地，沿着佛陀的足迹，学习谦卑、学习慈悲、学习敬畏、学习放下、学习利他……这些都是佛法中的大智慧。

在蓝毗尼时，正好看到中科院院士朱清时教授的一个主题演讲"禅定与大脑",我很认同。朱教授说:"人类文化最大的价值就是人类要让整个物种变好,靠什么?靠人的精神规范。不是靠技术,不是靠财富。"他认为人类这个物种要能够最好最正面的、最成功发展,它需要一些精神上的东西。能够让人自身精神变得更好的,就是宗教精神。这对社会如此,对个人也如此。

所以,继续前行。

为了更好的抵达

刚从不丹旅行回来，依然恍若梦中。去之前，就听说了不丹是全世界最快乐的国度，全球幸福指数最高。现在，我想负责任地告诉你，以目前大多数中国人对幸福快乐的想象、理解，是找不到不丹的快乐与幸福的。

不丹没有大商场，没有花样百出的美食，没有豪车豪宅；对于小朋友来讲，没有肯德基麦当劳，更没有游乐场；他们的首都廷布，街上连交通红绿灯都没有。

那么，不丹人真的快乐幸福吗？我所看到的，是真的快乐幸福。他们是上天赐予人类的一面美好的镜子，是人类生活的尊严，心灵的慰藉和希望所在。我真愿意不丹政府再提高门槛，以免这块净土受到污染。关于不丹，我想再沉淀一下我的思绪，在以后写它。无论如何，不丹已经影响了我，这是另一种加持力，感恩。

太阳还没出来的早晨回到广州，回到五颜六色的花花世界。睡了半天觉，想着马上要过春节了，还有许多俗务得处理，赶紧起床。先把车子送去保养，再准备打的去剪头发，神清气爽迎接新年。

因为是下午,连续招呼了两部出租车,司机师傅都正好要交班,方向不对,拒载了。终于来了第三部,司机主动向我招手,我就上车了。然后司机问我,为何前面的车不去?我说前面的车要交班了。他一边发动车子一边说,我也要交班了,你加10元吧。我说师傅加钱不合理,你要交班就别载我了,不要耽误你,我可以打别的车。这时,我听到一个冷冷的声音:"你别下车。钱我也要,人我也要。我人财都要。"

这是什么意思?车已经开动,速度有点莽撞。我故作轻松哈哈一笑,师傅别开玩笑了,慢点开车噢。右手顺势把车窗摇下来一大半,以防不测。因为司机的腔调着实让我寒毛竖起。

司机继续絮叨,我才不跟你开玩笑,这个世界哪有什么玩笑,钱是最大的,我挣不到钱我就跟谁过不去……我应声虫般附和着:"是的是的,钱很重要,但还有比钱更重要的,比如健康,比如好心情。"司机一声吼:"我今天就心情不好!"我就闭嘴了。

然后一拐弯,他看到路边站着一个姑娘在招手打的,就减速下来,对她喊,去哪?上车上车。那女孩看了一眼车上坐着我,不理茬,移开眼睛朝后面的车继续招手。我同时也说,师傅不对啊,我已经坐在出租车上了,你怎么还让人上车?又是一声吼:"你才不对,你挡我挣钱了!你为什么不能让我多带一个人,多挣点钱?"

我知道已经无法讲理了,就嬉皮笑脸说,师傅如果那女孩愿意上车我可以让她上车，我没关系，不过看她是不愿意的。师傅你今天心情确实不好，一定遇到不开心的事了。其实每个人都会有不开心的事，我也有不开心的时候。但不要让自己更加不开心，这样会伤害自己的。

司机鼻孔哼哼几下，冷笑一声，咬牙切齿地："伤害自己算什么？我就想与这世界同归于尽。"

我悄悄打量了这个中年模样的司机，牛高马大，真要干一票大事，还是有可能的。我清一下嗓子，缓缓接上他的话："师傅你要想好啊，希特勒那么厉害，也没有毁灭世界。一个火药库炸了，就是灭了一个火药库，地球还是照样转，太阳依然升起。希望师傅你好好地活，看看太阳看看花，想想世界上肯定有爱着你的亲人。"

他不再说话，我也沉默了。然后到了目的地，他说16元。我犹豫了一下要不要加10元，但马上转念，以要挟、发狠话的贪婪欲望不能助长。正好有16元的零钱，我递给他，他没说任何话。下车时，我说谢谢师傅，祝你新年好运。

戾气，在中国的街头，并不少见，大概每天都在发生着，不是我遇到，就是你遇到，所以大多数人没有安全感，没有信任感。如果毫不相让，就是一次激烈争吵，小事酿成大事。我想到不丹。不丹的街头很安静，没有高声喧哗，更没见人吵架。迎面而来的是清澈的目光、温暖的微笑，是柔软地点头掬躬、合掌问好。我问不丹导游，不丹是否有忧郁症？导游说，有的，但极少。

生命就是一段旅程。如何更好抵达生命的终点？如何走好人的一辈子？多少人去想过这个问题？生命究竟需要的是什么，又有多少人明白？幸福与快乐是建立在什么基础上的？我将告诉你我看见的我理解的不丹。

我也将越来越多地放弃批判。批判不能让人和环境变得更好，不能提高生命质量。中国新年将至，我祈祷更有智慧地选择生命的道路，并和与我有缘的人同行，共同成就世上的温暖与美好。

与世间万物共温柔

热闹的春节还没过完,还在热闹着,按中国人的习俗,元宵节前的日子都是过年,是吃喝玩乐、走亲访友。这是一年之中最快乐的时光,休闲的时光。不工作,只享受人生,正儿八经的日常生活暂时停顿,就像集体做了个美梦,众生狂欢。

即便是这样的日子,依然会有悲剧发生,比如正月初二的宁波雅戈尔动物园老虎伤人事件,惨不忍睹。连续多天,关于这个事件的网络舆论成为最大的热点,远远超过人们对春晚的关注度。我只看不转、不评,这样惨烈的悲剧已经发生,每一句事后诸葛的话都显得多余。混乱逻辑导致的混乱结论还在继续,哀伤对于旁人而言,转瞬即逝,狂欢的继续狂欢。

我无法不为被咬死的人悲伤,但也无法同情那样的行为。可怜之人必有可恨之处,可恨之人也必有可怜之处,认真回溯事件的缘由,只能说是偶然中的必然、必然中的偶然,对于活着的人来说,这便是警钟。

我想起刚刚去过的不丹。

说起不丹，朋友们第一反应是关心被大肆宣传的不丹幸福指数。幸福与快乐，似乎已经等同于不丹。这个传说中的幸福国度，真有那么幸福吗？物质并不丰富的国家，GDP并不高，有资格谈幸福吗？他们的幸福，可以借鉴吗？

以我行色匆匆的旅人眼光走马观花看到的不丹，我想现在许多中国人不会认同这是幸福，尽管不丹人看上去真的很有幸福感。

首先不丹没有你想象的那么先进、舒适，他们一条土公路从北到南，还盘山逶迤，更不要提高铁、高速公路了。他们的饮食很简单，所谓美食，自酿的冬虫夏草酒是就地取材，淡而纯的味道；辣椒芝士号称国菜，就是将辣椒和芝士一起炖煮，卖相不佳，浓郁的奶味和辣味，尝新而已，估计不会吃上瘾；衣服没有太多的款式，男人穿"帼"，是一种连身及膝短袍，女人穿"旗拉"，就是长袖短外套加沙笼式长裙，这差不多是固定的国民制服了；体育娱乐则是常见几个孩子在田地里踢足球，开心得不亦乐乎。射箭是不丹男人最热衷的体育运动，可惜我没能一睹风采。他们的人民，有时间就去寺庙做大礼拜、转经、念咒、诵经。想要花天酒地、声色犬马、买买买的人，去不丹会感到失望的。

但我真心觉得不丹值得珍惜和尊敬。芸芸众生，堕落容易上天堂难。这个与世隔绝的小国家，开放度不高，消费主义的价值观尚未侵蚀国民的心灵，他们大多数的人，心中没有欲望这只恶虎，安贫乐道、知足常乐是支撑起幸福感的重要支柱。一旦潘多拉盒子被打开,是否被拖进物欲的无底深渊,也是很难说的。

所以,与其谈不丹的幸福,我更被不丹人的没有穷酸相与温柔性情打动。我相信这是不丹能够抵挡贪婪与残忍的心灵基础,也是不丹幸福的源泉。

他们谦卑,却没有人跪地乞讨;物价偏高,却不短斤缺两或者造假;经济落后却依然慢慢发展。据说一间发电厂建了十年,建在大山底下,为的是不破坏山上植被,不透支子孙资源。路经偏僻乡村,也看到简陋的木屋,但屋前屋后是干净的,鞋子整齐摆放在门前,会有一些种在瓦盆、泥土里的植物,寒冷的冬日下甚至可以看见鲜花盛开。懒散的猫狗、牛羊,闲庭信步,嗅花闻草,它们也有一种浪漫的派头。它们与人是亲近的、依赖的,毫无防范,更无攻击性。

天是蓝的,水是清的。未经掠夺与破坏的天然生态环境,让高原不丹成为一个大氧吧。去虎穴寺的路上,来回十公里,我没有见到环卫工,也没有见到乱扔的垃圾,我看见的是下山游人背着自己产生的垃圾离开。一路只有干净的尘土、单纯的笑脸。在不丹,我觉得尘土也是干净的,而笑脸则来自一颗与天地万物共温柔的心。

笃信佛教的不丹人,骨子里一定有众生平等的观念,也深明生命短暂,一切皆无常,轮回与业力就是因果的链条。所以,所谓幸福,看你如何定义它。但不丹人发自内心的笑容、清澈如水的目光一定会感染你,他们对每一天日常生活的尊重,就是对生命的尊重,不仅仅是自己的生命、他人的生命，还有动物、植物、天地万物。世间的一切，唯有温柔以待，生命才可能真正自由自在。

所以，与其追求幸福与快乐，不如认真了解世界的幻相与因缘善变，放下我执，修持好一颗心，走向觉醒。

与世间万物共温柔，便可能共生共处，而不是相害相残杀。

摩洛哥的表情

摩洛哥，这个陌生的北非国家，我在出发前，所知甚少。除了许多年前读过台湾作家三毛的散文，因为三毛与荷西的爱情故事，我依稀记得撒哈拉沙漠；另一些来自网络、朋友的观光照片，蓝的、红的、白的、七彩的，给我一个色彩斑斓的摩洛哥印象；当然，那部已经成为世界经典的黑白电影《北非谍影》（又名《卡萨布兰卡》），让我知道一个北非城市的名字：卡萨布拉卡。关于它，只存在于电影里那间瑞克咖啡馆，连情节都模糊了。所有一切，都是罗曼蒂克的，小资调调的。

所以对摩洛哥，我只是把它当一个可放空心情、休闲度假甚至猎奇之地，并没有真正用心去了解它。

说走就走，攻略都没有做，就出发。

十几天的旅行，从北往南，或由东向西，大多是沿着阿特拉斯山脉，走了好几个主要城市及地区。有摩洛哥的中国通、博学多才的纳赛尔博士全程安排、陪同，与当地政府、工商界、学生有面对面的交流，这当然与旅行社的观光旅游不可同日而语，与驴友式自助行也不一样，但我依然不敢说是深度游。毕竟，十来天的时间，怎么游、怎么交流都是浮光掠影，尤其是面对一个有悠久历史和宗教信仰的国度。

但眼睛和耳朵可以带上心，如果心被所见所闻触动的话，心门就会打开。是的，尽管是表面的、浮浅的观察，摩洛哥的表情，已经让我的心好奇。

砖红色的、厚重的老城墙和古堡，时不时从大漠荒原、河谷绿洲间冒出来，让人不能不产生兴趣，想去探究曾经的王朝、部落的传奇。

站在位于美克勒斯（Meknes）城北的富鲁比里斯古城遗址，孤独矗立的神殿罗马柱、拱门、残垣断壁，被风雨侵蚀岁月践踏的马赛克地面，通往欧洲的道路，除了游客，这里已经成为鸟儿的家园，但是你依然可以遐想它曾经的辉煌及丰富多彩的生活。

这里是公元一世纪时古罗马帝国曾经为控制非洲而创建的粮食与补给战略根据地，因为土地肥沃，农业发达，因此形成繁荣的城市，约有五万人居住。有高大梁柱的一边是富人们的生活区，你还可以找到镶嵌精美的庭院、浴池等遗迹；几乎成为乱石堆的一边是穷人们居住，唯有荒草萋萋。

它毁于1755年里斯本大地震。那场给予欧洲致命一击的地震，改写了欧洲历史，这座城市也不例外。繁华落尽，伟大的帝国最终衰败，没有永恒与不朽。如今它成为摩洛哥保存最完整的考古地点，1997年被联合国教科文组织列为世界文化遗产，因为是"保存异常完好的古罗马帝国边缘殖民地城市的典范"。

真要深层次理解摩洛哥,不可能绕过这些沧桑的历史遗迹。

菲斯也是古老的,是世界文化遗产的一部分,它散发出更浓厚的世俗气息,是活色生香的摩洛哥市民生活史。9700条原始而古老的羊肠小巷,由九世纪到十九世纪不同时代的民居建筑汇合相联,犹如一个大迷宫。石板路、密集的店铺、叮叮当当的手工作坊与层层叠叠的房屋,川流不息的人群在陶瓷彩盘、铜器木器、皮革、布匹和香料间穿梭,仿佛时间倒流,让人以为来到一个喧闹兴旺的中古时代阿拉伯都市。

因为其地理位置,自古以来,菲斯就是北非的商贸中心,也是阿拉伯学者、商人、贵族的聚居地。各行各业、各种教派、各阶层比邻而居。这里还藏着被公认的世界最古老大学:卡鲁因大学(University of Al－Karaouine),它建于公元八世纪,其历史比欧洲大学之母博洛尼亚大学还要早两百多年!这所大学也是一所清真寺,最早的教学方式是学者向教徒讲解《古兰经》。

在摩洛哥的斑驳多彩中,你不能忽略核心而久远的伊斯兰教信仰。1972年宪法规定,摩洛哥是一个穆斯林王权国家,伊斯兰教为国教。

矗立于大西洋畔的卡萨布兰卡的哈桑二世清真寺,必定给游人留下深刻印象。它是世界上第三大清真寺,也是现代化程度最高的清真寺,三分之一面积建在海上,面积仅次于麦加,整个清真寺可同时容纳10万人祈祷。建筑与内饰兼具宏伟与精美华丽，让人叹为观止。所以它被誉为二十世纪建筑界的奇葩。

而在首都拉巴特，另一座清真寺遗址——哈桑清真寺及未完成的宣礼塔——哈桑塔同样成为城市的象征。哈桑大清真寺原是北非最大清真寺，建于 12 世纪。因为 1755 年那场著名的里斯本大地震而毁。从仅存的 312 根排列整齐、高矮不一的大石柱，可以想象其昔日的雄伟壮观。

随处可见的大大小小清真寺，是穆斯林的重要宗教场所。但摩洛哥的文化环境显示出包容的一面，多元融合而丰富，是传统与现代结合相当好的国家。你既可见到全身黑袍、眼睛都遮住的传统穆斯林妇女，也能遇见穿牛仔裤吊带背心的摩登女郎。

如果你来到摩洛哥，你没有被城墙、古堡、清真寺、皇宫的气势震撼，你真的不如邮差。

不过你只沉迷于摩洛哥的颜色与花草，也无可厚非。摩洛哥并没有因其古老而背上沉重的历史包袱。我惊讶于摩洛哥的另一面：轻巧、灵活、慵懒和诗意。

我们的车每天都在翻山越岭。满坡的橄榄树、金黄低矮的麦田绵延不断，间杂其中的五颜六色的野花野草，把大地变成一个魔幻调色板，蓝天之下，美得让我们禁不住大呼小叫。

大西洋的味道也不期而遇，车子一拐弯就扑面而来。对于太平洋海边长大的我来说，真有一种说不出的亲切感和舒畅。

这一切，依然抵不过摩洛哥人的生动，那是摩洛哥真正打动我的表情。明朗而友善的面孔，不戒备不含敌意的眼神，让身处异国他乡的人迅速放松神经。还有摩洛哥人天生的幽默感，在掀开塔吉锅的那一刻，也是让人失声大笑的。

我遇见了孩子们，看见了年轻的摩洛哥。他们身上的活力，要与世界拥抱的姿态，是摩洛哥的能量，是摩洛哥的未来……

仅仅一次走马观花的旅行，是不可能理解摩洛哥，不可能了解阿拉伯文明的。但依然有许多让心触动的细节，带来启发与思考的看见，让我忘不了这个国家。

回春草秘语

当我们的车子进入摩洛哥名城马拉喀什时,每个人都被经过的一条很长的、鲜花盛开的大道吸引。那些色彩各异的玫瑰、勒杜鹃等在艳阳之下开放得已经有些肆无忌惮,简直可以用袒胸露背来形容。五彩缤纷的花,招摇越墙的花,是我对马拉喀什最初的印象。

在马拉喀什的行程安排中,我们计划去参观著名的马约尔花园。马约尔花园之所以著名,一是它诡魅的蓝。马约尔蓝已经深深捕获所有见过它的人之心,并且成为一个特别有想象力的专有名词。另外是,马约尔花园的两任主人都是世界艺术名人:第一任主人是插画师马约尔,他用毕生精力设计并建造它,使它成为一件精美的艺术作品,也成为世界神秘花园之一。第二任主人是时装设计师伊夫·圣·罗兰,他在1980年无意中发现马约尔花园,疯狂爱上它,买下它,竭尽全力修复它,把它视为心灵的宁静家园。2008年圣·罗兰离世之后,骨灰都撒在这座花园里。

去摩洛哥时,我们在土豪城市迪拜转机,好几个女人都

辑 六

在免税商场买了圣·罗兰化妆品。想想我们是多么热爱圣·罗兰啊！所以，马约尔花园是让人期待的。

但是，纳赛尔博士说，马约尔花园不去了，因为马约尔花园是对外开放的，只须买个门票，随时可以去。他要带我们去一个不容易进入的花园，一个教授的私家花园。

纳赛尔博士几乎每天都给我们带来惊喜。让他做出放弃马约尔花园，而带我们去一个秘而不宣的私人花园这个决定，必有其道理。客随主便，我们也欣欣然跟着前往。

好歹我也见过东南西北不少有风情有传奇有异国情调的花园，好歹我大广州也叫花城，好歹我们东方园林艺术也是世界有名的，我很难想象要去参观的这个教授的花园里有何过人之处，问纳赛尔，他笑而不答。

车子开出马拉喀什市区，进入一条乡村小道，然后在一扇不起眼的紧闭的铁门前停下来。纳赛尔博士对着手机讲话，一会儿，铁门打开了，我们跨进这个与外面世界一墙之隔的庭园。

走过两旁花草相间的安静外院和摩洛哥特有的草土混合建筑物，穿过一个长势茂密、花红叶绿的鲜花门，丰富得无法形容的异香扑面而来，眼前的世界让每个人惊呼起来，尤其是女人们叽叽喳喳，就像飞进一百只小鸟，在突如其来的芬芳灿烂中陶醉得晕头转向了。

一瞬间，陶渊明的《桃花源记》在脑子里闪过："忽逢桃花林，夹岸数百步，中无杂树，芳草鲜美，落英缤纷……林尽水源，便得一山，山有小口，仿佛若有光。"

我们已经习惯用美、艺术来定义花园。造园、赏园的目的都是要达到审美的效果。足够独特的美，足够独特的艺术效果，是一座花园能够脱颖而出的重要原因。但眼前的花园，不是一个"美"字可以概括的，虽然它已经很美，美得我们个个像花痴，恨不得就醉卧花丛树荫下，惬意人生一把。

严格意义上讲，这是一座百草园、花果园，五六十种药草、果树、花卉，全是有药理效果的植物。花园的主人就是Dr. Jalil Belkamel 教授，他是摩洛哥排名第一的马拉喀什Cadi Lyad 大学化学系教授，专业"精油制造"，同时深谙植物药理，在这方面已有专门著述。他在精油研发方面，已经是行业里的国际顶尖人物，他也是国际SPA 学会的一位主席。教授研发的阿甘油精油产品，是世界上最好的，没有之一。因此它成为王室成员、国际明星、富豪权贵选择的产品。

所以说，Dr. Jalil Belkamel 教授是一位卓有专业成就的理工男，也是一位审美能力很强的理工男。花园凝聚了教授的心血，是他自己一手打造。纳赛尔说，教授是我们的国宝，他的精油不能只让小部分人受益，要与更多的人分享。

花园的美，看上去是随意的，或曲径通幽，或豁然开朗。有小桥流水，有草亭木屋，还有原始的烘面包炉、手工榨阿甘油作坊……花园里的园丁和工人，穿得花枝招展，就像花蝴蝶在花丛间飞舞。

坐在花棚下享用教授特别为我们安排的午餐，有他研发的橄榄油阿甘油，花园工人烘烤的面包，玫瑰花瓣撒在白色桌布上，阳光透过花棚投下斑驳落影，四溢的药草香气让人似真似幻，恍如美梦中。我未免心生妄念，盯着教授给我的名片，想想是否该给教授写封信，申请来做驻园作家，与植物们私语，写写它们的童话。或者就做一名戴红发套穿红裙子的园丁，也不失美差啊。总之，都可以随时揪一把有益身体的药草大嚼特嚼，不亦乐乎？

花园其实有意味深长的设计理念。路径环绕出不同的区域，每个小区都像一滴水，它们滴滴相通相连，形象呈现了精油提炼的程序。移步拐弯，都能听到细碎的流水声，见到生机勃发的花树。问渠那得清如许，为有源头活水来。鲜活的生命力不正是如此？教授说，水是生命之源。精油是特别的水，阿甘油是上天赐予摩洛哥的珍贵礼物。难怪纳赛尔博士说他父亲九十岁了，最近闹着要结婚。Dr. Jalil Belkamel 教授也跟着笑说他父亲一百岁了，也要交女朋友。虽然我们哄堂大笑，却真不是笑话。

教授的花园不只是田园诗意，不只是美，那真是一个回春园，四处都是回春草。它把养生保健与美合而为一，在唤醒你的青春活力，让生命绽放光彩，心灵在这里也得到自由的释放。我是自然，自然是我。我是花草，花草是我。内心就是这样的穿越啊，美好、明亮、温柔、细腻、仁慈、笑……这才是我们的生活应该追求的。

我知道了教授花园的秘密，它的独特之处，并且念念不忘。

撒哈拉沙漠奇遇记

去了一趟摩洛哥,因为喜出望外,除了一路晒微信朋友圈,还在公众号连连写了几篇心情美好又愉快的小文。于是有人问,看行程总有当地人陪同你们,你看到的,不一定就是真实的摩洛哥。

说的也是,自然风光是真实的,人文环境需要亲历。

在我们的行程,我常提到无所不能的纳赛尔博士,关于纳赛尔博士,虽然《南方日报》曾有专访,而且那篇专访传播很广,但还不是纳赛尔博士的全部。

总之,有纳赛尔带着我们,确实是既省心又放心,尽情享受就是。不过我今天得写写在没有纳赛尔陪同的时候,我们在摩洛哥的旅行。

回想起来,唯有一次,没有纳赛尔,没有飞行员司机哈立德,我们一行人在深更半夜出发,去往撒哈拉沙漠。

干吗去?看日出。

撒哈拉沙漠是世界上最大的沙漠,占非洲总面积的25%,但这不是我们要去的理由。

辑 六

自从二十世纪八十年代，台湾作家三毛的作品进入大陆以来，读三毛作品就成为文艺青年的标配，尤其是那本《撒哈拉的故事》，因为她与西班牙人荷西的爱情，因为她的浪迹天涯，对封闭已久的大陆青年来讲，冲击波不亚于核导弹。撒哈拉沙漠的星空、流沙、艳阳、骆驼、阿拉伯人，都已经植根在每一颗文艺之心，成为梦想，成为向往的文艺圣地。

时间短暂，就来一次撒哈拉沙漠看日出吧，聊以慰藉。于是，为了这个矫情的节目，一行人四点钟起床，严严实实裹着阿拉伯头巾启程。

为了这次行程，纳赛尔为我们找了当地三辆越野车，并告知到达沙漠后会有一位导游来接应。而他与哈立德，去另一处对他们来讲很重要的地方参拜。

越野车驶出城区，越来越接近沙漠。远光灯照出黑夜里的茫茫荒野，没有真正的路，没有多少植物，一眼看去，是无边无尽的空旷。最初，只有我们三部越野车在跑，渐渐地，出现一些别的车子，然后看见帐篷，看见骆驼队，我们开始有点心潮澎湃。

司机和导游都是当地人，英语很不流利，但手势加身体语言，大家还是能沟通。我们下了车，就跟着导游走。脚下就是细沙，天空微明，不远处有三三两两的骆驼队，正朝着一处高高的沙丘走。

走着走着，我们队伍里加进不少年轻力壮的阿拉伯男人，他们也都裹着头巾，跟我们友好打招呼，微笑，说着听不清楚的语言，主动挽起我们的手，一起向前走。

一位扎红头巾的小伙子，右手挽起我胳膊，左手挽起丹，手拉得紧紧的，三个人步伐整齐，好像老朋友。突然就听到有人喊，怎么有这么多人？这些人哪里来的？你们别让他们拉住啊……

环顾一下我们的队伍，发现至少有七八个阿拉伯男人，都挽着我们的胳膊。

又听见有人喊，导游呢，快问导游怎么回事。场面一时混乱。红头巾小伙子挽着我的手不知被谁扯开了，他一脸无辜，但依然挤着笑容。

对于容易轻信的我来讲，倒真没有任何危险的警觉。我的直觉告诉我，纳赛尔和哈立德没跟我们一起来，但司机和导游是他安排的，行程肯定是安全的。可能的意外，顶多是这群突然冒出来的人，也许会讨点小费。看着红头巾小伙子，还伸出手来要帮我拿背包，我与他拉开距离，却有点内疚。

团长王老师指示了，导游说这些人不是他带来的，我们就不要跟他们手拉手了，我们只跟着导游走。

于是，我们踩着越来越厚、越来越松的沙子前进，跟跟跄跄。阿拉伯男人还是夹在我们队伍中，有时还想伸手过来扶一把，但没有谁理他们。

爬上小山一样的沙丘顶，见四周已经有一些游客和骆驼，天空也亮起来了。这里大概就是看日出的好地方。

沙子细滑柔软，而且很干净，所有人心情又都放松起来，把包包放一堆，王老师说，你们去玩吧，我来看管包包。大家就都到沙子里打滚撒野、拍照尖叫，已经把那些阿拉伯男人忘了。

红头巾小伙子总在我旁边。其他阿拉伯男人，红红绿绿的，坐在一起很扎眼。他们就看着我们玩，也说着笑着。团队里时不时有人问一声，他们究竟想干吗？但没有谁能给出答案。

我们没有看见太阳跃出地平线的一瞬，那天云层有点厚，等太阳从云里钻出来时，它已爬得老高。到这个时候，看日出节目大概就算结束了，也玩累了，就打道回酒店。

七八个阿拉伯男人又跟着我们往回走，红头巾小伙子还是走在我身边，还不停跟我说着他懂的几个中文，有些讨好的意味。大家已经不害怕了，但还有疑惑，因为看不出他们有何目的，花几个小时跟着我们，不可能只为陪着看日出吧？

快到我们停车的营地时，这群人突然快步走到前面，然后一溜排坐在我们经过的地方，每个人都变戏法似的，从长袍里变出一个包裹来，然后打开，铺在地上：是一堆化石、矿石、石雕、碟子啥的。这时，我们恍然大悟，这是一群小贩。

红头巾小伙子盯着我反复说"Madam，你好"，我无法拒绝地蹲了下来，拾起一块金光闪闪的矿石问多少钱，他开价几百迪拉姆（迪拉姆为摩洛哥币，比港币略低一点），我说太贵了，就站起身来。他马上改口，又拿起一个石雕的小骆驼，说两个一起一百迪拉姆，我便跟他成交了。

我们团里的人也纷纷被其他小贩围着，差不多每个人都买了东西。毕竟，他们跟着我们几个小时，只是为了卖点东西。这个结果让大家松了口气,都心甘情愿买买买。

回到酒店,有人跟纳赛尔说起这件事。表情总是如沐春风的纳赛尔脸一下子黑了,问:几个司机哪里去了?答:司机没跟我们进沙漠。再问:导游呢?导游怎么不制止他们?答:人太多,导游无法控制……

看纳赛尔这个表情,我赶紧插嘴说这是个误会,他们没有恶意,只是卖东西。纳赛尔严肃地说,我得跟国家旅游部反映这个情况,必须制定规则,否则会吓坏客人……

我理解纳赛尔对国家形象的维护,规则也是必需的,但世上的事情,并非全由规则来管理。

我曾经问过三毛的挚友——走访超过180个国家和地区的文化旅行家眭澔平,如何与人种语言、宗教习俗、政治制度完全不同的人,甚至食人族部落沟通?他说放下成见,一切归零,爱与分享。

我也相信宇宙间的吸引力法则,以及看不见的气场力量。当陌生的红头巾小伙子一路跟着我时,我尽管有疑惑,却没有不适感,因为我没有感受到恶意。对世界的解读,我们容易从原来的成见出发,因此有误解有错觉,世界在我们眼里,变得越来越复杂。

从撒哈拉沙漠买回来的矿石现在摆在我的房子里,每天看着它散发出来的光芒,温暖而友善。石头尚且如此,何况人乎?行走在世上,你尽管像矿石那样向世界静静散发善意、爱意。你一定要这样做,如此简单,就可以了。

轻触欧洲的地气

前不久，去了德国的法兰克福出差。这距离我上次去欧洲，已经五年过去了。朋友为我工作之余的时间安排了节目，包括去博物馆和书店，也饮酒吃饭喝咖啡。其实我们更多的时间是为了交谈，西方人渴望更多了解东方，而作为东方人的我，依然热爱西方。

对陌生世界保持好奇心，是生命成长不可或缺的要素。我希望我在不断成长。

虽然我对现在的欧洲安全问题表示担忧，还是乐滋滋地、勇敢地坐在法兰克福中央火车站红灯区附近的露天酒吧看有意思的夜色街景。年轻女店员与男顾客在打情骂俏，顾不上给我们买单。这样的场景到处都有，人性差异其实是很小的。

朋友帮我掰手指数我去过多少个欧洲国家，然后问我，来了这么多趟，对欧洲是一种什么感觉？

我脱口而出："想象，源自一种久远的想象。"

我在欧洲旅行，看见每一种东西，似乎都会在内心寻找对应。关于欧洲，在我抵达之前，早已有鲜明而丰富的想象。

想象是空中楼阁，与现实距离遥远。只有落到地面，才可能真正看见自己的想象是一种什么图景。

欧洲，作为遥远而陌生的西方，究竟是从什么时候像一把火炬照耀着我的想象与梦想？曾经手抄拜伦、雪莱、济慈的诗篇，勃兰宁夫人的十四行诗与她热烈的爱情也许就像种子一样植入我的体内。莎士比亚的戏剧、巴赫的音乐、凡·高的画、梵蒂冈与基督教……欧洲作为一个地理名称，链接的是人文艺术、宗教、哲学与异国情调的民俗风情。

如果说马克思也曾经对我产生影响，那也是真实的。

我对于欧洲的认识，可以说是从马克思开始的。虽然我不是一个共产党员，但在我上小学的时候，马克思、恩格斯、列宁、斯大林四张外国面孔的伟人标准照基本都是贴在教室的两侧或后面，他们作为一种主义，烘托着讲台上方的毛泽东标准照，象征着毛泽东思想永放光芒。而当时不同年级的课本，一定也会有关于伟人的故事。

我至今仍记得共产主义的理论奠基人马克思在大英博物馆阅读、写作《资本论》的细节，因此大英博物馆也让我心向往之。以至于后来我到伦敦，还一定要去看看大英博物馆马克思坐在那里读书的地方。读研究生时，专业是文艺学，就有一门专业课：马克思主义文论。马恩列斯关于文艺的理论原著，是必读之书，读完还要写论文。马克思，是我通往西方思想的最初路径之一。

至于法兰克福的歌德故居、海德堡的"哲学家小路"、卡夫卡博物馆、金色大厅、大象咖啡馆、雅典神庙、梵蒂冈……那些对应文艺作品和历史大事件的人和事物，在我来到欧洲后，都尽可能一一落到实处，虔诚参访，真有一种朝圣的味道，当然，也有猎奇的部分。

正是这种参访与猎奇的过程，可以一点点纠正误读带来的文化错觉。

比如，关于自由的概念。十来年前第一次去以自由和宽容而著称的荷兰，我们的作者（著有《世界的渊源——女人性器官的真相与神话》等）、国际著名性学家耶尔多·德伦特教授就用生动的事例向我阐释自由与责任的关系。也就是说，在荷兰，自由的概念从小就会灌输给孩子们，但同时灌输的还有：你要为你所做的一切承担责任。好的和不好的后果，都没有谁可替你承担。耶尔多教授的夫人也是一位医学家，招收过几个中国女学生，不过她们入学不久很快都怀孕了，有的不得不中断学业。耶尔多教授问我为什么，我一脸茫然。然后耶尔多教授自己回答，她们还没学会为自己的所作所为承担责任，包括自我保护，所以这是糟糕的后果，是对生命的伤害。

关于荷兰的自由与宽容，我已经抛开了最初的想象，因为与更多荷兰人切实的接触，我获得新的解读。新的解读有助于我从文化背景及逻辑上理解自由与宽容的问题。对于人性的了解与驾驭，其实是一门需要不断学习的课程。

为了更好地了解欧洲，我借助引进翻译版的力量，编辑不少与欧洲人文历史相关的书籍，从中古世纪历史到现代欧洲。

这样，我可以从人文气脉上去认识这片土地。想去的地方更多了，比如绕道去圣地亚哥。

欧洲，有自己的进程，它也在不断变化中。他们同样有不同的圈子和阶层，就看你遇见什么。

想象，是我们通往未知世界的一扇神秘大门，可能染上诗意，也可能有文化偏见。所以，不要轻易给一种文化、一种制度、他国的领袖与人民下结论，不要摸到大象腿就说大象是一根巨柱。

我已经习惯了一杯咖啡开启一天生活的方式，但我同时热爱家乡的工夫茶。我与西方的朋友互赠东西方礼物，我们的生活内容都比原来的宽广。同样，我习惯每天阅读外文、翻译文学，却也依然会读古诗词、习写书法。而西方朋友却热衷背诵孔子和老子的语录……

我觉得敞开心扉是对待世界的正确态度。我自己从中获益良多。当然，我的思维与情感，一定是有欧洲情结的，而且是老欧洲的情结。因为久远的想象在我骨子里扎下根。而欧洲的地气，我还只是轻轻触摸。